पेंगुइन स्वदेश

मलिका-ए-हुस्न

क्लियोपेट्रा

सुधीर निगम हिन्दी के जाने-माने लेखक हैं। आपने एम.ए. (हिंदी) करने के बाद लेखन में विशिष्ट छाप छोड़ी। आपकी लिखी रचनाओं में *हिंदी व्यवहार*, *शब्दावली*; *मैं धृतराष्ट्र*, *नीरो की डायरी*, *हेलन की आत्मकथा* (उपन्यास) प्रमुख हैं। आपके लगभग 150 शोधपरक पौराणिक-ऐतिहासिक कथा लेख, कहानियाँ व कविताएँ प्रकाशित हो चुके हैं। कई कहानियाँ पुरस्कृत और प्रशंसित भी हुई हैं।

अंग्रेजी से हिंदी अनुवाद का प्रभूत कार्य भी आपने किया है। 8 वर्ष तक एक व्यावसायिक पत्रिका का संपादन किया और रेडियो वार्त्ताएँ प्रसारित, दो टी.वी. धारावाहिक प्रदर्शित हुए।

संप्रति : *उपलब्धि* वार्षिक पत्रिका का संपादन और स्वतंत्र लेखन में आप व्यस्त हैं।

मलिका-ए-हुस्न

क्लियोपेट्रा

(मिस्त्र की बहुचर्चित महारानी की एक रोमांचक गाथा)

सुधीर निगम

पेंगुइन स्वदेश
पेंगुइन रैंडम हाउस इम्प्रिंट

पेंगुइन स्वदेश

यूएसए। कनाडा। यूके। आयरलैंड। ऑस्ट्रेलिया। सिंगापुर
न्यू ज़ीलैंड। भारत। दक्षिण अफ्रीका। चीन

पेंगुइन स्वदेश, पेंगुइन रैंडम हाउस ग्रुप ऑफ़ कम्पनीज़ का हिस्सा है,
जिसका पता global.penguinrandomhouse.com पर मिलेगा

पेंगुइन रैंडम हाउस इंडिया प्रा. लि.,
चौथी मंजिल, कैपिटल टावर-1, एम जी रोड,
गुड़गांव 122 002, हरियाणा, भारत

पेंगुइन
रैंडम हाउस
इंडिया

प्रथम संस्करण हिन्द पॉकेट बुक्स द्वारा 2010 में प्रकाशित
यह संस्करण पेंगुइन स्वदेश में पेंगुइन रैंडम हाउस द्वारा 2023 में प्रकाशित

10 9 8 7 6 5 4 3 2

ISBN 9789353496425

मुद्रक : रेप्रो इंडिया लिमिटेड

यह पुस्तक रीसाइकल्ड कागज़ पर मुद्रित हुई है

www.penguin.co.in

भूमिका

क्लियोपेट्रा मिस्र की बहु-चर्चित रानी थी। इतिहास से निकलकर जब यह पात्र साहित्य और फिल्म जगत में आया तो उसका चरित्र बदल दिया गया जिसमें वह रूप-गर्विता तो रही पर नैतिकता से स्खलित दिखाई गई। कवियों, नाटककारों और फिल्मकारों ने उसे स्वार्थी, सत्ता लोलुप और चारित्रिक रूप से भ्रष्ट दिखाया। इससे वह वीरांगना से वारांगना बन गई।

क्लियोपेट्रा का जन्म 69 ई. पू. में हुआ था। वह विदुषी, बहुभाषाविद्, कला प्रेमी और बहुआयामी व्यक्तित्व से संपन्न महिला थी। अपने विरुद्ध षड़यंत्रों का वह प्रतिकार करती है। उसके संबंध पहले जूलियस सीजर और उसकी मृत्यु के बाद मार्क एन्टोनी से रहे। दोनों के साथ उसका विधिवत विवाह हुआ और उनसे संतानें हुई। उसकी चरित्र-भ्रष्टता या अनैतिक संबंधों की स्थापना का कोई ऐतिहासिक साक्ष्य नहीं है।

क्लियोपेट्रा को स्त्री-स्वतंत्रता और नारी-अधिकारों की प्रथम प्रवक्ता माना जा सकता है। जब भी स्त्री-अस्मिता पर आंच आती दिखाई देती है, उसके विद्रोही स्वर फूट पड़ते हैं। इस संबंध में वह सीजर और एन्टोनी तक से भिड़ जाती है। उसका स्त्री-सरोकार आदर्शवाद के जंगल में खो जाने के स्थान पर व्यवहारिकता की वाटिका में फलता और पुष्पित होता है। अपनी शोभायात्रा के दौरान एक अनजानी महिला के प्रति सेना-नायक के कठोर व्यवहार के लिए उसे कठोरतम दण्ड देती है; अपनी परिचारिकाओं को बहन और सखियों की तरह रखती है और अभिभावक की तरह उनके विवाह की सोचती है। अंत में अपने बच्चों तक को उन्हें सौंप देती है। वहीं अपनी चरित्रहीन और भ्रष्ट बहन को एक क्षण बरदाश्त नहीं करती।

उपन्यास के प्रमुख पात्रों का ऐतिहासिक अस्तित्व है। कुछ पात्रों और घटनाओं का काल्पनिक सृजन कथा को गति और पूर्णता देने के लिए किया गया है। इनमें से कुछ पात्रों के नाम भर काल्पनिक हैं, उनका अस्तित्व ऐतिहासिक सिद्ध हो चुका है। क्लियोपेट्रा का महल सन् 365 ई. में एक भूकंप आने से भूमध्यसागर में समा गया था। महल के अवशेषों में खज़ाने के अतिरिक्त आइसिस देवी के मंदिर के प्रधान पुरोहित की एक मूर्ति प्राप्त हुई। यही पुरोहित उपन्यास में इसी रूप में 'शेपा' नाम से अवतरित हुए हैं जो क्लियोपेट्रा के निकटतम सहयोगी, समर्थक और संरक्षक हैं। उपन्यास में नीरस ऐतिहासिक घटनाओं का सरस साहित्यिक वर्णन है।

मिस्र, ग्रीस और रोम क्लियोपेट्रा के जीवन में महत्त्वपूर्ण केन्द्र हैं। क्लियोपेट्रा के इतिहास-प्रेमी होने के कारण इन देशों की प्राचीन घटनाओं का, प्रसंगानुकूल, रोचक वर्णन हमें उसके मुंह से सुनने को मिलता है। ऐतिहासिक प्रसंगों की तह तक जाकर संबंधित पात्रों की मानसिक सोच का खुलासा करना क्लियोपेट्रा की आदत है। इससे तत्कालीन लोक संस्कृति और परंपराएं भी उभर कर सामने आती हैं। इन्हें पढ़कर पाठकों को वे अपने देश-जैसी लगें तो कोई आश्चर्य नहीं। शादी-ब्याह पर गाली-गीत, पुत्र जन्म पर अनाहूत लड़कों (हमारे यहां हिजड़ों) के गीत, लड़कियों की गुट्टे खेलने की ग्रीस-प्रथा, बच्चों के नामकरण संस्कार, देवदासी-प्रथा भारतीय जैसे लगेंगे। विभिन्न अवसरों के उपयुक्त ग्रीक और रोमन कहावतों और दैनदिन उक्तियों का प्रयोग मूल भाषा में किया गया है।

आज की संघर्षशील नारी में 'क्लियोपेट्रा-कथा' एक नई चेतना का स्फुरण करेगी। क्लियोपेट्रा अपने मानवीय स्खलन बहादुरी से स्वीकार करती है, जिनसे संबंधित कृत्य उसे अपनी वैयक्तिक सत्ता बनाए रखने के लिए आवश्यक लगे। कदाचित् इसी कारण उसका सौंदर्यमय, साहसपूर्ण और सच्चरित्र जीवन एक त्रासद त्रयी के रूप में विश्राम लेता है। समग्रतः यह कृति विदेशी संस्कृति के सार्थक संकेतों की कलात्मक प्रस्तुति के रूप में देखी जा सकती है।

– सुधीर निगम

मलिका-ए-हुस्न
क्लियोपेट्रा

मैं मिस्र की महारानी कहलाती हूं, परंतु इस देश से मेरा आनुवंशिक संबंध नहीं है। मेरे वंश-संस्थापक टोलेमी लागेस अलेक्जेंडर महान के सेनापति थे। वे ग्रीस के थे और सेल्यूकस और एंटीगोनस जैसे अन्य सेनापतियों से अधिक प्रभावशाली थे, इस कारण अलेक्जेंडर उनका बहुत सम्मान करते थे। उनकी सौंदर्यमयी पत्नी थैस सदा उनके साथ रहती थी। थैस का पति के साथ-साथ अलेक्जेंडर पर भी बहुत प्रभाव था। पर्शिया जीतने के बाद पर्सीपोलस में स्थित पराजित राजा डेरीयस के भव्य राजमहल को अलेक्जेंडर की आज्ञा से इसलिए फूंककर भस्म कर दिया गया था कि थैस वैसा चाहती थी। अब यह उनकी सनक रही हो या ईर्ष्या, ज्ञात नहीं।

अलेक्जेंडर का कोई वैध उत्तराधिकारी नहीं था, अतः तीनों सेनापतियों ने उसके विशाल साम्राज्य को आपस में बांट लिया। टोलेमी लागोस सबके प्रिय थे, सेना पर भारी प्रभाव भी था, अतः उन्हें यह विकल्प दिया गया कि साम्राज्य के तीनों भागों में से वह मनचाहा देश ले लें। उसी समय उन्हें ग्रीक इतिहासकार हेरोडोटस की यह उक्ति याद आ गई कि 'किसी भी अन्य देश की अपेक्षा मिस्र में अधिक आश्चर्यजनक वस्तुएं हैं, इसकी कला और शिल्प वर्णनातीत है।' इस कारण उन्होंने मिस्र लेना पसंद किया। सेल्यूकस को पर्शिया और एंटोगोनस को मकदूनिया का राज्य मिला। मेरा पितृ-देश ग्रीस और इसके स्पार्टा और एथेंस जैसे नगर-राज्य स्वतंत्र बने रहे। कदाचित् इसी कारण मेरे वंशधरों ने अपने लिए वधुएं ग्रीस से ही लाना पसंद किया।

मेरे पिता सातवीं पीढ़ी में हुए। उन्हें टोलेमी-त्रयोदय कहा जाता था क्योंकि राजाओं के नाम लेने की परंपरा नहीं रही। हां, स्त्रियों को उनके

नामों से जाना जाता है। मेरा नाम क्लियोपेट्रा है, यही नाम टोलेमी-नवम् की पत्नी का था। मुझसे दो वर्ष छोटी मेरी बहन का नाम आरसिनोई है और उससे तीन वर्ष छोटे भाई का नाम तो डियोनीसियस है, परंतु प्रारंभ से ही उसे टोलेमी-चतुर्दश कहा जाता है।

टोलेमी राजवंश का इतिहास 'पेपीरस' (सरकंडे या पटेर की धज्जियों से निर्मित कागज) पर सुरक्षित है। यह ग्रीक भाषा में है। इसे पढ़कर इतिहास के प्रति मेरी जिज्ञासा बढ़ी, लेकिन सभी देशों के इतिहास मेरी मातृभाषा में उपलब्ध नहीं थे। अतः मैंने विद्वान गुरुओं के पास बैठकर कई प्रमुख भाषाएं सीखी। लेटिन, हिब्रू, ग्रीक, पर्शियन, सीरियाई आदि दस भाषाएं सीखते-सीखते मुझे भाषा-विज्ञान और व्युत्पत्तिशास्त्र में भी रुचि जागृत हो गई।

एक दिन अपनी विद्वत्ता झाड़ने के लिए मैंने पिताजी को बताया कि हमारा वंश-नाम 'पोलेमोस' शब्द से निकला है, जिसका अर्थ है 'युद्ध'। युद्ध का प्रतीक होने के कारण 'शेर' हमारे राजकीय ध्वज में अंकित है। 'पोलेमोस' से वर्ण-विपर्यय के कारण 'टोलामोस' बना फिर उससे 'टोलेमी' प्रचलन में आया। पिता ने प्रसन्न होकर मुझे प्यार किया और कहा, "क्लियो, तुम ग्रीस की किसी भी अकादमी में भाषा-विज्ञान पढ़ा सकती हो।"

रक्त की शुद्धता की परंपरा हमारे वंश ने मिस्र से ली। इससे भाई-बहनों की परस्पर शादी का प्रचलन हुआ। विडंबना यह है कि भाई यदि बहन से कई वर्ष छोटा हो, तो भी वह पति मान लिया जाता। मुझे रक्त की शुद्धता का विचार तो खोखला लगा, परंतु इसका अंतर्निहित कारण यह समझ में आया कि भाई से विवाह हो जाने के पश्चात् ज्येष्ठ होने पर भी राज्यकन्या सिंहासन की उत्तराधिकारी होने का सपना नहीं पालेगी। अधिक से अधिक उसे भाई के साथ सह-शासक बना दिया जाएगा। इस युग में औरत की स्वतंत्र सत्ता नहीं मानी गई। यहीं से मेरे मन में विद्रोह की चिनगारी सुलगने लगी।

मिस्र में महारानियां हुई हैं, उनमें से कुछ ने प्रसिद्धि भी पाई। यह प्रसिद्धि उन्हें अपनी स्वतंत्र सत्ता के कारण नहीं अपितु अपने सौंदर्य और पति के प्रति अंधभक्ति के कारण मिली। ऐसी ही एक प्रसिद्ध रानी नेफरटीटी हुई है। 'नेफरटीटी' का अर्थ है 'सौंदर्य की मूर्ति'। उनके पति आखेनटोन ने उसकी कालजयी प्रस्तर-मूर्ति बनवाई, जो उसके सौंदर्य की साक्षी है।

रानी हेटशेपसुट की कथा अनोखी है। वह तीसरे फराओ (राजा) थुटमोस-प्रथम की पुत्री थी। परंपरा के अनुसार उसका विवाह उसके सौतेले भाई थुटमोस-द्वितीय से हुआ। भाई कुछ दिनों बाद मर गया। उसे सत्ता तो मिल गई, परंतु यह सत्ता उसे पिता द्वारा दासी से उत्पन्न अल्पवयस्क भाई थुटमोस-तृतीय के नाम पर संभालनी पड़ी। कुछ समय बाद उसने भाई को हटा दिया और स्वयं फराओ बन गई। अब वह राजा की मर्दानी पोशाक पहनती, कभी-कभी नकली दाढ़ी लगाती। उसने बीस वर्ष शासन किया। अपना नाम अमर करने के लिए भव्य मंदिर बनवाए, विश्व का प्रथम चिड़ियाघर स्थापित किया, युद्ध का निषेध कर दिया। अंततः वह थुटमोस-तृतीय द्वारा ही सत्ताच्युत कर दी गई।

पिता के देहांत के समय मैं अठारह वर्ष की स्वप्नदर्शी लड़की थी। इतिहास, भाषा-विज्ञान, ज्योतिष, गणित के अतिरिक्त मैं राजनीति और युद्धकला में पारंगत थी। मेरी असीमित क्षमताओं को देखते हुए पिता ने मृत्यु से पूर्व यह इच्छा प्रकट की कि मैं अपने तेरह वर्षीय भाई टोलेमी-चतुर्दश के साथ संयुक्त रूप से सिंहासन पर बैठूं। पिता की मृत्यु के बाद मुझे टोलेमी-चतुर्दश की पत्नी मान लिया गया। मैंने विधिवत् विवाह करने की स्वीकृति नहीं दी। भाई की अल्पायु को देखते हुए किसी ने बखेड़ा नहीं खड़ा किया।

मेरी छोटी बहन आरसिनोई मुझसे घृणा करती थी। इसके कई कारण थे। एक तो वह मेरी तरह सर्वांग सुंदरी नहीं थी, दूसरे राजसत्ता में उसकी

रंचमात्र भागीदारी नहीं थी। परंतु वह चालाक थी। उसने कुछ प्रमुख दरबारियों को अपने पक्ष में कर लिया। अतः मेरे विरुद्ध विस्फोट की प्रबल संभावना हो गई। इससे निबटने के लिए मैंने ऐसे निष्ठावान सेनानायकों, दरबारियों और सेवकों का एक संगठन बनाया जो मेरे लिए प्राण तक दे सकते थे। मैंने स्वर्ण मुद्राएं और आभूषण एकत्र कर राजमहल के बाहर एक मंदिर में पहुंचाना शुरू कर दिया।

मुझे ज्ञात हुआ कि मेरे ऊपर झूठे आरोप लगाकर मुझे देश निकाला देने के तैयारी चल रही है। मैंने मन ही मन सीरिया जाकर सैन्य-संग्रह की योजना बना ली। अपने विश्वस्त सेवकों को भेजकर सीरिया में ठिकाना तलाश करवा लिया।

पिता की मृत्यु हुए दो वर्ष व्यतीत हो गए थे। एक रात्रि मैं अपने शयनकक्ष में थी। नींद नहीं आ रही थी। उसी समय मेरे कक्ष का दरवाजा खुला और मेरा भाई यानी तथाकथित पति, भीतर आया। अब वह राजा था, अतः उसे मेरे कक्ष में आने से मेरे विश्वस्त रक्षकों ने भी नहीं रोका। वह मेरी शैया के निकट आकर खड़ा हो गया। मैंने उसे आग्नेय दृष्टि से देखा। वह कांप उठा, फिर संभलकर उसने इशारे से बताया कि वह मेरे साथ सोना चाहता है, अर्थात् पति-पत्नी का संबंध चाहता था। उसकी उम्र पंद्रह वर्ष की थी, यदि पूर्ण युवा भी होता तो मैं उसे लात मार कर भगा देती। मिस्र की परम सुंदरी रानी नेफरटीटी की तेरह वर्षीय कन्या का विवाह भी दस वर्षीय फराओ तूतमखामेन से हुआ था। क्या परिणाम हुआ? तूतमखामेन बेचारा अकाल मौत मरा।

मैं जानती थी कि यह शरारत पोथेनियस नामक शाही हिजड़े की है। एक तीर से वह दो शिकार करना चाहता है। मुझे और टोलेमी-चतुर्दश को रास्ते से हटाकर राज्य आरसिनोई को देना चाहता है। वह पथभ्रष्ट महत्त्वाकांक्षाओं को पाल रहा है।

भाई नासमझ और निर्दोष था। फिर भी उसे सबक सिखाने के लिए पहले मैंने उसकी पिटाई की, बाद में उसकी गर्दन के पास की नस दबाकर बेहोश कर दिया। मेरे राजमहल छोड़ने का समय आ गया था। द्वार रक्षक मेरे अपने आदमी थे। मैं पुरुष-परिधान पहनकर बाहर निकली। एक रक्षक को अन्य साथियों को सूचित करने के लिए छोड़कर मैं राजमहल के बाहर आ गई।

अलेक्ज़ेंडर ने अपने विजित राज्यों में अलेक्ज़ेंड्रिया नाम से सोलह नगर निर्मित कराए थे। मिस्र के उत्तर में नील नदी के मुहाने पर पश्चिमी तट पर निर्मित होने वाला अलेक्ज़ेंड्रिया (सिकंदरिया) इसी नाम के अन्य नगरों में सर्वश्रेष्ठ था। अतः हमारे पूर्वजों ने मिस्र की पुरानी राजधानी मेम्फिल को त्याग कर सिकंदरिया को अपनी राजधानी बनाया। आज मैं वही राजधानी छोड़कर पलायन कर रही थी।

मैं सिकंदरिया की उत्तरी-पूर्वी सीमा पर स्थित आइसिस (स्वर्ग की देवी) के मंदिर में जाकर रुकी। मंदिर के प्रधान पुरोहित शेपा ने मेरा स्वागत किया। यह मंदिर मेरे पिता ने बनवाया था। मेरे जन्म पर इन्हीं शेपा की पुरोहित के रूप में नियुक्ति हुई थी। उस समय शेपा युवा थे और साधारणतया युवकों को पुरोहित नियुक्त नहीं किया जाता था। मेरी मां की हठ से यह संभव हो सका था। कोई नहीं जानता था कि वे मेरी मां के वंशज थे और किन्हीं कारणों से एक मिस्री के रूप में रह रहे थे। मेरी धाय मां ने बताया था कि मेरे भविष्य के लिए मां ने राजकोष का एक भाग इस मंदिर में छिपा रखा था और संकट के समय मेरी रक्षा का भार शेपा को सौंप दिया था। शेपा का राजमहल में बड़ा सम्मान था, परंतु उन्होंने राजपुरोहित का पद कभी स्वीकार नहीं किया, क्योंकि उस दशा में उन्हें राजभक्त बनना पड़ता और आवश्यकता पड़ने पर मुझे सहायता देना दुभर हो जाता।

शेपा ने मुझे मंदिर के तलगृह में ठहराया। यह एक आरामदायक गुप्त कक्ष था। मुझे दूध, शहद और अंजीर दिए। मैंने उन्हें पूरी वस्तुस्थिति बताई

और कहा कि सीरिया जाकर सैन्य संग्रह करने की योजना है। उन्होंने मेरे सामने अकूत धन लाकर रखा और कहा, ''बेटी, यह सारा धन तुम्हारा है। कदाचित् इसी दिन के लिए तुम्हारी मां ने यह धरोहर मुझे सौंपी थी। तुम्हारा भेजा हुआ धन तो अभी अलग रखा है। इसकी तुम्हें जरूरत पड़ेगी।'' मैं मन-ही-मन अपनी मां का स्मरण करने लगी, जिसका चेहरा मुझे याद नहीं था। उनकी मृत्यु के समय मैं एक वर्ष की थी।

मैंने आंखें ऊपर उठाई तो शेपा ने अपने पास खड़ी मेरी समवयस्का का हाथ पकड़ते हुए कहा, ''यह शरमियन है, लो तुम्हें समर्पित है। आज से तुम्हारी अंगरक्षक रहेगी, सेविका रहेगी।'' मैं समझ गई शरमियन शेपा की बेटी है, परंतु उन्होंने संबंध उजागर नहीं किया था। मैंने कहा, ''शरमियन मेरी सेविका नहीं, मेरी बहन, और उससे भी बढ़कर मेरी सखी की तरह रहेगी।''

शरमियन ने मेरा अभिवादन किया। उसे अपने पास बिठाकर मैंने कहा, ''तुम्हारी ही तरह मेरिरा और इरास नामक अपनी दो सखियों को मैं महल में छोड़ आई हूं। उनके ऊपर गंभीर उत्तरदायित्व है कि वह राजमहल की दुरभिसंधियों की सूचना मंदिर तक पहुंचाए। शेपा उनसे परिचित है।''

सुबह तक पचास सहयोगी मंदिर में आ गए। हमने उत्तर-पूर्व सीरिया के लिए प्रस्थान किया। कुछ दिनों में गाजा जा पहुंचे। वहीं से हमने सैन्य संग्रह प्रारंभ किया।

शताब्दियों पहले मिस्र द्वारा सीरिया से स्वस्थ छोटे बच्चों का अपहरण कर लिया जाता था और उनका पालन-पोषण किया जाता था। थोड़ा बड़ा होने पर उन्हें युद्ध की शिक्षा दी जाती। युवा होते-होते वे विकट योद्धा और मिस्र के राजभक्त बन जाते, तब उन्हें सीरिया वापस कर दिया जाता। इससे न तो सीरिया कभी मिस्र के विरुद्ध खड़ा हुआ और न ही सीरिया के मार्ग से आक्रमणकारी कभी मिस्र आ पाए। हां, आवश्यकता पड़ने पर मिस्र को सीरिया से सैनिक मिलते रहे।

टोलेमी वंश की स्थापना के साथ ही यह प्रथा समाप्त हो गई, क्योंकि सीरिया का भूभाग सेल्युकस के अधीन आ गया था, जो टोलेमी-प्रथम के मित्र थे। प्रथा के बंद हो जाने से सीरिया के युद्ध-प्रिय नवयुवक असहाय से हो गए। बीच में समय का बहुत बड़ा अंतराल होने पर भी इससे मुझे लाभ हुआ। मेरे सेनानायकों ने तेजी से भरती प्रारंभ कर दी। कुछ ही समय में एक लीजन (लगभग तीन हज़ार सैनिकों की सैन्य टुकड़ी) तैयार हो गई। अधिकतर नए सैनिकों के पास अस्त्र-शस्त्र थे, परंतु हमारे पास भी कवचों, लाल रंग के भालों, धनुष-बाणों और तलवारों की कमी नहीं थी। सेना शीघ्र ही व्यवस्थित हो गई।

सिकंदरिया से हमारे पास गुप्त सूचना आई कि रोम का सह-शासक पोंपी जान बचाकर मिस्र आ गया है और उसका पीछा करता हुआ दूसरा सह-शासक और सेनापति जुलियस सीजर आ रहा है। मैंने तत्काल भरती रोक दी और उसी सेना के साथ वापस मंदिर लौट आई। सेना ने मंदिर से दूर अपना डेरा डाला। यह वह समय था, जब सैनिक अभियान चलते रहते थे। कभी भी के लीजन सैनिक डेरा डाले दिख जाते थे और प्रजा को कोई आश्चर्य नहीं होता था। अतः नगर के बाहर सेना का जमाव आम बात थी।

मैं मंदिर के तलगृह में विश्राम कर रही थी, परंतु सीजर और पोंपी के संबंध में पूरी बात जानने को उत्सुक थी। तभी शेपा आ गए। उनके पास पूरी सूचना थी। मेरे आग्रह करने पर बोले, "पोंपी, जूलियस सीजर और कैशस रोम में शक्ति ग्रहण करने वाले त्रिनायक थे। कुछ वर्ष पहले सीरिया में एक युद्ध के दौरान कैशस मारा गया। पोंपी ने 'सीनेट' (संसद) को अपने पक्ष में करके सीजर पर कई प्रतिबंध लगा दिए। सीजर द्वारा प्रतिबंधों की उपेक्षा करने पर पोंपी ने उस पर युद्ध थोप दिया। पर सीजर आखिर सीजर है। पोंमी डर कर सिकंदरिया आ पहुंचा। टोलेमी राजा के लोगों ने सीजर का वरदहस्त पाने के लिए पोंपी की हत्या कर दी। अब उन्होंने सीजर से मांग की है कि आपको निर्मूल करने में सीजर उनकी सहायता करे।" शेपा चुप

हो गए। कदाचित् मेरी प्रतिक्रिया जानना चाहते हो। किसी विषय में मैं अपना मत-निर्धारण तब तक नहीं करती, जब तक मुझे सभी पहलुओं का ज्ञान नहीं हो जाता। मैं भी चुप रही। जानती थी शेपा स्वयं पूरी बात बताएंगे।

उन्होंने आगे कहा, "सुना है सीजर ने पोंपी की हत्या की प्रशंसा नहीं की है। एक कांटा उसके मन में गड़ रहा होगा कि पोंपी राजनीतिक शत्रु ही सही, उसका दामाद भी तो है, भले ही उसकी पुत्री जूलिया की मृत्यु छह वर्ष पहले हो चुकी हो। वास्तव में तभी से उनके बीच विरोध भी बढ़ने लगा। सीजर ने टोलेमी को सहायता का कोई आश्वासन नहीं दिया है। संभव है इस मामले पर सैन्य परिषद् विचार कर रही हो।"

"क्या सीजर की व्यक्तिगत विशेषताओं के संबंध में आपको जानकारी है?" मेरे मन में कोई और ही योजना चल रही थी।

"हां," शेपा ने कहा, "थोड़ा-बहुत जानता हूं उसके अनुसार सीजर बावन वर्ष का युद्ध-प्रिय, सौम्य, सुदर्शन, बलशाली पुरुष है। सौंदर्य-प्रिय है परंतु स्त्री-लोलुप नहीं है। दो शादियां हुईं। पहली पत्नी मर गई, दूसरी को तलाक दे दिया।"

मैंने शेपा को रोककर कहा, "बस मेरे लिए इतना ही काफी है।"

दूसरे दिन मुझे इरास और मेरिरा आकर मिलीं। उनके पास कोई नई सूचना नहीं थी। उन्हें मैंने अपनी योजना समझाई तो उसके संभावित परिणामों के भय से उनकी आंखें फट-सी गई।

मैंने उन्हें समझाया, "स्त्री का सौंदर्य उसका सबसे बड़ा अस्त्र होता है, इसी से मैं सीजर को परास्त करूंगी। विश्वास करो, विजय मेरी भौंहों में विलास करती है। तुम लोग समय पर मुझसे आ मिलना।"

वे दोनों चली गईं। उन्हें मालूम था कि मुझसे कहां मिलना है।

मैं दो सेनानायकों के साथ पुरुष वेश में अश्वारूढ़ हो सिकंदरिया की ओर चल दी। कुछ समय बाद राजमहल के निकट स्थित एक भवन में पहुंच गई। यह भवन शेपा का था। शरमियन, जो मेरे साथ थी, इसी जगह बड़ी हुई थी। राजमहल से पलायन करते समय मैं यहां कुछ देर के लिए रुकी थी।

कुछ समय बाद मेरिरा आ गई। मेरी साज-सज्जा, मेरा प्रसाधन वही करती थी। इस समय भी वह मेरे लिए सर्वोत्कृष्ट परिधान और प्रसाधन सामग्री लेकर प्रकट हुई थी। कहां से लाई, कैसे लाई, मैं नहीं जानती।

हल्की सर्दी प्रारंभ हो गई थी। सिकंदरिया के बाग-बगीचे फूलों से लद गए थे। फूलों की गंधवाही वायु आबाल-वृद्ध सभी को उन्मत्त बना रही थी। इसी मौसम के अनुरूप मेरिरा ने मुझे वीनस (प्रेम की देवी) के रूप में अवतरित किया।

मेरे दोनों सेनानायक, अनसतोसिया और अजेन, कुस्तुंतुनिया के व्यापारी के रूप में सज गए थे। शेपा भी आ गए। उन्होंने मुझे शुभकामनाएं दीं। यह भी बता दिया कि मेरी सीरियाई सेना प्रस्तुत है और आदेश मिलते ही सिकंदरिया आ धमकेगी। एक बहुमूल्य पर्शियन कालीन लाकर बिछा दिया गया। मैं उसमें लेट गई तो कालीन को लपेट दिया गया। उसे कंधे पर रखकर दोनों तथाकथित व्यापारी मेरिरा और इरास द्वारा बताए गए राजमहल के उस हिस्से की ओर चल दिए, जहां सीजर रुका हुआ था। सेनानायकों को नहीं मालूम था कि वे एक जीवंत इतिहास अपने कंधों पर उठाए अग्रसर हो रहे थे।

पर्शियन वेश में शरमियन हमारे आगे चल रही थी। उसने स्वर्ण-सिक्कों की एक थैली छिपा रखी थी। कहीं अपनी अदाओं से और कहीं रिश्वत देकर उसे रोमन द्वारपालों को पटाकर हमारा रास्ता साफ़ करना था। हम

बढ़ते चले जा रहे थे, इसका अर्थ यही था कि शरमियन अपना काम कुशलता से कर रही है।

कालीन में जिस ओर मेरा सिर था उस हिस्से को थामे सेनानायक अजेन मुझे वस्तुस्थिति से अवगत कराता चल रहा था, "हम कई प्रहरियों को पारकर एक दीर्घ गलियारे में आ गए हैं। आगे कक्ष-द्वार के पास शरमियन दो द्वारपालों से बात कर रही है। पहले उसने हमारी ओर इशारा किया। अब स्वर्ण-मुद्राओं की थैली उन्हें दिखा रही है। एक द्वारपाल कक्ष के भीतर चला जाता है। कदाचित् वह सीजर की आज्ञा लेने गया है। उसकी प्रतीक्षा में हम धीरे-धीरे आगे बढ़ रहे हैं। वह द्वारपाल कक्ष के बाहर आ जाता है। शरमियन उसे थैली पकड़ा देती है। हम आगे बढ़ रहे हैं। दोनों द्वारपालों ने कक्ष-द्वार खोल दिया है। हम कक्ष में प्रविष्ट हो चुके हैं। शरमियन बाहर ही रुक गई है।

"इस विशाल कक्ष में पंद्रह-बीस सेनानायक उपस्थित हैं। उच्च सिंहासन पर एक प्रभावशाली व्यक्ति बैठा है। वही कदाचित् सीजर है। हम उससे पंद्रह हाथ दूर रह गए हैं। हम कालीन नीचे रखने जा रहे हैं। जैसे ही हम दोनों कालीन के सिरों को पकड़कर झटका दें आप लुढ़कती चली जाइएगा।"

इसके बाद मुझे लगा कि कालीन की दिशा परिवर्तित कर उसे नीचे रख दिया है।

अजेन कह रहा था, "परमवीर रोम सम्राट जूलियस सीजर को हम व्यापारियों का प्रणाम। हम आपकी सेवा में संसार का सबसे सुंदर उपहार लेकर आए हैं। हे सम्राट, हमें कालीन खोलकर दिखाने की आज्ञा मिले।"

कुछ क्षण शांति रही। मुझे प्रतीत हुआ कि उसने इंगित किया होगा कि कालीन खोला जाए। कालीन में कुछ हरकत हुई। अर्थात् उन दोनों ने कालीन के छोर पकड़ लिए हैं। तभी झटका लगा तो लुढ़कती चली गई और

कालीन के अंतिम सिरे पर जाकर प्रकट हुई। इस नाटकीय प्रवेश से सभी उपस्थित जन हतप्रभ हो गए।

देवी वीनस के रूप में इठलाती हुई मैं खड़ी हो गई। यौवन भार से लदी अपनी देह को अंगड़ाई लेकर और मादक बनाकर नृत्यबाला की तरह उसे गरिमामय बनाया, रससिक्त अधरों पर आमंत्रण की मुस्कान भरी और आंखों में अतृप्त आकर्षण आंज कर अपनी कंबु ग्रीवा को हल्के से दोलायमान कर सीजर की ओर निहारा तो मेरी सुगंध-स्नात केश राशि उन्मत्त हो उठी। वीणा के तार-सी झंकृत विमोहक संगीतमयी मधुर वाणी में मैंने कहा, "सीजर महान, मैं टोलेमी वंश की ज्येष्ठ राजकन्या क्लियोपेट्रा हूं। मेरे पिता ने मुझे इस राज्य का संयुक्त उत्तराधिकारी बनाया था, परंतु मुझे अधिकार-च्युत करके देश निकाला दे दिया गया। यह राजवंश पोंपी की तरह मेरा भी वध करवाना चाहता है। मैं तुम्हारी शरण में हूं, मेरी रक्षा करो।"

सीजर चुप बैठा था। पता नहीं मेरे सौंदर्य से अभिभूत था या राजनीतिक हानि-लाभ की गणना कर रहा था। मुझे अदृष्ट परिणाम की उत्तेजना ने घेर लिया, इससे मेरी श्वास प्रक्रिया तीव्र हो गई और अनायास ही मेरा अर्थ आवृत्त वक्ष उठने-गिरने लगा। पता नहीं, सीजर ने मेरे मुकुलित सौंदर्य को आमंत्रण समझा जो वह उसमें निमग्न होने के लिए अपने स्थान से उठकर सम्मोहन में बंधा-सा सीधे मेरे पास आया। पर था धीर और अनुग्रही।

नव किसलय-सा कोमल मेरा हाथ उसने अपनी लौह-मुष्टिका से पकड़ा, उसे चूमा फिर उसे ऊपर उठाकर कहा, "मिस्र की महारानी...," उसके सैन्य अधिकारियों ने पूरा किया, "क्लियोपेट्रा, क्लियोपेट्रा।"

सीजर ने मेरी आंखों में देखते हुए इस प्रकार कहा जैसे वह मेरी आंखों से बातें कर रहा हो, "महारानी, मैं आपके सौंदर्य से और उससे भी अधिक नाटकीय रूप में मेरे सामने प्रकट होने के साहस से अभिभूत हूं। यद्यपि आप मेरी शरणागत हैं और रोम की रति संबंधी उद्दाम उच्छृंखलता की परंपरा के अनुसार मैं आपको इसी क्षण प्राप्त कर सकता हूं, परंतु मैं आपके अलौकिक

सौंदर्य का अपमान नहीं करना चाहता। आपने जाने-अनजाने मेरे हृदय में जो बलवती कामना जगाई है उसे मैं व्यर्थ नहीं होने दूंगा अपितु एक दृढ़-स्थायी बंधन में बांध लूंगा। बोलिए, क्या आपको मेरा विवाह-प्रस्ताव स्वीकार है?"

सैकड़ों विजयी युद्धों से प्राप्त यश उसने सौंदर्य की भेंट चढ़ा दिया। कहां तो मैं डर रही थी कि यह मुझे कालीन समेत बदंरगाह के कीचड़ में न फिंकवा दे और कहां...।

सीजर की नैतिकता ने मेरे मन पर गहरा प्रभाव डाला। उसकी आयु पचास के ऊपर थी और मैं अभी बीस की ही थी, तथापि मुझे लगा कि सौंदर्य की पूजा करने वाला वह व्यक्ति मेरे लिए सर्वथा उपयुक्त पात्र है। पुरुष के प्रति ऐसे ही कोमल क्षणों में स्त्री अपना सब कुछ हार जाती है। राजनीतिक हित इस समय गौण हो गए थे।

औरत कितनी भी साहसी हो, विदुषी हो परंतु शादी की बात सुनते ही उसके हृदय की धड़कनें बढ़ जाती हैं। मेरा भी यही हाल था।

मुझे चुप देखकर सीजर ने साहित्यिक ढंग से कहा, " 'बोनम सालवियर' (कौमार्य छोड़कर मुझसे विवाह करें)।" लगता है उसमें प्रतीक्षा का धीरज नहीं था।

मैंने धड़कते हुए हृदय से मौन सहमति दे दी। चारों ओर मूक हर्ष-ध्वनि व्याप्त हो गई।

उसने एक सेनानायक से कहा, "पुरोहित को बुलाओ।"

मेरा एक हाथ अब भी उसके हाथ में था। उसका दूसरा हाथ पकड़ते हुए मैंने कहा, "सीजर, तुम महान योद्धा ही नहीं महान व्यक्ति भी हो। मुझ जैसी सुंदर समर्पित नारी पर तुमने वासना से नहीं उपासना से विजय पाई है, मनुष्यगत विकार पर तुम्हारे विवेक ने विजय पाई है। मैं इसी क्षण से

तुम्हारी हूं। उच्च सामाजिक आदर्शों के लिए विवाह करना चाहते हो तो करो, मैं प्रस्तुत हूं।

"आपके आदमियों के लिए यह स्थान अपरिचित है। आप मेरे इन सेनानायकों के साथ अपने कुछ अधिकारी भेज दें, जिससे विवाह-प्रबंध करके यहां आने में इन्हें कोई बाधा न हो।"

सीजर ने सिर हिलाकर अनुमति दी।

मैंने दोनों सेनानायकों से सीरियाई में कहा, "जाइए, पुरोहित शेपा, मेरी तीनों सहेलियों को सूचना दें। जब तक शादी का प्रबंध न हो 'प्रवेश न करें'।"

वे दोनों चले गए। उन्हें मालूम था कि 'प्रवेश न करें' वाक्यांश हमारा गुप्त संकेत था। इसका अर्थ था कि हमारी सीरियाई सेना अभी नगर में प्रवेश न करे।

सीजर को यह आश्चर्य हो रहा था कि मैं ग्रीक के अतिरिक्त लेटिन और सीरियाई भी जानती थी। वह यह भाषा तो नहीं जानता था, परंतु मेरी वाणी के माधुर्य से इतना अभिभूत हो रहा था कि अपने हाथ में पकड़े मेरे हाथ पर अनायास दबाव बढ़ाने लगा, मैंने 'उफ' तो नहीं की, पर हाथों का दर्द जब आंखों में प्रकट होने लगा तो उसने हड़बड़ाकर मेरा हाथ छोड़ दिया। सीजर जैसा सौंदर्य का पुजारी क्या नैनों की भाषा नहीं समझ पाता।

सीजर ने मेरे कंधे पर हाथ रखा और मुझे सिंहासन की ओर ले चला। सिंहासन के पीछे रोम का राजचिह्न गरुड़ध्वज टंगा था। मुझे लगा यही मेरी भावनाओं का प्रतीक है। गरुड़ की ऊंची उड़ान अपने लक्ष्य पर उसकी सतत सतर्क दृष्टि, क्षिप्र गति से अग्रसर होने की उसकी सामर्थ्य...। लगा अब जीवन के कांटे अर्थ पा लेंगे।

मेरे चिंतन को सीजर की वाणी ने विराम लगा दिया। वह सिंहासन की ओर इंगित कर कह रहा था, "महारानी, सिंहासन को सुशोभित कीजिए।"

मेरे बैठने के बाद मेरे पास खड़े होकर ऐसे बोलने लगा जैसे मेरा सेवक मेरी ओर से कोई उद्घोषणा कर रहा हो।

वह कह रहा था, "मेरे प्रिय मित्रों, कुछ समय पूर्व तक हम यह विचार करने के लिए प्रस्तुत थे कि टोलेमी को सैनिक सहायता दी जाए अथवा नहीं। मैंने निश्चय किया है कि मिस्र के सिंहासन पर सूर्य-पुत्री क्लियोपेट्रा बैठेगी। यह उसका अधिकार है। अतः सेनाओं को आदेश दिया जाता है कि वह टोलेमी और उसके सहायकों को सिकंदरिया के बाहर खदेड़ दे।" अस्खलित भाषा में दिया गया आदेश सीजर की गरिमा के अनुरूप था।

दो सेनानायकों ने अपने स्थान से उठकर सादर कहा, "जो आज्ञा, सीजर महान।" इतना कहकर वे तेज़ी से चले गए।

सीजर ने फिर कहना प्रारंभ किया "क्लियोपेट्रा दृढ़, साहसी और विदुषी महारानी हैं। इन्होंने अकेले ही सीरिया जाकर एक लीजन (सेना) तैयार कर लिया। ऐसी महारानी के अधीन मिस्र हमारा मित्रराष्ट्र होगा तो विश्व-राज्य बनाने का अपना स्वप्न हम पूरा कर सकेंगे। क्लियोपेट्रा अप्रतिम सुंदरी है, इनमें प्रतिभा, दूरदृष्टि और यौवन की उमंग है, इनके सहयोग से..."

मैंने बाधा देकर कहा, "बीच में बोलने के लिए क्षमा करें, सीजर महान! मिस्र की अपार धनसंपत्ति और संसार की सर्वश्रेष्ठ नौ-सेना भी सदैव आपकी सेवा के लिए प्रस्तुत रहेगी।"

सीजर ने घूमकर मेरा हाथ पकड़कर चूमा और कहा, "तुम धन्य हो, महारानी।"

"महारानी नहीं, सिर्फ़ क्लियोपेट्रा कहिए।" मैंने भावुकता से पुलककर कहा। उसी क्षण शेपा के नेतृत्व में पूरा दल आ गया। शेपा एक नए रूप में

है या मेरी दृष्टि बदल गई है। मुंडित सिर, तीन वर्ष के बच्चे की भांति उज्ज्वल मुख, लंबी दाढ़ी, ऊंचा कद, लंबा लबादा पहने, हाथों में सोने की अंगूठियां चमकाते आइसिस मंदिर के पुजारी शेपा, इस समय मुझे कुछ नए से लगे। मुझसे अधिक उन्हें विश्वास था कि मैं मिस्र की महारानी बनूंगी। उनका वही विश्वास फलीभूत हो उन्हें आनंद से सराबोर किए दे रहा था, इसी कारण वे इस समय मुझे कुछ नए-से दिखाई दे रहे थे।

शेपा ने दो चौकियां डलवाई और उन दोनों पर एक मृगछाला बिछवा दी। मुझे इरास ने और सीजर को स्वयं शेपा ने चौकियों पर बिठाया। पुरोहित ने हाथ ऊपर उठाकर अदृश्य शक्तियों से प्रार्थना की। फिर एक पात्र से गेहूं की रोटी निकालकर उसके दो टुकड़े किए और एक-एक टुकड़ा हमें दे दिया। हमने एक दूसरे को वे पवित्र टुकड़े खिलाए। एक होने के प्रतीकस्वरूप मेरा हाथ सीजर को पकड़ा दिया गया। उसी समय विवाह संविदा पढ़ी गई। उस पर हमारे और साक्षियों के हस्ताक्षर लेकर उसे मुहरबंद कर हमें सौंप दिया गया। शेपा ने घोषणा करते हुए कहा कि अब हम दोनों पति-पत्नी हो गए हैं।

संस्कार हमारे जीवन में कितने महत्त्वपूर्ण होते हैं, यह मैंने आज, अभी और इसी क्षण अनुभव किया। पुरोहित द्वारा हमारे पति-पत्नी की घोषणा होते ही मेरे भीतर अनायास निष्ठा, सहिष्णुता, भद्रता और एकांत प्रेम के भाव अंकुरित होने लगे। हृदय की विनम्रता उनका सिंचन करने लगी। मुझे प्रतीत हुआ कि विवाह का आनंद प्राप्त करने के लिए यह अनुभूति आवश्यक है, तभी पुण्योदय होता है।

सीजर ने शेपा तथा विवाह कार्य में संलग्न अन्य लोगों को उपहार दिए।

मैंने शेपा से पूछा, ‘‘यदि मैं आपको कोई उपहार देना चाहूं तो स्वीकार करेंगे?’’

‘‘महारानी की इच्छा का निरादर करने का साहस कौन कर सकता है।’’

"मैं आपको आज से राजपुरोहित बनाती हूं।"

शेपा ने सिर झुकाकर यह पद स्वीकार किया।

तीनों लड़कियां काफ़ी प्रबंध करके लाई थीं। उन्हीं के साथ दस लोग और आए थे, जो भोज्य पदार्थ लिए थे। भोजनालय में वे अपने कार्य में व्यस्त थे। ग्रीस और साइप्रस की लाल मदिरा उपस्थित जनों को दी गई। दो स्वर्ण प्यालों में हमारे लिए भी मदिरा भरी गई। पहले मैंने अपने प्याले से सीजर को और फिर सीजर ने मुझे पिलाई। सभी मस्त थे, सभी पी रहे थे परंतु मेरी तीनों सहेलियां और शेपा दूर से ही आनंद ले रहे थे।

जब सभी छक गए तो भोजन-कक्ष में गए। विभिन्न सुस्वादु व्यंजनों का आनंद सबने उठाया। सबसे अंत में नई मदिरा में गूंथे गए आटे का केक, जो 'बे' नामक वृक्ष की पत्तियों को जलाकर पकाया गया था, सबको दिया गया। यह समारोह की समाप्ति का संकेत था।

रात गहराने लगी थी। सीजर पर लाल शराब और मेरे सौंदर्य का नशा चढ़ने लगा था। वह बराबर मेरा हाथ पकड़े रहा जैसे उसे भय हो कि मैं कहीं भाग न जाऊं।

कक्ष के बाहर से बांसुरी की स्वर-लहरियां आ रही थीं। मंगलकाम लड़के 'एपीथेलेमियम' का सस्वर उच्चारण कर रहे थे, जो एक प्रकार का गाली-गीत होता है। शरमियन एक पात्र में बादाम और खजूर लेकर उन लड़कों को देने चली गई। इस क्रिया से माना जाता है कि नववधू की उर्वरा शक्ति बढ़ जाती है। यह विचार आते ही मैं पुत्रकाम हो उठी।

इरास, मेरिरा और शरमियन ने आकर हम दोनों को घेर लिया। औपचारिकता की श्रृंखलाएं अब टूट चुकी थीं। विभोर कर देने वाला मन-मंदिर, मुग्ध, उत्तेजक परिहास चलता रहा। शरमियन और इरास मनुहार

करके सीजर को मय के प्याले दे रही थी। मेरिरा ने चुपके से मुझे उनसे अलग कर दिया और साथ लेकर मुझे सुहाग कक्ष की ओर ले चली।

भोजन के दौरान इरास और मेरिरा ने जाकर एक कक्ष को सुहाग कक्ष का रूप दिया। सुगंधित फूल और इत्र वे साथ लाई थीं। हमारी शैया पर फूलों की सुरुचिपूर्ण आकृतियां बनी थीं। कक्ष का पश्चिमी गवाक्ष समुद्र की ओर खुलता था। उसे खोलकर उस पर फूलों की झालर टांग दी गई। कक्ष द्वार से शैया तक मुकलित लाल फूलों की एक पट्टिका बनी थी, जैसे वे फूल हमारे आगमन की प्रतीक्षा में पलक-पांवड़े बिछाए पड़े हों। भीनी सुगंध वाले इत्र का प्रयोग किया गया था, जिससे फूलों की सुगंध दब न जाए।

सुहाग कक्ष में प्रवेश करते ही सुगंध के झोके ने आकर मेरा स्वागत किया जैसे वह काफ़ी समय से मेरी प्रतीक्षा कर रहा हो।

मेरिरा इस कक्ष में मुझे ले गई। मुझे एक आसन पर आसीन कर दिया। मेरे सामने एक चौकी पर कोहल (नेत्र अनुरंजनी), केश-चिमटी, कंघा अंगूठियां, नेकलेस, सेलखड़ी, कांसे के पात्रों में रखे चूर्ण, सुगंध, इत्र आदि रखे थे। लकड़ी का कामदार श्रृंगारदान खोलकर उसने एक छोटा दर्पण मेरे हाथ में पकड़ा दिया और बोली, "इसमें देखकर बताइए कि इस सौंदर्य को क्या किसी श्रृंगार की आवश्यकता है?"

"बिल्कुल नहीं है। तो हे प्रसाधिके, आज से तुम्हारी छुट्टी।"

"जैसी आपकी आज्ञा। चलते-चलते एक बात आपसे पूछना चाहूंगी। क्षमा करें क्या अब से जीवन-पर्यंत एक परिधान ही धारण किए रहेंगी?"

मैं हंस दी। मेरे परिधान भी तो मेरिरा ही बदलती है। उसने कई बार कहा है कि प्रत्येक दिन परिधान बदलते समय मेरे अंग-प्रत्यंग के दर्शन कर उनकी आभा से मोहाविष्ट हो चुकी है।

इस हास-परिहास के बीच उसके कुशल हाथ अपना काम कर रहे थे। मुख पर कई प्रकार के लेप चढ़ा दिए। फिर केशों को घुंघराले करने लगी। लेपों को कोमल वस्त्र से साफ़ किया। नेत्र अनुरंजित किए। केशों में इत्र लगाया। नया झीना परिधान पहनाया। वहां से ले जाकर सुहाग कक्ष में पुष्प सुसज्जित शैया पर बैठा दिया।

इधर-उधर देखकर मेरिरा ने पूछा, "क्या दीपक बुझा दूं?"

मैं हड़बड़ा उठी, "अरे! क्यों? अंधेरा नहीं हो जाएगा।"

"कैसे हो जाएगा अंधेरा! पारदर्शी वस्त्रों को पराजित कर आपकी देह से जो समुज्ज्वल प्रकाश विकीर्ण हो रहा है वह किसी को भी चुंधिया देने के लिए काफ़ी है। इस प्रकाश की छाया में आज हमारे सीजर महान की पूर्ण पराजय निश्चित है।"

"ठीक कहा तुमने," कक्ष-द्वार से सीजर के स्वर उभरे, "सीजर तो प्रथम दर्शन में ही पराजित हो गया था, अब तो आजीवन बंदी बनने आया है।"

अचानक सीजर को आया देख मेरिरा अस्त-व्यस्त हो उठी। वह कक्ष-द्वार की ओर भागी तो सीजर ने रास्ता छोड़ दिया। द्वार के बाहर इरास और शरमियन की हंसी गूंज उठी। वे सीजर को सुहाग कक्ष तक लेकर आई थीं।

सीजर दरवाज़ा बंद कर मेरी ओर बढ़े।

प्रिय से प्रथम मिलन की उत्तेजना-मिश्रित भय के कारण मेरी दृष्टि गवाक्ष की ओर चली गई। बाहर स्वच्छ चांदनी समुद्र पर पसरी थी, सागर शांत था, पर मेरा हृदय पुरुष के प्रथम एकांत स्पर्श की पूर्वानुभूति से उद्वेलित था। मैं शैया पर बैठी थी। सीजर मेरे सामने आकर घुटनों के बल बैठ गया। मेरा हाथ पकड़ा तो ऐसा लगा जैसे शौर्य सौंदर्य से मृदुल प्रेम की याचना कर रहा हो। मैं उस स्पर्श से ही स्वयं को शिथिल अनुभव करने

लगी, मेरी वक्ष का अंतरंग अशांत हो उठा। मुझे और कुछ नहीं सूझा तो मैंने अपनी भुज-बल्लरियों को आगे बढ़ाकर उस महावृक्ष को कस लिया जो सघन, प्रेमिल तो है, पर प्रेम के उद्वेगों से विचलित नहीं होता। मेरी अमर-बेल को वटवृक्ष का आश्रय मिल गया।

मेरे मन में चांदनी के असंख्य स्रोत उमड़ पड़े। प्रथम अनुराग की अपरिभाषित सुगंध में हम एक दूसरे के अव्यक्त भावों को आत्मसात् करते रहे। धीरे-धीरे भाव मूर्त होने लगे। ऐसा लगा कि अकस्मात् प्रकट हुई किसी नदी में हम निमग्न हो गए हैं रसभीगे से, रसपूरित से, रसप्लावित से। कामना यही कि डूबे रहें, बस डूबे रहें। अंततः शिथिल होकर इसी नदी तट पर आ लगे। शिथिलता भी कैसी जो रोम-रोम को पुलकित किए, दे रही थी। अब याद आया कि जिस नदी में हम निमग्न थे, वह भी वर्षा के दिनों की नील की तरह अल्हड़ हो गई थी।

सुबह देर से आंख खुली। उचककर गवाक्ष से देखा कि सागर-जल सूर्य के कोमल आलोक से दीप्तमान हो रहा है। मैं भी आनंद से आलोकित हो रही थी। रोम-रोम में परिरंभण-वेदना आह्लाद बन समाई थी। परिरंभक पति इस समय भी आनंद निद्रा में लीन था। कल रात्रि इसी ने जब दीप बुझाए तो मुझे भय लगा था कि आसपास छाया अंधकार कहीं आंखें फाड़कर मुझे देख न रहा हो। मेरी भयातुरता का इसे ही लाभ मिला था।

उसके मुख की ओर देखा। सुंदर तराशे नैन-नक्श, पौरुष से भरपूर बलिष्ठ देह-यष्टि, सिर के केश उद्यत यौवन की तरह विदा ले चुके थे। वर्षों से पत्नी-सुख से वंचित है, पर सान्निध्य प्राप्त होने पर असंयमित नहीं, उतावला नहीं। उसके संयम की गरिमा से मेरे भीतर शिष्टता-भाव जाग्रत हुआ। "इतना ही नहीं, क्लियो," हृदय के एक कोने से आवाज उठी, "तुमने अपना हृदय भी दे दिया है।" मेरा हृदय सदैव सच बोलता है। मुझे विश्वास हो गया कि यह विवाह राजनीति की वेदी पर नहीं हुआ है। मैं सीजर से प्यार करने लगी हूं। मैंने मन ही मन कहा, "हे राष्ट्रों के विजेता

सीजर, कल रात तुमने मेरे हृदय-साम्राज्य पर विजय पाई है। यह तुम्हारी सबसे बड़ी विजय है।"

द्वार पर आहट हुई। मैं जानती हूं मेरिरा ही होगी।...बड़ी दुष्ट है।

मैंने अस्त-व्यस्त वस्त्रों में ही जाकर द्वार खोला।

मुझे देखते ही उसके मुंह से निकला, "ओह!"

मैंने घबराकर स्वयं पर दृष्टि डाली कि मैं वस्त्र पहने हूं या...। झीने, पारदर्शी ही सही, थे तो। मैंने कृत्रिम क्रोध से उसे देखा।

"क्षमा करें, मैंने कदाचित् असमय आपकी निद्रा भंग कर दी है।"

"नहीं-नहीं, मैं पहले से ही जगी हुई हूं।"

"अब दिन है, पहले रात थी, क्या रात से ही...।"

"धत्! बहुत वाचाल हो गई है। लगता है किसी के हवाले करना पड़ेगा।"

"जो पहले से ही किसी का हो चुका हो, उसे क्या किसी के हवाले करेंगी।"

"सच, बता कौन है वह ?"

"आप। आप ही हैं वह जिसे मैंने स्वयं को अर्पित कर दिया है, पूरे जीवन के लिए। सेवा में रहूं यही कामना है।"

किसी अभूतपूर्व उन्मत्तता के वशीभूत होकर मैंने उसे आलिंगन में भर लिया। मेरिरा भी सन्न रह गई।

मेरे पीछे से आवाज आई, ''महारानी, आपका सेवक सीजर भी उठ गया है।''

मैंने मेरिरा को छोड़ दिया। पीछे पलटकर आंखों में कृत्रिम क्रोध भर सीजर को देखा तो वह 'धड़ाम' से शैया पर ऐसे गिर गया जैसे घायल सिपाही रणभूमि में गिरता है।

अब हर दिन उत्साह का और रात उल्लास का उत्सव होती। मेरी सहेलियां रात-दिन व्यस्त रहतीं। उन्हें मुझे सुख देकर सुख मिलता।

दिन-भर रात्रि-भोज की तैयारियां होतीं। रात्रि भोज में मेरे और सीजर के अतिरिक्त सभी मेहमान लगभग अचेत हो जाते। मैं मदिरा की अभ्यस्त नहीं थी, इधर रात में अधिक होश में बने रहने के लिए सीजर भी कम लेने लगा था। मेरे विश्वस्त लोग भी भोज में बुलाए जाने लगे थे। बस, उनका स्वागत भर कर पाती थी।

रात्रि-भोज में मनोरंजन के लिए कभी गायक-वादक कलाकार आते, कभी जादूगर आकर अपने हाथ की सफाई दिखाते। मेरी उपस्थिति के कारण नृत्य-बालाएं नहीं बुलाई जातीं।

लगभग दो महीने बाद एक रात्रि सीजर के सभी सेनानायक लौट आए। उनसे बात करने के बाद सीजर ने सगर्व बताया कि टोलेमी-चतुर्दश की सेनाओं ने समर्पण कर दिया है, परंतु राजा स्वयं जब भागने लगा तो पानी में डूबकर उसकी मृत्यु हो गई। राजकुमारी आरसिनोई भागते हुए पकड़ी गई और बंदी बना ली गई। युद्ध बंद हो गया और सेनाएं अपने शिविरों में चली गई हैं।

अपना संक्षिप्त वक्तव्य समाप्त कर सीजर ने मेरी ओर देखा कदाचित् मेरी आंखों में कृतज्ञता भाव देखना चाहता हो। मेरी प्रसन्न आंखों ने उसे निराश नहीं किया।

प्रसन्न मन से सीजर ने कहा, "मिस्र का राज्य मैं महारानी क्लियोपेट्रा को सप्रेम भेंट करता हूं।"

उपस्थित जनों ने हर्ष विभोर होकर तालियां बजाईं। मेरे नाम का उच्चारण बार-बार होता रहा।

उसके अनुग्रह से संपन्न हो मैं कृतार्थ हो उठी। अपने उत्फुल्ल नैनों को सीजर पर स्थिर कर मैंने कहा, "हे प्रिय, मैं भी तुम्हें एक उपहार देने की घोषणा करना चाहती हूं।"

"आप स्वयं मेरे लिए किसी उपहार से कम नहीं हैं। क्या इससे भी बड़ा कोई उपहार आपके पास है?" सीजर ने सहास्य पूछा।

उसने ऐसी भंगिमा बनाई जैसे अपने वाक्-चातुर्य से आज मुझे निरुत्तर कर देने का अवसर उसे मिल गया हो।

मैंने उसके प्रश्न का उत्तर दिया, "हां है। मैं तुम्हें पिता बनने का गौरवमय उपहार देती हूं।"

"सच!" तत्क्षण आनंदाभिभूत हो वह महायोद्धा आगे बढ़ा और सहज विजय के समान उसने मुझे बलिष्ठ बाहुओं में उठा लिया और नाचने लगा।

हवा में झूलते हुए मैंने अपनी आंखें बंद कर ली। पुरुषों को कदाचित् यह ज्ञान नहीं होता कि मातृत्व स्त्री की सर्वश्रेष्ठ और सहज सुंदर साधना होती है, जिसका फल उसे परमानंद के रूप में प्राप्त होता है। वे अपने ही आनंद में डूब जाते हैं।

हमें सभी ओर से बधाइयां मिलने लगीं, तब उसे होश आया और मुझे अपनी बांहों से मुक्त किया। आने वाले नन्हे मेहमान की सेहत के लिए जाम पिए गए। देर रात भोज समाप्त हुआ तो हम अपने कक्ष में आए।

सीजर ने मुझे शैया पर लिटा दिया और एक परिचारक के रूप में मेरे पास बैठ गया। मेरा परिधान हटाकर मेरे उदर पर हाथ फेरने लगा। रोमांच से मैंने आंखें बंद कर ली।

"महारानी, मुझे मेरा उत्तराधिकारी दो।" उसका स्वर आर्द्र हो उठा था।

मैंने आंखें खोलकर पूछा, "संतान के आने की सूचना सबसे अधिक पिता को प्रसन्नता देती है, पर तुम मुझे व्यथित दिखाई देते हो। बताओ, मेरे प्रिय, तुम्हारे हृदय को क्या मथ रहा है?"

"मेरा दुर्भाग्य मुझे सशंकित बनाकर पीड़ा दे रहा है।" वह चुप हो गया। मैंने भी बाधा नहीं दी। हृदय स्वतः खुले तो पीड़ाएं प्रकृत रूप से दूर होती हैं।

उसने पूर्व-सूत्र पकड़कर कहा, "मेरा पहला विवाह कैल्पूनिया नामक एक सुंदरी से हुआ था। विवाह के बाद कई वर्ष मौज-मस्ती में निकल गए। उसके बाद हमें यह कमी खटकी कि हमारी गोद में कोई संतान नहीं है। रोम में खेल बहुत होते हैं। एक बार हम दौड़ देखने गए। प्रचलित प्रथा के अनुसार मैंने कैल्पूनिया से कहा जब प्रसिद्ध धावक ऐंटोनियस दौड़े तो तुम उसके मार्ग पर खड़ी हो जाना ताकि वह तुम्हारा स्पर्श कर सके। बुर्जुगों का कहना है कि इस प्रकार की पवित्र दौड़ में यदि धावक द्वारा कोई बांझ स्त्री छू ली जाती है, तो उसका दोष हट जाता है। सार्वजनिक रूप से स्त्री की अस्मिता को अपमानित करने वाली यह बात उसने उस समय तो मान ली परंतु इस बात से उसे इतनी पीड़ा हुई कि क्षमा मांगने का अवसर दिए बिना वह मुझे छोड़कर चली गई। उसे तलाश करने के सारे प्रयत्न असफल रहे।"

सीजर चुप हो गया। स्त्री सुलभ जिज्ञासा से मैंने पूछा, "फिर?"

"दो वर्ष बाद मैंने पंपिया से शादी कर ली। एक वर्ष बाद उसने मुझे प्यारी-सी बच्ची दी। अपनी मां की तरह पुत्री भी अतीव सुंदरी थी। बच्ची

बड़ी होने लगी। इसी बीच मुझे पत्नी में चरित्र-दोष दिखाई देने लगा। कोई स्पष्टीकरण देने को वह तैयार नहीं थी। सीजर की पत्नी को संदेह से ऊपर होना चाहिए, पर वह नहीं थी। अतः मैंने उसे तलाक दे दिया। धीरे-धीरे बच्ची जूलिया विवाह-योग्य हो गई। मैंने उसका विवाह उभरते सेनानायक पोंपी के साथ कर दिया। दुर्भाग्य से कुछ वर्ष पूर्व जूलिया की मृत्यु हो गई। पोंपी का भी मिस्र की धरती पर वध कर दिया गया।

"मैंने निश्चय किया था अब विवाह नहीं करूंगा, अतः मैंने आक्टेवियन को गोद ले लिया, परंतु अभी तक मैंने उसे अपना उत्तराधिकारी घोषित नहीं किया। पता नहीं हृदय में कहां क्षीण आशा अटकी हुई थी कि मेरा अपना पुत्र होगा।"

मैंने उसका हाथ दोनों हाथों में लेकर कहा, "स्वामी, चिंता नहीं करो, मैं तुम्हें पुत्र ही दूंगी।"

"आपकी जिह्वा पर देवता विराजें। परंतु यह आप कैसे कह सकती हैं कि पुत्र ही होगा।"

"मुझे एक भविष्यवक्ता ने बताया था कि मैं पुत्रों की ही माता बनूंगी।" यह कहकर मैंने आंखें बंद कर ली। मैं डर रही थी कि सीजर कुछ और न पूछने लगे। मेरी आंखें बंद देखकर सीजर समझा मैं क्लांत हो गई हूं।

उसने कहा, "आपको आराम करना चाहिए। रात भी भीग चुकी है। अब सो जाओ।"

मैं सोने का अभिनय करके आराम से चुपचाप पड़ी रही। मुझे भविष्यवक्ता की बातें रह-रहकर याद आ रहीं थीं। उसने कहा था, मैं मिस्र की महारानी बनूंगी, सो बन गई। कहा था मेरा प्रथम पति अकाल मृत्यु का ग्रास बनेगा सो बन गया। मेरा प्रथम तथाकथित पति मर चुका है। मेरी प्रथम

संतान...मैं आगे न सोच सकी। सिहर कर सीजर के वक्ष से जा लगी। इस आकस्मिकता को देखकर उसे लगा कि मैंने कोई बुरा सपना देखा है। लोक मान्यता है कि दुःस्वप्न बता दिए जाने पर सच हो जाता है, कदाचित् इसी डर से उसने कुछ नहीं पूछा।

धीरे-धीरे निद्रा ने मुझे अपने क्रोड़ में ले लिया।

हम लोग राजमहल परिसर में स्थित सरोवर के पास काफी देर से टहल रहे थे। वहीं किनारे बैठ गए। सरोवर कमल पुष्पों से आच्छादित था। लहरें पुष्पों की भीड़ से ऊबकर किनारे पर आकर सांसें ले रही थीं। कमल के फूल मुझे अच्छे नहीं लगते। सीजर को यह बात मालूम नहीं थी। वह एक कमल तोड़ लाया और मुझे पेश करते हुए कहा, "यह आपके लिए।"

मैंने अनिच्छा से फूल ले लिया। सीजर सरोवर को मुग्ध भाव से देख रहा था। मैं नहीं चाहती थी कि कमल के फूलों पर कोई चर्चा हो। सीधे मना भी नहीं कर सकती थी। अतः विषयांतर करके पूछा, "बताओ 'आप' और 'तुम' में क्या अंतर है।"

"वही जो क्लियोपेट्रा और सीजर में है।

"बात घुमाइए नहीं। साफ बताइए।"

"देखिए, मैं सैनिक हूं, आपकी तरह भाषाविद् नहीं हूं। फिर भी अपनी तुच्छ बुद्धि से बतलाता हूं। 'आप' और 'तुम' दोनों संबोधन हैं। 'आप' में आदर, श्रद्धा, सम्मान का भाव निहित होता है और 'तुम' में प्यार, स्नेह, दुलार का भाव भरा होता है।"

"इससे तो यही विदित होता है कि तुम मुझे प्यार नहीं करते, इसीलिए हमेशा 'आप, आप' करते रहते हो।"

"आप महारानी हैं, मैं आपका सेनापति।"

''यह कोई तर्क नहीं है, तुम मेरे पति भी हो।''

''सत्य बात तो यह है कि सैनिक अनुशासन के कारण मेरे मुख से 'तुम' निकलता ही नहीं। अब बताओ मैं क्या करूं? जो चाहे दंड दे सकती हैं।''

''दंड यही है कि तुम मुझे 'आप' कहते रहो और मैं तुम्हें 'तुम' पुकारती रहूं। स्वप्न में भी मुझे 'तुम' नहीं कह देना।''

''जो आज्ञा महारानी जी। अच्छा एक बात बताइए। क्या आप स्वप्न की बातों पर विश्वास करती हैं?''

प्रश्न अप्रत्याशित था। किस संदर्भ में पूछा गया है, यह मैं नहीं समझ पाई। तत्काल कोई उत्तर नहीं सूझा, इसलिए चुप रही।

सीजर ने मुझे उत्तर देने के लिए बाध्य नहीं किया। अपना मत व्यक्त करते हुए कहा, ''भई, मैं तो स्वप्नों पर विश्वास नहीं करता। स्वप्न यथार्थ से दूर होते हैं।''

''कभी-कभी वे आगामी घटनाओं का संकेत देते हैं।'' मैं अपने को रोक नहीं पाई।

''मैं तो नहीं मानता।'' उसने अधीरता से कहा।

''तुम इतिहास को मानते हो?''

''उसे कौन नहीं मानता।''

''एक घटना प्राचीन इतिहास की सुनाती हूं, सुनो।''

''व्यवधान के लिए क्षमा चाहता हूं। रात उतरने वाली है, मौसम सर्द हो रहा है। अच्छा हो हम लोग कक्ष में चलें।'' इतना कहकर सीजर खड़ा हो

गया। मेरा हाथ पकड़कर मुझे उठाया और हम लोग धीरे-धीरे चलकर अपने कक्ष में आ गए।

जब मैं कोच में आराम से बैठ गई तब उसने कहा, "हां, आप प्राचीन इतिहास की कोई घटना सुनाने जा रही थीं। सुनाएं, यह अक्लांत श्रोता प्रस्तुत है।"

मुझे सीजर पर प्रेम उमड़ आया। उसका हाथ पकड़कर चूमा और मुग्ध आंखों से देखते हुए उससे कहा, "तुम बहुत प्यारे पति हो।"

कुछ देर तक प्यार की अव्यक्त रसधार बहती रही। सीजर इसके पूर्व बालसुलभ उत्सुकता से घिरकर बैठा था। उसे देखकर यही विचार मन में उठा था कि युद्ध में प्रलय ढा देने वाला यह व्यक्ति घर में कैसी बाल-सुलभ चेष्टाएं करता है, प्रेमी के रूप में अपने हृदय का पूरा कोष खाली कर देता है, मित्रों के साथ घुल-मिलकर व्यवहार करता है, सेवकों के प्रति सहृदय दिखाई देता है।

उसने अपने आसन पर बेचैनी से पहलू बदला। उसकी उत्सुकता पराकाष्ठा पर था।

मैंने कहना प्रारंभ किया। "सुनो, आज से एक हज़ार पांच सौ वर्ष पूर्व थुटमोस-प्रथम नामक मिस्र का एक राजा हुआ था। उसके हेटशेपसुट नाम की एक सर्वगुण संपन्न पुत्री थी। राजा के दो दासी-पुत्र भी थे। जब राजा की मृत्यु हो गई तब हेटशेपसुट ने छोटे सौतेले भाई के साथ संयुक्त रूप से सत्ता संभाली। उसके पिता की अंतिम इच्छा थी कि बेटी अपने भाई के साथ विवाह कर ले तब सत्ता संभाले। पुत्री ने पिता की आज्ञा का सम्मान किया परंतु दुर्भाग्य से उसका भाई-पति कुछ ही दिनों बाद मर गया। संदेह यह भी किया जाता है कि उसने ही भाई को विष देकर मार डाला। इसके बाद वह अल्पवयस्क भाई थुटमोस-तृतीय की प्रतिसंरक्षक बन कर सत्ता चलाने लगी।

"उस समय मिस्र उत्तर और दक्षिण के रूप में दो भागों में बंटा था। रानी ने दोनों भागों पर अधिकार कर लिया। इसके प्रतीक स्वरूप वह दो मुकुट धारण करने लगी। इसके बाद रानी ने युद्ध का परित्याग कर दिया, सेना का विस्तार रोक दिया, शांति का आवाहन किया। उसने बड़े-बड़े स्मारक बनवाए, अपनी समाधि बनवा ली, विदेश-व्यापार को प्रोत्साहन दिया। रानी ने विश्व का प्रथम चिड़ियाघर बनवाया जो प्राचीन राजधानी मेम्फिस से लाकर यहां सिकंदरिया में हमारे वंशजों द्वारा स्थापित कर दिया गया। उसने अपने समर्थकों और सहायकों की सेना-सी बना रखी थी। उसका सबसे विश्वस्त मंत्री सेनमट था जो अस्सी प्रकार के विभिन्न कार्य देखता था।"

"क्या इस रानी ने कोई सपना देखा था?" सीजर ने पूछा।

"नहीं। रानी का दूसरा सौतेला भाई थुटमोस-तृतीय था। दोनों की आयु में बीस वर्षों का अंतर था। अतः रानी ने उससे विवाह तो नहीं किया था, परंतु उस बुद्धिमान, गतिमान और दृष्टि-संपन्न राजकुमार को वह अपने अंगूठे के नीचे रखती थी। थुटमोस इस बात से बेचैन रहता था और इधर-उधर भटकता रहता था।

"एक बार भटकते-भटकते वह मेंफिस के पश्चिम में गिजेह नामक स्थान पर बनी 'स्फिंक्स' (नरसिंह) की विशाल मूर्ति के पास पहुंचा। राजधानी से पचास स्टेडिया (दस किमी) तक अनवरत अश्वारोहण करने के कारण वह थक गया था अतः मूर्ति की छाया में विश्राम करने के लिए लेट गया। थोड़ी देर में सो गया तो उसने स्वप्न देखा कि नरसिंह देव उसके सामने खड़ा है। वह कह रहा था कि उसकी मूर्ति के आसपास काफी बालू जमा हो गई है और यदि वह उस बालू को साफ कर दे तो उसे मनचाहा एक वरदान मिलेगा। थुटमोस ने कहा कि वह स्वयं बालू साफ करेगा, परंतु वरदान के रूप में उसे उसका राज्य वापस चाहिए। नरसिंह के 'तथास्तु' कहते ही स्वप्न समाप्त हो गया।

“थुटमोस की जब आंख खुली तो उसने स्वप्न पर विचार किया और यह सोचकर कि बालू साफ़ करने के बाद भले ही स्वप्न पूरा न हो, इसी बहाने एक धार्मिक कार्य उसके हाथ से पूर्ण हो जाएगा। अतः निर्देशानुसार उसने मूर्ति के आसपास की बालू साफ़ कर डाली।

“नगर लौटते समय उसके मस्तिष्क में यह विचार कौंधा कि देवता ने प्रकारांतर से उसे कर्मठता और संघर्ष का उपदेश दिया है। उसने नए उत्साह से अपने सहयोगियों को एकत्र किया, सेना का गठन किया और एक दिन हमला बोलकर बीस साल से राज्य पर अधिकार जमाए बैठी रानी हेटशेपसुट को सत्ता-च्युत कर दिया, उसके बनवाए सभी स्मारक नष्ट कर दिए। आगे चलकर वह एक प्रसिद्ध राजा बना।”

कथा समाप्त कर मैं अन्यमनस्क हो उठी।

सीजर ने कहा, “रानी हेटशेपसुट की कथा बहुत कुछ तुम्हारे जीवन से मेल खाती है, बस मूल अंतर यही है कि उसके भाई सौतेले थे...।”

मैंने शीघ्रता से कहा, “मेरे भाई बहन भी सौतेले हैं। मेरी माता का जब देहांत हुआ, मैं दो वर्ष की भी नहीं थी। पिता ग्रीस से मेरे लिए सौतेली मां ले आए। कहा तो यह भी गया कि वह स्त्री राजवंश की नहीं थी। अतीव सुंदरी थी अतः साधारण परिवार की होने पर भी स्वीकार्य हो गई। विवाह के एक वर्ष बाद आरसिनोई और उसके दो वर्ष बाद उसका भाई पैदा हुआ। उस समय मैं पांच वर्ष की हो गई थी। विमाता ने कभी हमें साथ-साथ नहीं खेलने दिया। मेरे प्रति बच्चों में ईर्ष्या और दुर्भावना भर दी। कई वर्षों बाद एक मृत शिशु को जन्म देते समय वे भी मर गईं।

“मेरे लिए सबसे अधिक संतोष की बात यही थी कि पिता मुझे प्यार करते थे। विमाता के मेरे प्रति दुर्व्यवहार से वे दुःखी रहते थे और दूसरी शादी करने के लिए वे पश्चाताप करते थे। उन्होंने देख लिया था कि औरत या तो प्यार करती है या घृणा, उसके लिए तीसरा उपाय नहीं होता। इसी

कारण पिता ने मुझे सौतेली मां की छाया से भी दूर रखा, ताकि उसके दुस्सह नियंत्रण से मेरे भीतर की सहजता और जीने की उमंग नष्ट न हो जाए। इससे मेरे भीतर का प्राकृतिक रस सदैव तरल बना रहा और मेरे विकसित होते शारीरिक सौंदर्य का सिंचन करता रहा। पिता मुझे अतिरिक्त स्नेह देते और मेरी मानसिक व बौद्धिक शक्तियों के विकास के प्रति सदा सजग रहते।

"विमाता सदैव यही जोर डालती रही कि राज्य का उत्तराधिकारी केवल उनका पुत्र हो। पिता ने उनकी बात न तब मानी और न बाद में। अपनी मृत्यु से पूर्व भाई के साथ संयुक्त उत्तराधिकारी घोषित किया। परंपरा के अनुसार मेरा भाई मेरा पति माना गया, परंतु मैं इस प्रथा से घृणा करती थी।

"मुझे परिदृश्य से हटाने के लिए षड्यंत्रकारी काफ़ी पहले से सक्रिय थे। मैंने भी अपने समर्थक खड़े कर लिए थे। मेरी रक्षा का भार हिब्रू सैनिकों पर था। मेरे पंद्रह वर्षीय भाई को कामकला के भेद समझाकर मेरे कक्ष में यह कहकर भेज दिया कि मैं उसकी पत्नी हूं और मेरे साथ सोने का उसे अधिकार है।

"वह राजा था, इसलिए राजमहल के किसी कक्ष में उसके जाने पर प्रतिबंध नहीं था। एक रात मेरे कक्ष में आ गया और मेरे साथ सोने की बात कही। मैंने उसकी बहुत पिटाई की और उसी रात महल छोड़कर चली गई।

"सीरिया पहुंचकर सैन्य संग्रह किया और जब लौटी तो तुम्हारे रूप में मेरे भाग्य का सूर्य राजमहल में उदित हो चुका था। भाई तो मर चुका है, अब रह गई है बहन।"

"तुम आरसिनोई की चिंता मत करो। वह युद्ध-बंदी के रूप में हमारे अधिकार में है। मैं यहां से तभी जाऊंगा जब आपके पुत्र का स्वागत कर लूंगा। उसके बाद जब मैं विजय अभियान पर जाऊं तब तुम अपने पुत्र के साथ संयुक्त रूप से राज्य करना।"

"प्रिय सीजर, मुझे इस व्यवस्था से कोई विरोध नहीं है, परंतु एक बात पूछना चाहती हूं कि स्त्री के लिए बड़े-बड़े युद्ध लड़े जाते हैं, उन्हें सौंदर्य की देवी माना जाता है परंतु क्या पुरुष समाज स्त्री को कभी स्वतंत्रता देने की सोचता है। स्त्री शासन करती है तो पुरुष क्यों आहत होता है? हेटशेपसुट का बीस वर्ष का शासन काल युद्धरहित रहा है। उसके उपरांत भी लोगों ने दासी पुत्र को राजा स्वीकार कर लिया और राजवंश की कन्या को सत्ताच्युत कर दिया। नेफरटीटी तथा अन्य कुछ रानियों की चर्चा सिर्फ़ उनकी सुंदरता को लेकर है, परंतु उनका बौद्धिक स्तर कैसा था, क्या वे राज-संचालन में भाग लेती थीं, इस संबंध में इतिहास मौन है।"

मैं सांस लेने के लिए ही नहीं थमी, मैं चाहती थी कि सीजर भी इस विमर्श में सम्मिलित हो, अपने विचार प्रकट करे।

सीजर मेरा मंतव्य समझ गया। बोला, "प्रिय क्लियोपेट्रा, मुझे इस बात से प्रसन्नता है कि तुमने स्त्री-स्वातंत्र्य जैसा गंभीर विषय तो उठाया है, परंतु तुम्हारे स्वर में तिक्तता कतई नहीं है। स्त्री को स्वतंत्रता तथा अधिक अधिकार पाने के लिए स्वयं संघर्ष करना होगा, परंतु इसका परिणाम हो सकता है, युगों बाद सामने आए। बहरहाल संघर्ष जारी रखने के लिए आवश्यक है कि स्त्री बौद्धिक रूप से चेतन और मानसिक रूप से साहसी हो। सच कहूं तो मैं आपके सौंदर्य की अपेक्षा साहस से अधिक प्रभावित हुआ। रोम में एक कहावत है, 'ऑडेंटेस फारचूना ज्युवट' (भाग्य साहसी लोगों का ही साथ देता है)। तुम्हें अपनी सहचरी बनाकर क्या मैंने आपकी स्वतंत्रता में बाधा डाली है?"

"नहीं, पर तुम बाधक बन भी कैसे सकते थे," मैंने हंसते हुए कहा, "प्रेम में पड़ना और बुद्धिमान बने रहना ईश्वर को भी नसीब नहीं है। पर मैं उपकृत हूं कि तुमने मुझे पूर्वापेक्षा कार्य करने की अधिक स्वतंत्रता दी। इस बीच मैंने अपनी सेनाओं को नए सिरे से संगठित करने का आदेश दिया था। तुमने या तुम्हारे किसी सैन्य अधिकारी ने इस कार्य में बाधा नहीं डाली, वरन सहयोग ही किया।"

“महारानी, आपने अपनी स्वतंत्रता तो खोज ली, परंतु मुझे तो अपना दास बना लिया। लगभग एक वर्ष से आपकी सेवा में हूं। उधर रोम तथा अन्य देशों में मेरे शत्रु सिर उठा रहे हैं।”

“तो जाइए, उन्हें पराभूत कीजिए।”

“तुरंत युद्ध पर निकल पड़ने की व्याकुलता से मैं अस्थिर नहीं हो रहा हूं। पुत्र का मुख देखे बिना कैसे जा सकता हूं। आप ही बताइए, कितना विलंब है।”

“मैं क्या जानूं?” यह कहते हुए लज्जा से मेरा मुख आरक्त हो गया। सीजर ऐसा अवसर कैसे चूकता। उसने मेरा मुख ऐसे चूमा जैसे मैं कोई नन्हीं बालिका होऊं।

महल में चारों ओर आवाजें गूंजने लगीं ‘विवेट सीजरियन, विवेट सीजरियन’ (छोटा सीजर दीर्घायु हो, छोटा...)। सीजर अपने सेनानायकों के साथ बैठा आगामी अभियान पर विमर्श कर रहा था। सीजर को पुत्र-जन्म की बधाई देने शरमियन भागी-भागी उसके पास पहुंची। उससे सूचना पाकर वह शीघ्रता से मेरे कक्ष में आया। पर उसे मेरी शैया से दूर रखा गया। उसका उत्साह और औत्सुक्य उस युवक के समान था, जिसकी पुत्र पाने की कलित कामना पहली बार फलीभूत हुई हो।

प्रसव में मुझे अधिक कष्ट नहीं हुआ। गर्भावस्था के दौरान सीजर ने मेरे स्वास्थ्य का बहुत ध्यान रखा था। सुबह-शाम मुझे टहलाने ले जाता, पौष्टिक पर हल्का और संतुलित भोजन लेने देता। मद्य का निषेध कर दिया। शहद की मात्रा बढ़ा दी। सर्वोपरि यह कि गर्भ के पूरे समय तक वह मेरे साथ रहा।

आंतरिक कक्ष में कई डॉक्टरों और परिचारिकाओं की उपस्थिति में पुत्र जन्म हुआ। मैं व्यर्थ ही मन ही मन भयभीत रहती थी कि प्रसव के दौरान

असह्य पीड़ा से कहीं मर न जाऊं। प्रसव कार्य में प्रशिक्षित परिचारिकाएं और डॉक्टर सदा मुझे सांत्वना देते रहे कि प्रसव एक प्राकृतिक प्रक्रिया है। थोड़ी पीड़ा होती है, पर वह इसलिए आवश्यक है कि माता का शिशु के प्रति ममत्व जाग्रत हो। प्रसूति-कक्ष का वातावरण मुझे अच्छा नहीं लग रहा था इसलिए मेरी हठ पर परिचारिकाओं ने मेरे वस्त्र बदलकर मुझे मेरे शयनकक्ष में पहुंचा दिया। ग्रीस में कहावत है कि पिता को प्रसूति-गृह में नहीं जाना चाहिए। शिशु जन्म से पूर्व ही मैंने कह दिया था कि बच्चे के सभी संस्कार रोमन परंपरा से किए जाएंगे।

एक परिचारिका शिशु को श्वेत वस्त्र में लपेटकर लाई और उसे प्रतीक्षारत सीजर के चरणों में रख दिया। सीजर ने उसे तत्काल अपने हाथों में उठा लिया और कहा, "मैं इस बच्चे के पालन-पोषण का उत्तरदायित्व लेता हूं।"

परिचारिका ने शिशु को पिता के हाथों से ले लिया और आकर मेरे पास लिटा दिया। बुरी नजर से बचाने के लिए उसके गले में एक 'बुल्ला' (लॉकेट) डाल दिया गया।

सीजर मेरे पास आया। मेरी बगल में पड़े नन्हे, स्वस्थ, सुंदर, बाल सूर्य-से तेजस्वी शिशु को देखते ही उसके मुख पर परमानंद का तृप्ति-भाव विलास करने लगा। पिता-पुत्र को एक साथ देखकर मेरे मुख पर उभरी प्रसन्नता की रेखाएं और गहरी हो गईं। सीजर ने मेरी ओर निहारा। उसकी कृतज्ञ दृष्टि एक क्षण में ही सब कुछ कह गई। मेरे मस्तक पर हाथ फेरते हुए उसने कहा, 'विवेट रेजीना' (महारानी दीर्घायु हों)। इसके बाद शिशु के कोमल मस्तक पर अपनी भारी भरकम, खुरदुरी हथेली फिराने में उसे संकोच हुआ, अतः हल्का ही स्पर्श करके कहा, 'विवेट सीजरियन।'

मैंने अपनी स्नेहपूरित दृष्टि से सीजर का स्पर्श करते हुए कहा, "प्रिय, मैंने तुम्हें पुत्र देने के लिए कहा था, सो अपना वादा पूरा किया। अब दीजिए मेरा पुरस्कार।"

सीजर ने बच्चे को गोद में उठा लिया और बोला "आपका पुरस्कार! जहां सीजर की विजयी तलवार चमकी है वह संपूर्ण धरती मैं आपके नाम करता हूं। आप स्वयं बताइए आपको और क्या चाहिए?"

मैंने अंगभूत आग्रह से कहा, "मुझे सीजर चाहिए।"

"ओह! महारानी, लगता है आप मुझे जाने नहीं देंगी। परंतु सामरिक दृष्टि से इस समय मेरा जाना आवश्यक है। हमारी सेनाएं पहले से ही सन्नद्ध हैं। मेरे एक वर्ष के मिस्र प्रवास के दौरान शत्रुओं ने अपनी शक्ति बढ़ा ली है। पोंपी के पुराने मित्र और पोनटस का राजा फर्नीसिस मिस्र पर आक्रमण कर सकता है। पहले उसका सिर कुचलना है। फिर एशिया माइनर पर चढ़ाई होगी। उत्तरी अफ्रीका के एक-दो राज्य सिर उठाने लगे हैं। मैं सीजरियन के लिए एक बृहत्तर साम्राज्य की स्थापना करूंगा।"

बच्चे को मेरे पास लिटाते हुए कहा, "लौटने के बाद मैं तुम्हें रोम ले चलूंगा। रोम की प्रजा आपको महारानी के रूप में देखकर प्रसन्न होगी।"

"नन्हे सीजर का नामकरण आज से नवें दिन होगा। मैं उस दिन के लिए आपको रोकना चाहती थी।"

"नामकरण तो आपने अभी कर दिया 'नन्हा सीजर' यानी 'सीजरियन'। मेरे प्रशिक्षित कबूतर मेरे संदेश आप तक पहुंचाते रहेंगे। एक दिन का विश्राम देकर उसी कबूतर से आप अपना समाचार भेज सकती हैं।"

सीजर चुप हो गया। मैं जानती थी, उसे विदा लेने में कठिनाई हो रही है।

अंततः बोला, "पिता के हृदय में संतान की ममता ही उसकी शक्ति होती है। यही अतिरिक्त शक्ति लेकर अब मैं विदा लेता हूं। 'ओर प्रो नोबिस' (हम लोगों के लिए प्रार्थना करो)।

मैंने एक हाथ शिशु के सीने पर रखकर कहा, "अपने उत्कर्ष की ओर गतिशील हों। 'पैक्स विनकेयर, बेनी बोबिस' (आप विजयी हों, आप स्वस्थ रहें)।"

सीजर एक झटके से मुड़ा और चला गया।

सीजर के जाने के बाद राजमहल में एक शून्य-सा व्याप्त हो गया। इससे उबरने के लिए मैंने राजकाज में मन लगाना शुरू किया। सबसे पहले मैंने सिकंदरिया और विशेषकर राजमहल की सुरक्षा व्यवस्था और सुदृढ़ करने की योजना बनाई। मुझे ज्ञात हुआ कि सीजर राजमहल की सुरक्षा का पूरा प्रबंध करके गया है। मैं जानती थी कि मेरे शत्रु अब सीजर के शत्रु थे। मेरे विरुद्ध सिर उठाने वाली आरसिनोई युद्ध-बंदी के रूप में कहां कैद में पड़ी है मुझे भी ज्ञात नहीं। हमारी सुरक्षा के लिए सीजर एक रोमन आत्मघाती दस्ता तैनात कर गया है। वे सैनिक हमारे आसपास ही हैं, पर हमारी दृष्टि से ओझल रहते हैं।

सफेद संगमरमर से निर्मित राजमहल में सैकड़ों भवन हैं। राजभवन परिसर में कई सरोवर हैं। कुछ सरोवर कमल-पुष्पों से आच्छादित रहते हैं तथा कुछ में पाली हुई रंगबिरंगी मछलियां क्रीड़ा करती रहती हैं। गर्भावस्था के दौरान सीजर मुझे इन्हीं सरोवरों के पास घुमाने लाता था।

परिसर के सीमांत पर एक चिड़ियाघर है, जिसमें कई प्रकार के वन्य पशु विचरण करते रहते हैं। चिड़ियाघर प्रजा के लिए नहीं खुला है। राजमहल का भी कोई व्यक्ति चिड़ियाघर के पशुओं को देखने नहीं जाता। इसकी उपयोगिता मात्र इतनी है कि यह विश्व का प्रथम चिड़ियाघर माना जाता है। पहले यह पुरानी राजधानी मेंफिस में था। टोलेमी राजाओं ने इसे यहां स्थापित कराया।

नील नदी के डेल्टा के दक्षिण में अलेक्ज़ेंडर द्वारा सिकंदरिया नगर

बसाया था। टोलेमी वंश स्थापित होने पर इसे राजधानी बनाया गया। राजमहल परिसर में अलेक्ज़ेंडर महान की प्रतीक-समाधि बनी हैं। इसकी देखरेख के लिए कई लोग तैनात हैं। समाधि से हटकर 'सेरासिप' नामक हमारे कुल देवता का चैत्य है। मिस्र की प्रजा इन्हें देवता नहीं मानती।

परिसर के राजकीय उद्यान में पूरे वर्ष-भर फूलों की छटा बिखरी रहती हैं। खजूर के वृक्षों की बहुलता है, जिन पर बैठकर पक्षी प्रसन्नता के गीत गाते हैं।

कुछ दिन पहले राजमहल भी गीतों से गूंज उठा था। सीजरियन का नामकरण संस्कार था। राजपुरोहित शेपा ने स्वयं सारी औपचारिकताएं पूरी की थीं। हमारी भावनाओं का ध्यान रखते हुए उन्होंने भी बच्चे का नाम 'सीजरियन टोलेमी' रखा। उस दिन गीत गाने वाले लड़के फिर आए थे। उन्हें कोई बुलाता नहीं है। अवसर के अनुरूप अपनी कला का प्रदर्शन करने के लिए वे मौके पर अनामंत्रित ही पहुंच जाते हैं। राजमहल के मुख्य द्वार पर सुबह से ही बीन-बांसुरी बजने लगी थी। तीनों लड़कियों ने खूब नृत्य किया।

रात्रि में बड़ा-भोज आयोजित किया गया। इसमें दरबारियों, मंत्रियों, श्रेष्ठ नागरिकों, सेनानायकों से लेकर गायक-वादक तथा राजमहल के सेवक तक सम्मिलित हुए। राजपुरोहित ने मदिरा का निषेध कर दिया था। लगभग पांच सौ लोगों के सम्मुख जब मैं सीजरियन को लेकर पहुंची तो सभी उपस्थित जनों ने खड़े होकर हमारा स्वागत किया और बच्चे को शुभकामनाएं दीं। भोज प्रारंभ करने से पूर्व शेपा ने बच्चे को शहद चटाया। मैंने एक-दो ग्रास लिए और बच्चे को लेकर अपने कक्ष में चली आई।

सीजरियन का घरेलू नाम हमने 'नन्हे' रख लिया था। उस दिन सभी को दिल खोलकर पुरस्कार दिए गए थे। नन्हे की तीनों मौसियां इरास, मेरिरा और शरमियन स्वर्ण कंगन लेने पर अड़ गईं। मुझे उनकी जिद पर खुशी

हुई और जैसा वे चाहती थीं, उससे भी बहुमूल्य आभूषण उन्हें प्राप्त हुए।

सबसे अंत में शेपा आए थे। मुझे संकोच हो रहा था कि उन्हें क्या दूं। उन्हें दस स्वर्ण मुद्राएं दीं, जिसे उन्होंने सहर्ष स्वीकार कर लिया। मंदिर के लिए दान उन्हीं के माध्यम से दिया। चलते समय नन्हे को आशीर्वाद देते समय मुझे उनकी आंखों में अवसाद की काली छाया दिखाई दी। शेपा ज्योतिष के ज्ञाता हैं। कहीं नन्हे का भविष्य उनकी आंखों में न उतर आया हो। वे भारी कदमों से चले गए थे। तभी मेरे मुख से निकला था, "हे मेरे देव सेरासिप, नन्हे की सदा रक्षा करना।"

यह सोचते-सोचते मेरी आंखें गीली हो गईं। तभी मेरिरा नन्हे को लेकर आ गई। उससे इतना हिल गया है कि मेरे पास रुकता ही नहीं। मेरिरा ही उसका पोषण करती है। राजवंश में बच्चों को स्तनपान कराना मना है। कहा जाता है कि स्तनपान से रानियों का सौंदर्य ढलने लगता है। मुझे नहीं लगता यह प्रथा पुरुषों ने बनाई होगी। रानियों ने स्वयं इसका चलन किया होगा, जिससे उनका पति सदा उनकी ओर आकृष्ट होता रहे।

मुझे तीव्र इच्छा होती है कि मैं नन्हे को स्तनपान कराऊं, परंतु मेरी सखियां इसमें आड़े आ जाती हैं। वही प्रथा की दुहाई के नाम पर मेरी सौंदर्य की रक्षा। कोई न कोई मेरे कक्ष में सोती है। नन्हे की शैया भी अलग है।

एक दिन तीनों लड़कियों के सामने मैंने कहा, "एक न एक दिन तुम सबके सामने स्तनपान कराऊंगी फिर चाहे मुझे...।"

वे तीनों एक झटके से मेरे पैरों में गिर पड़ीं। इसी अप्रत्याशितता के कारण मैं अपना वाक्य भी पूरा न कर पाई।

द्वार पर आहट सुनकर मेरिरा बाहर चली गई। थोड़ी देर बाद वह मेरे

कक्ष में दौड़ती हुई प्रविष्ट हुई। राज-शिष्टाचार में इसे असभ्यता माना जाता है परंतु मेरी तीनों सखियां प्रत्येक बंधन से ऊपर थीं। वैसे उनका व्यवहार सदा शालीन रहता है।

मैं पास ही सोये नन्हे को देख रही थी। दो माह का ही है, पर कितना बड़ा लगता है। हे देव, कहीं मेरी नजर न लगे।

मेरा ध्यान अपनी ओर आकर्षित करने के लिए सांसों को संयत करते हुए मेरिरा ने कहा, "रानी जी, कबूतर।"

मैंने देखा उसके हाथ में एक श्वेत कपोत था मेरे सीजर का संदेशवाहक।

"देखो, इसके पंजे में संदेश बंधा होगा।"

मेरिरा ने कबूतर के पंजे से बांधे गए चमड़े के पतले खोल को अलग किया और उसके भीतर से पेपीरस का एक टुकड़ा निकालकर मेरे सम्मुख रखा।

तब तक शरमियन और इरास भी पास आ गईं। वे तीनों उत्कर्ण हो मेरी ओर देख रही थीं। मैंने पेपीरस का टुकड़ा आहिस्ता से खोला। उस पर सीजर के हाथ से लिखा था, 'वेनी, विडी, विसी' (मैं आया, मैंने देखा, मैंने जीता)।

तीनों सखियां संदेश सुनने को उत्सुक थीं। मैंने सोये पड़े पुत्र की ओर देखा। नींद से जागकर नन्हे ने भी आंखें खोल दी थीं। जैसे वह भी पिता का संदेश सुनना चाहता हो।

प्रसन्नता जब हृदय में न समाये तो उसे प्रकट कर देना ज़रूरी होता है। कदाचित् इसी कारण मुदित माताएं अबोध शिशु से बातें करती रहती हैं। मैंने कहा, "सुनो, सीजर महान ने पोंपी के पुराने मित्र और मिस्र पर

आक्रमण के मंसूबे बांध रहे पोनटस के राजा फर्नासिस को परास्त कर दिया है।"

यह सुनकर लड़कियां खुशी से झूम उठीं। नन्हे भी छत की ओर देखते हुए हाथ-पैर चला रहा था जैसे पिता का विजय संदेश सुनकर प्रसन्नता व्यक्त कर रहा हो।

मुझे प्रसन्न देखकर शरमियन ने कहा, "रानी जी, जब से सीजर महान गए हैं, आप बाहर नहीं निकली हैं। क्या आज जल-विहार करना चाहेंगी, मौसम भी अच्छा और आपका मन भी प्रसन्न है।"

जल-विहार मैं सीजर के साथ ही करती थी कभी समुद्र में, कभी नील नदी में। नील दक्षिण से उत्तर की ओर आती है और सिकंदरिया के पूर्व में समुद्र में गिरती है। नील में विहार करने के लिए हमारे पोत पहले धारा के विपरीत चलते, फिर वापस आने में कठिनाई नहीं होती। नदी के किनारे बने मयखानों में नृत्य बालाओं के नाचने की तथा संगीत वाद्यों की सम्मिलित ध्वनि सुनाई देती। सीजर ने बताया था कि रोम में भी इसका प्रचलन है।

मैंने उत्सुक शरमियन को बताया, "जल-विहार को मेरा मन नहीं है। जब मेरा नाविक लौट आएगा, तब जाऊंगी। लेकिन निराश मत हो, मैं तुम्हें रोम के जलक्षेत्र में सीजर के जल-विहार का एक रोचक किस्सा सुनाती हूं।"

"हां, हां," कहते हुए आंखों में उत्सुकता भरकर वे तीनों मेरे और निकट खिसक आईं।

मैंने नन्हें की ओर देखा। लगता है उसे जल-विहार के किस्सों में कोई रुचि नहीं, तभी सो गया है।

"सीजर तब बीस बरस के रहे होंगे," मैंने कहना शुरू किया, "उन्हें जल-विहार का बहुत शौक था। रोम तट से भूमध्यसागर में नाव लेकर

निकल पड़ते। साथ में बस एक सहायक नाविक होता, जो मौसम की भविष्यवाणी करता। मौसम बहुत अनुकूल होने पर समुद्र में दूर तक निकल जाते। उस दिन भी ऐसा ही हुआ। जब काफी दूर निकल गए तो दो पोतों ने आकर घेर लिया। सीजर को बड़े सम्मान से अपने पोत में ले गए। वहां कहा "तुम्हारा अपहरण हो चुका है।"

"ओय मां," मेरिरा विचलित हो उठी।

"उन्होंने सीजर से कहा, 'बच्चू, बीस 'टेलेंट' फिरौती मिलेगी तभी छोड़े जाओगे।'

"सीजर ने हंसते हुए कहा, 'यारो, तुम्हें मालूम नहीं तुमने क्या चीज़ पकड़ी है। भई, कम से कम पचास टेलेंट तो मांगो। इससे कम में मेरा अपमान होगा।'

समुद्री डाकू एक दूसरे को आश्चर्य से देखने लगे।

"सीजर ने सहायक नाविक को बुलवाया और कहा, 'इज़रा, घर जाकर मां से चुपचाप पचास टेलेंट मांग लाओ। किसी को कानोकान खबर न हो कि मैं इन भाई-लोगों का मेहमान हूं।'

"इज़रा चला गया। इधर सीजर जल-दस्युओं से हंसी-मज़ाक करते रहे और इसी बहाने उनकी प्रतिरक्षा-व्यवस्था भी देख ली। जब फिरौती मिल गई तो दस्युओं ने उन्हें मुक्त कर दिया। जाने से पहले सीजर ने कहा, 'एक दिन मैं तुम सबको सबक सिखाऊंगा, यह वादा रहा।' दस्युओं ने कहा, 'अवश्य, अवश्य मेरे दोस्त।' वे सीजर को गंभीरता से लेने के लिए तैयार नहीं थे।

"सीजर जब शक्तिसंपन्न हुए तो सबसे पहले उन्होंने उन दस्युओं के विरुद्ध अभियान छेड़ा। दो युद्धपोत लेकर वे उन्हें तलाश करते रहे। जब मिले तो घेरकर उन्हें पकड़ लिया। पहले अपने पचास टेलेंट वसूल किए।

फिर उनके ही पोतों पर उन्हें फांसी पर चढ़ा दिया। उनके पोतों पर तो पूरी गृहस्थी मिली। वहां उनकी पत्नियां तथा बच्चे भी थे।

"इस घटना को देखकर रोम के दक्षिणी भूमध्यसागर से अन्य जलदस्यु भाग गए। इससे मिस्र का उत्तरी समुद्री क्षेत्र भी सुरक्षित हो गया।"

"रानी जी, एक बात बताइए," इरास ने पूछा, "सीजर महान क्या कभी किसी मोर्चे पर पराजित हुए हैं?"

"इरास, अगर कोई मोर्चा हार जाते तो 'महान' कैसे कहलाते।"

"आप भूलती हैं रानी जी, वे एक मोर्चे पर हारे थे और बंदी भी बनाए गए थे।" शरमियन ने बड़ी गंभीरता से कहा।

"यह कब की बात है।" मुझे आश्चर्य हो रहा था कि सीजर ने अपनी पराजय की बात मुझसे क्यों छिपाई?

"यह एक साल पहले की बात है। सीजर महान ने एक रानी से मोर्चा लिया और पराजित हो गए, बंदी भी बना लिए गए।" मेरिरा बोल रही थी।

मैं समझ गई उनका इशारा मेरी ओर है। मैंने भी बात को ढके रखा और कहा, "किसी पुरुष को पराजित करने के लिए औरत को, चाहे वह रानी हो या महारानी, पहले खुद पराजित होना पड़ता है। दोनों पराजित व्यक्ति विवाह के संधि-पत्र पर हस्ताक्षर करते हैं, बाद में बच्चे आकर उसे जीवन-भर के लिए बंधनकारी बना देते हैं।"

"धन्य हो! धन्य हो!!" तीनों सखियां एक साथ बोल पड़ीं। मुझे उनकी अनौपचारिकता भली लगी।

"रानी जी," वाचाल शरमियन ने कहा, "एक बार आपने मिस्र की एक प्राचीन रानी हेटशेपसुट का इतिहास सुनाते हुए बताया था कि उसने अपने

बीस वर्ष के शासन में कोई युद्ध नहीं किया, सैनिकों की भरती बंद कर दी, अयुद्ध की स्थिति अपना ली। क्या आज इतिहास फिर अपने को दोहरा नहीं सकता?"

"शरमियन, तुम्हारे विचार जानकर मुझे अच्छा लगा। सभी माताएं युद्ध से घृणा करती हैं। मेरे विचार से जब तक राजवंश हैं, सत्ता का मोह है, दूसरे की संपत्ति व धरती हड़पने की प्रवृत्ति है युद्ध को टाला नहीं जा सकता। मेरे राजवंश की ही बात ले लो। ढाई सौ वर्ष पहले मिस्र के समुद्र-तटीय छोटे-से नगर इसी सिकंदरिया से इसकी शुरुआत हुई थी। टोलेमी राजा फिलाडेलफस-द्वितीय के समय तुलमाय मिस्र का राजा था और उसकी राजधानी मेंफिस थी। वह शांतिप्रिय राजा था। उसने सुदूरपूर्व में 'इन्डस' (भारत) तक अपने दूत भेजे थे। इससे प्रोत्साहित होकर भारतीय व्यापारियों ने मेंफिस में एक बस्ती बसा ली। फिलाडेलफस ने मेंफिस पर आक्रमण कर तुलमाय को पराजित कर दिया।

"देश की अशिक्षित प्रजा उस गधे के समान होती है, जो अपने बोझ को देखता है, उसे लादने वाले मालिक की ओर से आंखें मूंद लेता है। इस कारण विजयी राजा को पराजित देश की प्रजा के समक्ष अपना प्रदर्शन करना ज़रूरी हो जाता है। अतः राजा फिलाडेलफस ने मेंफिस पर विजय प्राप्त करने के बाद अपनी शोभा-यात्रा निकाली जिसमें बैलों, गायों, शिकारी कुत्तों, मसाले और संगमरमर से लदे ऊंटों तथा नारियों का प्रदर्शन किया गया। रोम में यह प्रथा आज भी जारी है और बड़े विकृत रूप से उसका पालन होता है। वहां पराजित देश की राजस्त्रियों या राजपुरुषों को विजेता के रथ में युद्ध-बंदी के रूप में बांधकर मुख्य सड़कों पर निकाला, या कहें, घसीटा जाता है। इस प्रदर्शन के बिना विजय अधूरी मानी जाती है।

"टोलेसी वंश ने यूनानी सेना के सहारे धीरे-धीरे पूरे मिस्र पर अधिकार कर लिया। आज नूबिया प्रांत भी हमारे अधिकार में है जहां की खानों से

सोना निकालकर हमारे राजकोष में भरा जाता है, भले ही स्वर्ण के लिए भूख अभिशप्त होती रहे।"

शरमियन ने पूछा, "तब राजवंश की स्थापना में सहायक युद्ध को बुरा क्यों कहा जाता है?"

"युद्ध को इस कारण बुरा कहा जाता है कि वह अपने पीछे विनाश छोड़ता चला जाता है। जैसे चील मक्खियां नहीं पकड़तीं वैसे ही युद्ध छोटे-मोटे नहीं भयंकर विनाश करता है। संभव है कि कभी ऐसा युग आए जब युद्ध न हों, परंतु आज की परिस्थिति में युद्ध अनिवार्य है। तथापि मैं सीजर की युद्ध-नीति की प्रशंसक हूं। पहली बात तो यह कि सीजर अपने सैनिकों के कल्याण का, सुख-सुविधा का पूरा ध्यान रखते हैं, उनसे मित्रवत व्यवहार करते हैं, बड़े खतरों में सबसे आगे रहते हैं; दूसरे शत्रु पर विजय प्राप्त कर लेने के बाद उसके सैनिकों को एक वर्ष की भोजन सामग्री देते हैं, आगामी फ़सल के लिए बीज देते हैं और उन्हें गांव भेज देते हैं, क्योंकि वे जानते हैं कि अधिकांश सैनिक किसान ही होते हैं। इस प्रकार अपरिहार्य युद्ध की विकरालता कम हो जाती हैं।"

"सैनिक तो सीजर महान से बहुत प्रेम करते होंगे?" इरास ने जिज्ञासा की।

"हां, सीजर से पोंपी की जब ठन गई तो उसके समर्थकों ने स्पेन और उत्तरी अफ्रीका में संगठित होकर मोर्चा संभाला। सीजर उत्तरी अफ्रीका पार करते हुए सिकंदरिया के पश्चिम में स्थित ट्यूसीनिया पहुंचे। वहां केटी के तीन लीजन, न्यू मीडिया की तीव्र अश्व सेना और एक सौ बीस लड़ाकू हाथी सीजर के विरुद्ध युद्ध के लिए तैयार थे। युद्ध प्रारंभ होने के पूर्व सीजर को लगा कि उन्हें किसी क्षण मिरगी का दौरा पड़ सकता है। चेतना के पूर्व उन्होंने अपने सेनानायकों को रणनीति समझा दी।...सीजर को जब होश आया तो शत्रु पराजित हो चुका था।

"सीजर के प्रति सेना के प्रेम का एक और उदाहरण। सीजर की चहुंमुखी सफलता को सीनेट पचा नहीं पाया। विजयी सीजर जब अपने देश को लौटने लगा तो रोम के उत्तर में पो घाटी पर उसे रोक दिया गया और उससे कहा गया कि वह अपने विरुद्ध लगे आरोपों का उत्तर देने सीनेट में उपस्थित हो अकेला। उसकी सेना ने उसे अकेले नहीं जाने दिया। अतः सीनेट की आज्ञा का उल्लंघन करते हुए उसने रुबिकन नदी पार कर रोम की उत्तरी सीमा में प्रवेश किया। सीजर को रोकने के लिए सीनेट ने जो सेना भेजी, वह भी सीजर से जाकर मिल गई।

"शत्रुओं से चारों ओर घिरे होने पर या राजनीतिक बाध्यता के कारण युद्ध अनिवार्य है। वैसे तो युद्ध के दौरान कानून खामोश रहते हैं, परंतु युद्ध में दोनों पक्षों की कम-से-कम हानि कैसे हो, यह कला सीजर को आती है, इसीलिए वह महान है। सीजर ने युद्ध-कला पर दो पुस्तकें लिखी हैं 'कमेंट्रीज' (वृतांत-द्वय)। ये दोनों पुस्तकें गाल (फ्रांस) में युद्ध अभियान और रोम के गृह-युद्धों के बारे में हैं। वास्तव में ये पुस्तकें शासन को सीजर द्वारा भेजी गई सैनिक रिर्पोटों का संकलन है। इन्हें पढ़कर सीजर के विरोधी महान लेखक, वक्ता, वकील और सीनेट के सदस्य सिसरो को भी कहना पड़ा, 'भाषा अनलंकृत और सरल है फिर भी अर्थमयी है। इतिहास के लिए भाषा की सरलता और संक्षिप्तता के अतिरिक्त और कुछ स्वीकार्य नहीं है।' ये पुस्तकें कई देशों के राजाओं और सेनापतियों द्वारा पढ़ी और सराही गई हैं। मुझे तो रोम में ही देखने को मिल पाएंगी।"

मैंने चुप होकर आंखें बंद कर ली। कोई पत्नी पति के गुण गाते नहीं थकती। अब कुछ देर मैं सीजर की सुखद स्मृतियों के साथ रहना चाहती थी। वे तीनों कब चली गईं मुझे पता ही नहीं चला।

सीजर सदा की भांति विजयी होकर मिस्र लौटा। आते ही सीजरियन के बारे में पूछा। चील आकाश में चाहे जितनी ऊंचाई पर उड़े, पर उसका ध्यान घोसले में रखे अपने बच्चों पर रहता है। सीजर को शत-सहस्र मुख से प्रशंसा

मिलने लगी। राजमहल में आनंदमय उत्सव होने लगे। परंतु सीजर को हमें साथ लेकर रोम जाने की जल्दी थी। हमने सिकंदरिया की सुरक्षा व्यवस्था पर विमर्श किया।

मैंने सीजर से कहा, "मेरे सीरियाई सैनिकों को प्रजा पसंद नहीं करती। ऐसे में यदि रोम के सैनिक भी यहां रहेंगे, तो हमारे पीछे असंतोष और बढ़ेगा। मैं चाहती हूं कि राजधानी की सुरक्षा के लिए सीरियाई या रोमन सैनिक पृष्ठभूमि में रहें सिर्फ ग्रीक सैनिक सामने रहें। यह व्यवस्था करके ही मैं रोम चलूंगी।"

ऐसी गंभीर बातों के बीच भी सीजर मुस्करा उठा। मैंने कारण पूछा तो बोला, "बुरा न मानो तो बताऊं।"

"बताओ, मैं कतई बुरा नहीं मानूंगी।" मैंने आश्वस्त किया।

"रोम में एक कहावत है 'टाइमियो डेनौस ऍट डोना फेरेंटीज' (मुझे ग्रीकों से डर लगता है, भले ही वे कोई उपहार लाए हों)।"

मैं सीजर का मंतव्य समझ गई। मेरे रोम जाने से पहले कदाचित् वह मुझे मानसिक रूप से तैयार करना चाहता हो। मैंने कहा, "सीजर, मुझे संदेह है कि रोम की जनता मुझे स्वीकार करेगी।"

"संभव है ऐसा हो। परंतु ध्यान रखना कि आप मिस्र की महारानी हैं और सीजर की पत्नी के रूप में रोम की भी रानी होने जा रही हैं। रोमवासी स्त्रियों का राजनीति में दखल पसंद नहीं करते, परंतु आप जनकल्याण के कार्य करके प्रजा के दिलों पर छा सकती हैं। वहां जो भी कार्य करेंगी, उसे आपके नाम से प्रचारित किया जाएगा।"

"नहीं। मैं इसका विरोध करती हूं। प्रजा का दिल सत्ता का वास्तविक केंद्र होता है। अगर मैं वहां बैठ गई, तो तुम कहां जाओगे? इसलिए मैं प्रत्येक कार्य तुम्हारे नाम पर करूंगी। देखना... ।"

“...बस! बस!! अधिक चापलूसी नहीं। यह बताओ चलना कब है?”

“कम से कम दस दिन लग जाएंगे। आप हमारे हृदय की महारानी ज़रूर हैं, परंतु मिस्र की विधिवत् महारानी नहीं बनी हैं। अपने भाई के रहते आप सिंहासन एक प्रकार से त्याग चुकी हैं। पहले आप विधिवत् सिंहासन ग्रहण करें उसके बाद आपकी शोभायात्रा निकले। इसी बीच मेरी सेना विजयोत्सव मना लेगी। मिस्र के नदी तट के मदिरालय कब से सूने पड़े हैं, नृत्य-बालाएं प्रतिक्षारत हैं। उन्हें जेबें भर लेने दो।”

सीजर कुछ देर रुका, फिर गंभीर होकर बोला, “आपके भाई से युद्ध के दौरान राजकुमारी आरसिनोई को भागते हुए हमारे सेनानायकों द्वारा पकड़ा गया। वह युद्धबंदी है और रोमन प्रथा के अनुसार विजयी योद्धा के रथ में बांधकर उसे नगर में घुमाया जाएगा। इसमें आपको कोई आपत्ति तो नहीं।”

“मैं समझती हूं कि यह निर्मम प्रथा बदलना आपके लिए भी दुष्कर है। मैं चाहती हूं कि उसे साधारण युद्ध बंदी के रूप में ले जाया जाय और मेरे राजवंश का नाम कहीं न आए।”

“ऐसा कदाचित् संभव न हो पाएगा, क्योंकि साधारण युद्धबंदी विजयी रथ से नहीं बांधे जाते। दूसरे असाधारण बंदियों का परिचय बराबर दिया जाता है, परंतु वहां दर्शकों का इतना शोर होता है कि नाम तक सुनाई नहीं देते।”

“उसके बाद?”

“रोम युद्धबंदियों को दास नहीं मानता, क्योंकि उनका मूल्य नहीं चुकाया गया होता है। यदि सीनेट ने मुझे सर्वोच्च पद दिया तो सभी युद्धबंदियों को मैं क्षमादान दूंगा, क्योंकि ऐसी प्रथा है। ऐसे में वे सभी अपने देश लौट सकते हैं।”

“सर्वोच्च पद तो आपको मिलेगा ही, यह वाक्‌सिद्ध का वचन है। क्षमा...।”

“क्षमा मुझे करें। यह बताएं यह ‘वाक्‌सिद्ध’ कौन हैं?”

“आश्चर्य है, तुम अपनी पत्नी के गुणों तक से परिचित नहीं हो। भाई, वाक्‌सिद्ध वह होता है जिसकी कही हुई बात सच होती है और यह मैं हूं। विषय पर ही रहें। क्षमा मिलने के बाद यदि आरसिनोई मिस्र भाग आई तो मेरी अनुपस्थिति में कोई षड्‌यंत्र कर सकती हैं। भाई के डूब जाने में भी मुझे संदेह है।”

“षड्‌यंत्र सभी राजवंशों में चलते हैं। आपके सहयोगी इतने विश्वसनीय हैं, आपकी स्थिति इतनी सुदृढ़ है कि आपकी सत्ता को कोई हाथ तक नहीं लगा सकता। रही बात गृहयुद्ध की, तो वह स्थिति तभी आती है जब सत्ता के दो स्पष्ट केंद्र हों जैसे रोम में रहे हैं। आपको यहां कोई खतरा नहीं है और यदि विरोध का कोई स्वर उठा भी तो उसे कुचल दिया जाएगा। मेरे आदमी यहां सतर्क रहेंगे। आपका सीजर अभी जीवित है। सर्वोपरि यह, कि मैं आरसिनोई को क्षमादान नहीं दूंगा।”

“मैं आश्वस्त हुई। परंतु अपने सहयोगियों पर मैं अंधविश्वास नहीं करती। मैं कहती हूं तुम्हें भी नहीं करना चाहिए।”

“मुझे कोई खतरा है, क्या आपको ऐसा लगता है?”

“तुम्हें खतरा यदि कभी उत्पन्न होगा तो सीनेट के सहयोगियों से होगा। क्या कभी गौर किया है कि रोम के लिए विजय प्राप्त करने के बहाने तुम्हें सदैव रोम से दूर रखा जाता है।”

“महारानी, मैं मूलतः एक सैनिक हूं। जिस देश की सब वस्तुएं मेरे अनुकूल होती हैं वही मेरी पितृ-भूमि है। क्या आप नहीं मानतीं कि भाग्य साहसी लोगों के अनुकूल रहता है।”

"यह मैं मानती हूं और यह भी जानती हूं कि रोम में तुम्हारा अत्यधिक सम्मान है। मेरा विश्लेषण यह है कि तुम्हें युद्ध में इस कारण संलग्न रखा जाता है कि सीनेट मानती है कि जब तक शेर शिकार के योग्य है, गीदड़ों को भोजन मिलता रहेगा। इस चर्चा को मैं यह कहकर समाप्त करती हूं कि मोर के वेश में घूमने वाले कौओं और मित्रमुख शत्रुओं पर तुम सदा दृष्टि रखना। स्त्री की बुद्धि...।"

सीजर ने बीच में ही कहा, "महारानी, आपकी बुद्धि विलक्षण है। रोम में मैं पग-पग पर आपसे निर्देशन लेता रहूंगा।"

"तथास्तु," मैंने प्रेमिल दृष्टि से सीजर को देखा और हम साथ-साथ हंस पड़े।

राजपुरोहित शेपा तथा अन्य पुरोहितों, दरबारियों, विशिष्ट नागरिकों, सेना के उच्चाधिकारियों की उपस्थिति में, विधि विधान से, मैंने सिंहासन ग्रहण किया। राजपुरोहित ने रत्नजड़ित स्वर्ण मुकुट मेरे सिर पर जैसे ही रखा, राजसभा तालियों की गड़गड़ाहट से गूंज उठी। पिता की मृत्यु के बाद सिंहासन पर बैठने का सपना चार वर्ष बाद पूरा हुआ। उन्होंने अपने पुत्र के साथ मुझे सह-शासक बनाना चाहा था, परंतु आज मैं अपने पुत्र के साथ सह-शासक बन रही हूं। राजपुरोहित के घोषणा करते ही सीजरियन मेरा सह-शासक होगा उसे राजसी वेश-भूषा में लाया गया और मेरे सिंहासन के पास रखे एक छोटे से स्वर्ण सिंहासन पर बैठाया गया। मेरिरा उसके पीछे खड़ी थी। वह चकित-सा चारों ओर देख रहा था। मेरी और मेरिरा की उपस्थिति से आश्वस्त था। राजपुरोहित ने सीजरियन के सिर पर भी मुकुट बांध दिया। तालियों के शोर से वह स्तंभित हो गया। मेरिरा ने पीछे से उसके कंधे पर हाथ रख दिया।

लोग उपहार देने उठे तो मैंने राजपुरोहित की ओर देखकर नेत्रों के संकेत से निषेध कर दिया।

राजपुरोहित ने तत्काल घोषणा की, "प्रियजनों, समस्त उपहार महारानी तथा राजकुमार की ओर से राजकोष-पाल द्वारा स्वीकार किए जाएंगे। महारानी जी आपकी भावनाओं का सम्मान करती हैं।"

मैंने राजसभा पर दृष्टि डाली। अधिकांश दरबारी नए थे, मेरे प्रति निष्ठावान थे। पुराने राजभक्त दरबारियों को चुन-चुनकर समाप्त कर दिया गया था। पोथोनियस नामक हिजड़ा भी मारा जा चुका था। उसकी शव-परीक्षा किए जाने पर वह पूर्ण पुरुष पाया गया था। इससे आरसिनोई से उसके दैहिक संबंधों की पुष्टि हो गई थी। कुछ लोगों को यह संदेह था कि टोलेमी-द्वितीय द्वारा पराजित मिस्त्र के राजा तुलमाय का वह वंशज था। संभव है यही कहकर उसने आरसिनोई को अपने जाल में फंसाया हो।

राजसभा के उद्घोषक ने मेरी ओर से कई घोषणाएं की। अपोलोडोरस को हमारी सेना का प्रधान सेनापति बनाया गया। उसने खड़े होकर मुझे अभिवादन किया। गलीचे में लपेटकर मुझे सीजर के पास ले जाने वाले सेनानायकों अनसतोसिया और अजेन को सेनापति के एकदम नीचे के पद दिए गए। मिस्त्र के तमाम मंदिरों का संचालन करने और नए मंदिरों के निर्माण की स्वीकृति देने का भार राजपुरोहित को दिया गया।

मेरे प्रारंभिक पूर्वजों ने अपने लाभ के लिए मिस्त्र को एक व्यापारिक संस्था के रूप में चलाया था। शासन चलाने के लिए वे ग्रीकों को यहां लाए। ग्रीक सेना रखी। खेती के विकास के लिए ग्रीक विशेषज्ञ आए। इससे मिस्त्री लोग द्वितीय श्रेणी के नागरिक हो गए। कठिन परिश्रम के बाद भी किसान भूखे रहने लगे। अंततः टोलेमी इपीफेंस के राज्य में विद्रोह फूट पड़ा था। राजा ने एथीनस, पौसीरस, चेसूफस, इरोवोशटस आदि विद्रोही नेताओं को जीवित पकड़कर जंजीरों से अपने रथ में बांधा और नगर के चारों ओर घसीटा था। पर विद्रोह तभी शांत हुआ जब राजा ने कुछ रियायतें दीं। मैं ऐसे क्रूरकर्म तो नहीं कर सकती पर प्रजा को एक चुटकी अतिरिक्त नमक देकर अवश्य प्रसन्न कर सकती हूं।

कृषि विकास और कृषकों के कल्याण कार्यों के लिए मिस्री दरबारी को 'वेरियर' (मंत्री) बनाया गया। किसानों द्वारा देय करों में छूट की घोषणा की गई।

दो वर्ष पूर्व जलकर नष्ट हो गए विश्व प्रसिद्ध मिस्री पुस्तकालय की पुनः स्थापना के लिए और चिड़ियाघर की देखरेख के लिए मिस्री विशेषज्ञ नियुक्त किए गए।

शरमियन को मेरा व्यक्तिगत अंगरक्षक, इरास को महल के आंतरिक प्रबंध का प्रमुख, और मेरिरा को मेरी व्यक्तिगत परिचारिका नियुक्त किया गया।

स्वामिभक्त दरबारियों और सेनानायकों को रत्नजड़ित वस्त्र और फूल मालाएं देकर पुरस्कृत किया गया। वृद्ध कैदियों को रिहा करने की घोषणा की गई।

दरबार समाप्त कर मैं अपने कक्ष में आई। तीनों सखियां साथ थीं। इरास और शरमियन को यह कार्यभार दिया गया कि वे इस बात का प्रबंध करें कि मिस्रियों को दिए जाने वाले पदों, किसानों को दी जाने वाली राहतों की सूचना कल तक सिकंदरिया की आम प्रजा को मिल जाए। दो दिन बाद निकलने वाली मेरी शोभायात्रा की सूचना भी प्रजा को दी जाए। शोभायात्रा का सारा प्रबंध अनसतोसिया और अजेन के अधीन था। उन्होंने तत्काल विशेष संदेश (इवेंगेलिया) घोषित करने के लिए संदेश वाहक नगर के मुख्य चौराहों की ओर रवाना कर दिए।

आज तीसरे प्रहर मेरी शोभायात्रा निकलेगी। इरास ने आकर बताया, "शोभायात्रा के पूरे मार्ग पर राजपथ के दोनों ओर बांस बांध दिए गए हैं ताकि कोई आपके रथ के सामने न आ सके। प्रजा की भीड़ अभी से एकत्र होने लगी है। सड़क के किनारे बीच-बीच में मचान बनाए गए हैं, जिन पर

वृद्धजन बैठकर आपके दर्शन कर सकेंगे। एक मचान से दूसरे मचान के बीच महिला रक्षकों का दल होगा, जो भीड़ को नियंत्रित करेगा।

"आपका स्वर्ण रथ तैयार हो गया है, जिसमें हाथी-दांत का सिंहासन रखा है। रथ के अग्रभाग में दोनों ओर राजकीय सिंह-ध्वज लगा दिए गए हैं। रथ में जुतने वाले चारों श्वेत-अश्वों को मालिश के बाद नहला दिया गया है। वे अश्व भीड़ या कोलाहल में भी शांत रहते हैं। सिंहासन के पीछे ग्रीक वेशभूषा में दो बालाएं हाथों में सुर्खाव के परों से निर्मित रत्नजड़ित पंखे लिए खड़ी होंगी। ज्योतिषियों का कहना है कि आज मौसम साफ व सुहावना रहेगा।"

इरास ने मेरिरा से पूछा, "रानी जी की सुरक्षा-व्यवस्था के संबंध में क्या तुमने अपोलोडोरस से भेंट की थी?"

"हां," मेरिरा ने उत्साह से कहा, "सेनापति ने स्वयं मुझसे भेंटकर महारानी जी को सूचित और आश्वस्त करने के लिए बताया है कि शोभारथ के सबसे आगे पांच सौ ग्रीक अश्वारोही चलेंगे। उनके पीछे सिसली, मकदूनिया, गाल (फ्रांस), थ्रेस के छापामार सैनिक अपने-अपने देश की सैनिक पोशाकें पहनकर चलेंगे। उनके बाद स्वर्ण-किरीट धारण किए सुंदर नवयुवतियों की एक टोली होगी जिनके हाथों में 'दिन-रात', 'प्रातः-मध्याह्न' और 'स्वर्ग-भू' के प्रतीक चिह्न होंगे। उनके पीछे और रानी जी के रथ के आगे सड़क पर फूल बिखेरने और इत्र छिड़कने वाला एक स्त्री-दल होगा...।"

"इरास, अपना वृत्तांत शीघ्र समाप्त करो। मुझे रानी जी का शृंगार करना है।" मेरिरा को कदाचित् प्रतीत हुआ है कि इरास सुरक्षा व्यवस्था का विवरण व्यर्थ ही बढ़ा-चढ़ा कर दे रही है।

इरास ने मेरिरा के मनोभाव भांपते हुए तिक्तता से कहा, "मेरिरा, जितना आवश्यक है मैं उतना का विवरण रानी जी को दे रही हूं।" इतना

कहकर भी उसे कदाचित् संतोष नहीं हुआ, अतः व्यंग्य कसा, "मोची को कला की आलोचना नहीं करनी चाहिए उसका ध्यान सेंडिल पर रहे तो ठीक है।"

मैंने कृत्रिम क्रोध से कहा, "स्पेरो मेलीओरा" (मैं अच्छी बातों की आशा करती हूं)।

वे दोनों हड़बड़ाकर खड़ी हो गईं। नतशिर होकर उन्होंने अपने हाथ वक्ष पर बांध लिए। अपराधियों जैसी मुद्रा बनाए उन लड़कियों को देखकर मुझे हंसी आ गई। तब जाकर उनका तनाव शिथिल हुआ। मैंने बैठ जाने का इशारा किया।

"इरास शोभारथ के पीछे की व्यवस्था संक्षेप में बताओ।" मेरे इस कथन ने दोनों की भावनाओं को तुष्ट कर दिया।

"जो आज्ञा," इरास बताने लगी, "आपके रथ के पीछे छह खुले रथ होंगे जिन पर धनुर्धर सैनिक विपरीत दिशा में मुंह किए सन्नद्ध बैठे होंगे। उनके पीछे स्वर्ण-जंजीरों से बंधे शेर होंगे। कुछ अंतर के बाद हाथियों का दल होगा।"

इरास का कथन समाप्त हुआ। मैंने दोनों की ओर दृष्टि डालकर पूछा, "शोभायात्रा में शेर और हाथी आगे चलते हैं। इन्हें पीछे रखने का कोई विशेष कारण है क्या?"

"जी रानी जी," इरास तत्काल बोली, "यह प्रश्न मैंने सेनापति से किया था। उन्होंने यही कहा कि वे चाहते हैं कि प्रजा का पूरा ध्यान हमारी महारानी पर केंद्रित रहे, अन्यत्र नहीं।"

"इसके अतिरिक्त एक कारण और है। तुम दोनों लड़कियों में से जो भी वह कारण बता देगी उसे मैं नीलम जड़ित स्वर्ण-मुद्रिका दूंगी।" यह कहकर मैं अपनी मुद्रिकाओं को देखने लगी।

वे दोनों एक दूसरे का मुंह ताकने लगीं। मैं चाहती थी कि उनमें अभी जो क्षणिक नोक-झोंक हुई थी वह उनके दिलों में लकीर न छोड़ पाए। आज पहली बार उन्हें विवाद करते देखा था।

मैंने इरास की ओर देखकर व्यंग्य किया, "इरास, पहले तुम्हीं बताओ, तुम तो सेनापति के अति निकट हो।"

"क्षमा करें रानी जी, निकटता से आपका क्या तात्पर्य है?" इरास ने पूछा।

उत्तर मेरिरा ने दिया, "निकटता से तात्पर्य है प्रेम उत्पन्न होने का अवसर।"

"धन्यवाद मेरिरा, तुमने मेरे हित की बात कही," इरास ने सहजता से कहा, "निकट या कहूं अति निकट, तो मैं रानी जी के हूं। अतः इनसे मेरा प्रेम स्वयं सिद्ध हो जाता है।"

अंत में दोनों ने एक दूसरे की ओर देखा, मुस्कराईं, और एक साथ बोली, "रानी जी, हमारी तो बुद्धि ही काम नहीं करती, आप ही बताइए दूसरा कारण।"

''मैं जानती हूं कि ऐसी कोई शपथ नहीं, कोई वचन नहीं है, जो स्त्री की जिह्वा को बांध सके। फिर भी मैं आशा करती हूं कि आगे तुम कभी आपस में उलझोगी नहीं।''

दोनों चुप रहीं। उत्तर की अपेक्षा भी नहीं थी।

"इरास, मेरिरा सुनो। वन्य पशु शोभायात्रा के आगे चलेंगे तो यह आशंका तो बनी ही रहेगी कि वे अपने मल-मूत्र से राजमार्ग को दूषित कर सकते हैं।"

"अरे!" मेरिरा ने साश्चर्य कहा, "इतनी साधारण-सी बात हम दोनों की समझ में नहीं आई।"

इरास आज्ञा लेकर चली गई।

मेरिरा मुझे प्रसाधन कक्ष में ले गई। हाथीदांत की चौकी पर आसीन कराया। सामने एक टेबल थी जिस पर मेंफिस में बसे भारतीय व्यापारियों से प्राप्त चंदन चूर्ण, अंगराग, ग्रीस का कोहल कांसे के पात्रों में रखा था। कोहल लगाने के लिए चांदी की सलाइयां, बालों को घुंघराला करने वाली डंडियां, बालों की चिमटियां, विभिन्न प्रकार के कंघे एक मंजूषा में और अंगूठियां, कंठहार, कंकण आदि आभूषण दूसरी मंजूषा में रखे थे।

मेरिरा मेरा श्रृंगार करने से पूर्व सदैव कहती है कि मैं इतनी सुंदर हूं कि मुझे प्रसाधन की आवश्यकता ही नहीं है। मैं भी नहीं चाहती कि मेरा प्रसाधन दूर से चमके। अतः हल्के चूर्ण, अंगराग आदि लगाने के बाद उसका मुख्य कार्य मुझे वस्त्राभूषण धारण कराने तक सीमित रहता है।

मेरिरा ने दो कदम पीछे हटकर मेरा निरीक्षण किया। मैं समझ गई साज-श्रृंगार पूरा हो गया है। इसके साथ ही वह मेज के पीछे वस्त्र से ढकी किसी वस्तु के पास जाकर खड़ी हो गई।

मेरी दृष्टि अभी तक उस पर नहीं गई थी। मैंने प्रश्नवाचक दृष्टि से मेरिरा को देखा।

"रानी जी, यह सीजर महान की ओर से आपको भेंट है। आज्ञा हो तो आवरण हटाऊं।"

मैंने उस वस्तु पर से दृष्टि हटाए बिना सिर हिलाया।

मेरिरा ने पट हटाया और स्वयं भी हट गई। आवरण के पीछे से एक ऐसा छायाग्राही पट्ट प्रकट हुआ, जिसमें कमर तक की एक स्त्री-छाया

विद्यमान थी। त्रुटिहीन ग्रीक चेहरा, ठीक मध्य में लघुगह्वर लिए गोल चिबुक, तराशे हुए नासाछिद्र, छोटे सीप के आकार के कान, कम्बुग्रीवा, धनुषाकार भौंहें, आंतरिक प्रकाश से दीप्त, निद्रित-सी विशाल चमकीली काली आंखें, जिन पर प्रहरी सी ऊर्ध्वमुखी बरौनियां, उन्नत भाल, लहरों-सी चपल, कुटिल, सघन श्याम केश-राशि, रसवर्षण को उत्सुक एक दूसरे से पृथक् मदिर रक्तिम ओष्ठ, उनकी संधियों से झांकते श्वेत मोती-से दांत, तन की अतृप्त आत्मा के मूर्तरूप प्रकाश के पुंजीभूत रूप-सम उदग्र, उन्नत उरोज द्वय। समग्र रूप से वह छाया ऐसी ज्वाला-सी प्रतीत हो रही थी जिसका ताप अन्य कोई स्त्री सहन नहीं कर सकती थी।

मैंने मूढ़ विमोहित स्वर में पूछा, "हे मेरिरा, मेरी सखी, बताओ सामने चित्र में यह कौन स्त्री है। इसे देखकर मैं ईर्ष्या से जली जा रही हूं।"

"क्षमा करें रानी जी, आप आत्ममुग्ध हो उठी हैं। सामने दर्पण है, उसमें आपकी ही छवि है वही छवि जो आप हथ-शीशे में टुकड़ों में देखती थीं, वह सौंदर्य आज समग्र रूप से प्रकट हुआ।"

चेतन होकर अपने प्रलाप पर मैं लज्जित हुई। काली मिट्टी के देश की विश्व-सुंदरी महारानी। एक भ्रू-विलास से, नैनों के एक कटाक्ष से, अधीर होठों के मूक आमंत्रण से, चंद्रमुख की प्रहरी सर्पिल केश शृंखलाओं से संसार के महानतम योद्धा को भी बंदी बना सकने वाली मैं, क्लियोपेट्रा, ईर्ष्या से प्रलाप कर रही थी। ईर्ष्या नहीं गौरव की अनुभूति करो 'क्लियो' क्योंकि तुम्हारे और सीजर महान के संगमन में चरम सौंदर्य की महती भूमिका रही है।

प्रयत्न करके मैं आत्ममुग्धता से बाहर आई।

मेरिरा पूछ रही थी, "क्या सीजर महान को दर्शन देकर उन्हें उपकृत करना चाहेंगी। शोभायात्रा में तो वे होंगे नहीं।"

"तूने मेरे मन की बात कही है। पता कर वे इस समय कहां हैं? मैं एकांत में उनसे मिलना चाहूंगी।"

"आप आज्ञा दें, तो यहीं बुला लाऊं। यह कक्ष भी सुविधाजनक है। अन्यथा इस समय एकांत कहां नसीब होगा? मुस्तंडे सेनानायक घेरे बैठे होंगे।"

"ठीक है जा। कहना मैं प्रतीक्षा कर रही हूं।"

जाते-जाते मेरिरा ने कुटिल मुस्कान से कहा, "रेजिना, मेडान एजेन" (महारानी, देखना कहीं अति न होने पाए)।

मैंने पलटकर कहा, "दुष्टा।"

उसके जाते ही मैं फिर दर्पण के सामने जा बैठी। उन्नत उरोजों के ऊर्ध्व भाग से कटि तक सर्प-केंचुल-सा चमकीला रत्नजड़ित परिधान, कटि से नीचे मोती-जड़ित सेंडिलों से बंधे श्वेत पैरों को स्पर्श करता स्वर्णकाम का घाघरा, रेशम-कढ़ाईयुक्त जगमग करता कमर को कसे वस्त्र-पट, कंबु-ग्रीवा पर स्वर्ण-पट्टिका, सिर पर रखा मणियुक्त रत्नजड़ित स्वर्ण मुकुट मैं इनसे शोभायमान हूं या इन्हें आलोकित कर रही हूं। ओह! कहीं मैं उस सुंदर युवक नारकोसिस की तरह आत्ममुग्ध होकर मर न जाऊं, जो पहली बार पानी में अपनी छवि देखने के बाद स्वयं पर इतना मोहित हो गया कि सब कुछ भूलकर प्राण दे बैठा।

मैं दर्पण के सामने से हटकर जैसे ही घूमी मैंने सीजर को अपनी ओर स्तब्ध दृष्टि से ताकते पाया। वह खड़ा था अवाक्, अविचल, अपलक, अनुरागमयी दृष्टि से देखता।

अंतःकरण को स्पर्श करने वाले संगीत-स्वर से मैंने कहा, "सीजर महान, तुम्हारा स्वागत है। बताओ मैं कैसी लगती हूं?"

मदिर मुग्ध विभोर सीजर को अपनी ओर देखते मुझे लगा जैसे वह मेरे रूप का पान अपनी आंखों की आंख से कर रहा है, मेरी संगीतमयी वाणी वह अपने कानों के कान से सुन रहा है, मेरे वास्तविक सौंदर्य को अपने मन के मन से समझने का प्रयास कर रहा है, इसी कारण उसकी बाह्य इंद्रियां निष्चेष्ट हैं।

मैंने फिर कहा, "कुछ बोलिए भी या पराजित व्यक्ति की भांति मौन ही रहेंगे।"

"नेत्रों से विकीर्ण होने वाले समुज्ज्वल प्रकाश से आलोकित संपूर्ण सौंदर्य का अनुपान करते हुए जिसकी दृष्टि की पिपासा किसी तरह निवृत्त न हो रही हो, जो उस सौंदर्य की सर्वथा नवीन रस-धार से पराजित हो गया हो, वह कैसे बोल पाएगा।"

परम सौंदर्य भी पूजा नहीं समर्पण चाहता है। पुरुष के प्रति समर्पण-प्रतिपल, प्रतिक्षण, प्रतिप्रहर...। फिर मेरे समक्ष तो अपने शौर्य से संसार को संदीप्त करने वाला पुरुष खड़ा है।

मैंने अपनी दोनों बाहें फैला दी। सीजर ने आगे बढ़कर मुझे अपने हृदय में समेट लिया। हम अंतर्चेतना के स्पंदनों में डूबे बेसुध खड़े रहे, बस खड़े रहे। समय का हमें ज्ञान नहीं रहा। जब कक्ष द्वार पर कोमल आघात हुआ तब हम एक दूसरे की मन की गुफाओं से बाहर निकलकर अलग हो गए।

"मुझे शोभायात्रा पर निकलना होगा।"

सीजर ने 'एबसिट ओमेन' (ईश्वर करे बुरे शकुन न हों) कहा और तेज़ी से मुड़कर चला गया जैसे किसी पाश से छूटा हो।

सीजर के जाते ही मेरिरा प्रविष्ट हुई। मुझे गहरी दृष्टि से देखकर बोली, "काफ़ी विलंब हो गया है, पर शुक्र है आपका प्रसाधन सही सलामत है।"

मेरिरा तेज़ी से अंतःकक्ष में जाकर जीवन का प्रतीक एक पारदर्शी त्रिशूल और राजसत्ता का प्रतीक स्वर्णदंड ले आई और उन्हें मेरी ओर बढ़ाते हुए कहा, "रानी जी, इन्हें संभालिए और चलिए, बाहर शोभारथ प्रस्तुत है।"

मैंने उन वस्तुओं को लेने का कोई उपक्रम नहीं किया।

कुछ क्षण बाद प्राणिक होकर कहा, "मैं शोभायात्रा पर नहीं जाना चाहती।"

"ओय मां, यह क्या कह रही हैं।" उसका आश्चर्य स्वाभाविक था।

"रूप का यह प्रदर्शन मैं प्रजा के समक्ष नहीं कर सकती। प्रजा क्या, किसी के समक्ष नहीं। 'ऑट सीजर, ऑट नलस' (या तो सीजर अन्यथा कोई नहीं)।"

मेरिरा ने कुछ क्षणों तक मेरी ओर निरीहता से देखा फिर अपने दोनों हाथ और सिर ऊपर उठाकर बोली, "हे मेरे देवताओं, मेरी सहायता करो। मेरी रानी को मोह से बाहर निकालो।"

सहसा मुड़कर मुझसे बोली, "आप एक पत्नी या प्रेयसी ही नहीं हैं, इस देश की महारानी भी हैं। प्रजा के प्रति आपके कुछ कर्तव्य हैं। असंख्य प्रजा सुबह से पलक-पांवड़े बिछाए आपकी प्रतीक्षा कर रही है, आपके दर्शनों को उत्सुक है। पूरा तंत्र सक्रिय हो उठा है। मैं हाथ जोड़ती हूं, रानी जी, अपनी मनःस्थिति ठीक कीजिए। सौंदर्य के साथ-साथ अपनी मनीषा को भी जाग्रत कीजिए।"

द्वार पर सुरक्षा सैनिक आ गए थे। उनके कठोर पदचाप से मैं अपने से उबर आई।

मैं राजमहल के मुख्य द्वार पर आई जहां से परिसर द्वार तक प्रदर्शन

प्रिय धृष्ट रोमन सैनिक दो पंक्तियों में मेरे सम्मान में गरदन झुकाए खड़े थे। द्वार के पास एक मंच पर बैठे संगीतज्ञ बीन और बांसुरी बजा रहे थे।

द्वार से कुछ कदम आगे खड़े स्वर्ण रथ पर मैंने एक दृष्टि डाली। रथ पुष्पों से सुसज्जित था। रथ में स्थापित मेरा आसन चमक रहा था। चारों अश्व रथ खींचने को आतुर थे। पारंपरिक वस्त्र पहने प्रौढ़ सारथी ने आकर मेरा अभिवादन किया और रथ पर आरूढ़ होने का निवेदन किया। मैं रथ की ओर बढ़ी। चांदी की चौकी पर पैर रखते हुए मैं रथारूढ़ हुई। पता नहीं कहां से दो बालाएं प्रकट हुईं और रथ पर चढ़कर मेरे पीछे खड़ी हो गईं। उनके नन्हे कोमल हाथों में सुर्खाव-परों के पंखे थे। रथ चल पड़ा।

जैसे ही हम महल परिसर के बाहर निकले सभी दल अपना-अपना स्थान लेने लगे। दो स्टेडिया चलने के बाद अग्रगामी दलों ने अपने-अपने काम संभाल लिए। मेरे रथ के दोनों ओर खूंखार नूबियन सैनिकों का एक-एक दस्ता चल रहा था। सबके हाथ में नंगी तलवारें थीं, परंतु उनके आगे चलने वाले नायक के हाथ में मात्र एक डंडा था। आगे ऐसे कई दस्ते थे। शोभारथ के चक्रों के निकट दोनों ओर अश्वारोही सैन्य अधिकारी सतर्क चल रहे थे, ताकि मेरी किसी भी आज्ञा को वे सुन सकें।

मेरे रथ और आगे चल रहे अंतिम सुरक्षा दल के बीच लगभग आधे स्टेडिया का अंतर सदैव बनाए रखा जाता। इस खाली स्थान पर फूल और विभिन्न प्रकार के इत्र डाले जाते ताकि राजमार्ग के दोनों ओर खड़ी दर्शनार्थी जनता के वस्त्रों व शरीर से उठने वाली दुर्गंध मुझे व्यथित न कर सके।

मैं दोनों ओर सिर घुमाकर अपनी प्रजा को देख रही थी या यूं कहूं, उन्हें दर्शन दे रही थी। वे प्रसन्न और उत्साही थे, साथ व्यग्र भी थे जैसे किसी दुर्दांत उत्तेजना ने उन्हें अपने अधिकार में ले लिया हो। उनकी ओर दृष्टि डालकर मैं उन्हें उपकृत कर रही थी। जिस समूह-खंड पर मेरी दृष्टि पल-भर

को टिकती वहां उत्सव की लहर-सी व्याप्त हो जाती और लोग मेरा नाम ज़ोर-ज़ोर से उच्चारित करने लगते।

शोभायात्रा शांति से चल रही थी। प्रजा मेरे व्यक्तित्व से अभिभूत हो मेरा नाम बार-बार उसी प्रकार उच्चारित कर रही थी जैसे भक्तगण देवी के मंदिर में आईसिस का नाम लेते हैं। प्रजा की श्रद्धा का यह सीमांत बिंदु था जिससे आज मैं देवी की श्रेणी में आ गई थी। सीजर ने ठीक ही कहा था कि मैं देवी हूं और देवी के विरुद्ध विद्रोह कैसे हो सकता है। उसी ने कहा था कि एक बार 'भक्तों' को दर्शन देना ज़रूरी है। इसी कारण मैं शोभायात्रा के लिए सहमत हुई थी।

अचानक सात-आठ साल का एक बालक राजमार्ग के किनारे लगी बांस की बाधाओं को पार करता मेरे रथ के सामने आ गया। रानी को निकट से देखने की उसकी उत्सुकता ही उसे प्रतिबंधित क्षेत्र में खींच लाई होगी। रक्षकों ने तत्काल उसे पकड़कर अपने अधिकार में ले लिया। वह बालक जहां से निकला था, उस स्थान पर खड़ा जन-समूह-खंड दुःखोद्गार प्रकट करने लगा, क्योंकि वे जानते थे कि उस बालक को दंड अवश्य मिलेगा।

मैं नहीं जानती थी कि ऐसी स्थिति में बालकों के लिए, जो नियमों से अनभिज्ञ होते हैं, क्या दंड विधान है। संभव है उसके माता-पिता को खोज कर बालक को संभालने में असावधानी के लिए उन्हें भी दंड दिया जाए। मैंने रथचक्र के समीपस्थ सैनिक अधिकारी से उस बालक को तत्काल छोड़ देने के लिए कहा। उस अधिकारी ने रक्षकों से बालक को मुक्त करा दिया। बालक जैसे ही अपने स्थान पर पहुंचा मेरे नाम का समूह-घोष होने लगा।

प्रजा की अपार भीड़ और उसके द्वारा उत्पन्न अस्पष्ट कोलाहल से मैं कतई विचलित नहीं हो रही थी, यद्यपि प्रजा के सम्मुख आने का यह मेरा पहला अवसर था। इसके विपरीत निरीह मानव समूह को देखकर, उनके संघर्षमय जीवन की कल्पना कर मेरें हृदय में उनके प्रति करुण भाव जाग्रत हो रहा था। प्रजा को राहत देने की जो घोषणाएं मैंने की थीं, वे राजनीति

से प्रेरित थीं। अब रोम में बैठकर प्रजा के कल्याण हेतु वास्तविक योजनाएं बनाऊंगी।

मैं अपने विचारों में खोई थी कि करुण क्रंदन ने मेरा ध्यान खींचा। रथ रुक गया था। किसी भी अप्रत्याशित घटना के होने पर रथ रोक देने की आज्ञा मेरी ही थी। मेरे सामने बाईं ओर मचान के पास एक वृद्धा औंधी पड़ी तड़प रही थी। रक्षक टुकड़ी का नायक डंडा ताने खड़ा था और उसे राजपथ से हटाने का भीड़ को आदेश दे रहा था। कुछ लोग क्रुद्ध हो उठे थे और चीख-चिल्लाकर शासन की भर्त्सना कर रहे थे।

उद्वेलित भीड़ को शांत करना मुझे आवश्यक लगा। मैंने वृद्धा और नायक दोनों को बुलवाया। अधिकारी दूरदर्शी था, वह वृद्धा के साथ एक वृद्ध व्यक्ति को भी साथ ले आया।

मैंने उस नागरिक से पूछा, "इस वृद्ध महिला को जानते हो?"

मेरी वाणी सुनने के लिए भीड़ शांत हो गई। हजारों आंखें मुझे देख रही थीं।

नागरिक ने मेरी अभ्यर्थना में बहुत नीचे तक सिर झुकाया, पृथ्वी का स्पर्श किया फिर दोनों हाथ वक्ष पर बांधकर बोला, "जी महारानी जी, यह मेरी बस्ती में रहती है।"

"तुमने जो देखा हो वह बताओ।"

"महारानी जी, यह बुढ़िया मेरे पास ही खड़ी थी। इसकी आंखें कमज़ोर हैं। आपके दर्शन ठीक से करने के लिए यह बांस के बाहर खड़ी हो गई। हम इसे अंदर घसीट पाते इसके पहले ही वह डंडाधारी आ गया और बिना कुछ पूछे बुढ़िया के सिर पर डंडा दे मारा। यह गिर गई और हम लोग डर के मारे सड़क पर इसे उठाने नहीं आ पाए।"

मैंने इशारे से नायक को तलब किया। वह आया और मेरे सामने खड़ा होते ही कांपने लगा, अभिवादन करना भी भूल गया। यही उसकी मौन अपराध-स्वीकृति थी।

मैंने उससे पूछा, “किस हाथ से डंडा मारा था?”

“महारानी जी, दाहिने हाथ से।”

“ओ क्रूर, तूने शक्तिशाली होते हुए इस वृद्धा पर हमला किया। मैं तुझे सही आचरण करना सिखाऊंगी। अब आगे से कभी किसी को दाहिने हाथ से डंडा नहीं मारोगे।”

अपने स्वभाव के विपरीत, परिस्थितिवश, मुझे कठोरता से काम लेना पड़ा।

मैंने सैनिक अधिकारी से कहा, “इस वृद्धा को पांच टेलेंट हरजाने के रूप में दिए जाएं और नायक का दाहिना हाथ काट दिया जाय।”

प्रजा में हर्ष की लहर दौड़ गई। जनसमूह मेरा नाम ले लेकर अपनी कृतज्ञता प्रकट करने लगा।

मेरा रथ आगे चल पड़ा। काफी दूर जाने के बाद मुझे पीछे आता मर्मभेदी पुरुष आर्तनाद सुनाई दिया।

नायक को उसकी नृशंसता का दंड मिल चुका था। प्रजा मेरा नाम जप रही थीं। कुछ आवाज़ें ‘हन्ना-हन्ना’ की आ रही थी। वे कहना चाह रहे थे ‘ईश्वर ने उनके ऊपर कृपा की।’

भूमध्यसागर की छाती को चीरते हुए सत्तर पोतों का बेड़ा सिकंदरिया से उत्तर-पश्चिम दिशा में रोम की ओर जा रहा था। इन पोतों में से सिर्फ़ दस पोत मेरे थे। इनके बीच एक विशाल युद्ध-पोत में सीजर के साथ मैं भी

यात्रा कर रही थी। नन्हे सीजर की देखभाल करने के लिए मेरिरा हमारे साथ थी। नन्हे को खिलाने, पिलाने, डेक पर घुमाने और सुलाने का काम उसी के जिम्मे थे। नन्हे खूब स्वस्थ और चंचल था। सागर को देखकर बहुत प्रसन्न होता।

मेरी बहन आरसिनोई युद्ध-बंदी के रूप में ले जाई जा रही थी। अतः वह दूसरे जहाज पर सख्त पहरे में रखी गई थी, ताकि समुद्र में कूद कर जान न दे दे। उसी जहाज पर कई देशों से पकड़कर लाए गए अनेक युद्ध बंदी थे।

आरसिनोई को मैंने दो वर्ष से नहीं देखा था। जब से हिजड़े पौथोनियस से उसके शारीरिक संबंधों की बात पता चली थी, मुझे उससे घृणा हो गई थी। मैंने उसके चरित्र का यह पक्ष सीजर को भी बता दिया था, ताकि वह आरसिनोई की निगरानी कर रहे पहरेदारों को आगाह कर सके। सीजर ने उसकी दुश्चरित्रता की बात गुप्त रखते हुए पहरेदारों को सावधान कर दिया था कि आरसिनोई के भाग जाने की दशा में सभी संबंधित व्यक्तियों को मृत्युदंड मिलेगा।

मिस्र में राज्य की सुरक्षा का मैंने पक्का प्रबंध किया था। सेनापति अपोलोडोरस मेरा विश्वासपात्र था। वह ग्रीक था और मुझे आइसिस (स्वर्ग की देवी) का अवतार मानता था। ऐसा व्यक्ति मुझे धोखा कैसे दे सकता था। अपनी नौ-सेना को मैंने सुदृढ़ बनाया। हमारे पास साठ युद्ध-पोत और चार सौ साधारण पोत और बड़ी नौकाएं थीं। इस समय मेरे दस युद्ध-पोत साथ जा रहे थे। वे रोम के निकटतम बंदरगाह ओस्टिया पर सन्नद्ध रखे जाएंगे। दो शक्तिशाली नौकाएं सीजर के महल के पश्चिम में बह रही टाइबर नदी में तैनात रहेंगी, ताकि विपरीत परिस्थितियों में यदि हमें कभी रोम छोड़ना पड़े तो उनके माध्यम से हम ओस्टिया में लंगर डाले खड़े अपने जहाजों तक पहुंच सकें।

शरमियन और इरास को सीजर के प्रशिक्षित कबूतर दिए गए थे, ताकि

राजधानी में किसी प्रकार का विरोधी वातावरण बने तो हमें कबूतरों द्वारा सूचना दी जा सके। हमारा संदेश पहुंचने पर तदनुसार कार्रवाई करने की बात भी उन्हें समझा दी थी। यह भी बता दिया गया था कि कोई समाचार न मिलना अच्छे समाचार का द्योतक होगा।

सीजर ने पचास रोमन सैनिकों का एक घातक दस्ता भी राजमहल की रक्षा के लिए तैनात कर दिया था। यद्यपि इस दस्ते की तैनाती का औचित्य मेरी समझ में नहीं आया तथापि युद्धविषयक सीजर की दूरदर्शिता को देखते हुए मैंने उससे इस दस्ते के संबंध में कोई बात नहीं की थी। चिंता की बात यह थी कि रोमन सैनिकों और ग्रीक सैनिकों में बनती नहीं थी। मैंने अपालोडोरस से कह दिया था कि उसका कोई सैनिक रोमन सैनिकों से कोई विवाद न करे। उसने सहास्य कहा था, "महारानी जी, रोमन सैनिकों ने समझ लिया है कि आप मिस्र की ही नहीं रोम की भी महारानी हैं। इस कारण उनके व्यवहार की अक्खड़ता जा चुकी है। रोमन टुकड़ी का नायक ब्रुंडीसियस मेरा सम्मान करता है। आप निश्चिंत होकर रोम जाइए, मिस्र में आपके सिंहासन की ओर कोई आंख तक नहीं उठा सकता।"

क्रेटे और मिसली द्वीप समूहों पर विश्राम करते हुए अंततः हम ओस्टिया पहुंच गए। बंदरगाह पर हमारा अभूतपूर्व स्वागत हुआ। वहां से हम सीधे सीजर के टाइबर तट स्थित भव्य महल में पहुंचे। बालकोचित औत्सुक्य से उसने हमें-मुझे, मेरिरा और सीजरियन को पूरा महल दिखाया। अंत में मुझे वह अपने विशिष्ट कक्ष में ले गया।

कक्ष बहुत विशाल था। फ़र्श पर मुलायम मोटे कालीन बिछे थे। कालीन बहुत कीमती थे। इसका अर्थ यही है कि सीजर कालीनों का शौकीन है। कदाचित् इसी कारण सब काम छोड़कर उसने मिस्र में उन कालीन व्यापारियों को अपने सामने आने की आज्ञा दी थी, जो मुझे कालीन में लपेटकर ले गए थे। जहां फर्श कालीनरहित है, वहां चित्रित 'टेगुला' (टाइल्स) दिखाई दे रहे थे।

कक्ष की चारों दीवारें रंगीन भित्तचित्रों से सुसज्जित थीं। युद्ध के देवता 'मार्स' के चित्र प्रत्येक दीवार पर बने थे। एक चित्र में पांच महिलाएं दिखाई गईं थीं जो 'नकलबोन्स' (गुट्टे) नामक खेल-खेल रही थीं। यह खेल वास्तव में ग्रीक से खेला जाता है। इसमें भेड़ की टांग की हड्डी के छोटे-छोटे टुकड़ों को हथेली पर रखा जाता है और उन्हें उछालकर पीछे रोका जाता है। अक्सर ये टुकड़े चिड़ियों या मछलियों के आकार के होते हैं। अवश्य ही यह चित्र सीजर ने अपनी पुत्री जूलिया के मनोरंजन के लिए बनवाया होगा। अंतिम दीवार पर एक उद्यान चित्रित है।

चारों कोनों पर ऊंचे प्रस्तर स्तंभों पर आवक्ष देव मूर्तियां सुशोभित हैं। इनमें लेर्स और पीनेट्स नामक गृह देवताओं की मूर्तियां सफेद पत्थर की हैं। तीसरी मूर्ति बुद्धि के देवता मिनर्वा की है। चौथी मूर्ति मैं नहीं पहचान पाई।

दरवाज़ों और खिड़कियों पर भारी पर्दे पड़े थे। संगमरमर की मेज़ें और बहुमूल्य लकड़ी की कुर्सियां यथास्थान रखी थीं। एक ऊंची मेज़ पर लिखने-पढ़ने की सामग्री रखी थी। उस मेज़ के पीछे एक विशाल 'आरमेरियम' (अलमारी) रखी थी। उसमें सामने के पट नहीं थे। अलमारी पुस्तकों से भरी थी। इनमें सीजर की लिखी 'कमेंट्रीज' नामक पुस्तकें भी होंगी। इस समय उन अमूल्य पुस्तकों को देखने का लोभ संवरण कर मैं उस मेज़ की ओर बढ़ गई जिस पर शराब की बोतलें और प्याले रखे थे। मैंने एक प्याले में मीठी लाल मदिरा डाली और उसे सीजर की ओर लेकर चल दी।

शैय्या पर अध-लेटा सीजर मुग्ध भाव से मेरी गतिविधियां देख रहा था। प्याला हाथ में लिए मैं उसके सामने खड़ी हो गई। उसने प्याला लेने की कोई उत्सुकता नहीं दिखाई। मैं भी चुप खड़ी रही।

कुछ क्षणों बाद उसने प्याला मेरे हाथ से ले लिया। उठा और जाकर उसे वैसा ही एक मेज़ पर रख दिया। मेरे पास आकर प्यार से मेरे दोनों हाथ पकड़े, उन्हें चूमा और कहा, 'अरिस्टोन मेन हाइडोर' (जल सबसे उत्तम पदार्थ है)।

मैं लज्जित हो गई। मुझे शराब नहीं देनी चाहिए थी। मैं गृहिणी हूं यह आभास सीजर ने करा दिया। मेरा रानीत्व गायब हो गया।

मैं जल ले आई। जल-पात्र मेरे हाथ से लेते हुए सीजर ने कहा, "बस, सीजर यही चाहता है 'डोनस एट प्लेसेन्स इक्जोर' (एक घर और सुख देने वाली पत्नी)।"

चांदनी के असंख्य स्रोत मेरे मन में फूट पड़े। मैंने आगे बढ़कर अपना सिर सीजर के विशाल वक्ष पर रख दिया। मेरे मुख से अनायास निकल पड़ा, "हे मेरे देवताओ इतना सुख मैं कैसे अक्षुण्ण बनाए रख पाऊंगी।"

सीनेट में अपनी स्थिति सुदृढ़ कर लेने तक सीजर ने अपना विजय-जुलूस स्थगित रखा। आमतौर पर कोई सेनापति अपनी सेनाएं नगर में नहीं ला सकता, परंतु सीजर ने यह निषेध नहीं माना कहना चाहिए उसकी सेना ने नहीं माना। वे सीजर का साथ एक क्षण के लिए नहीं छोड़ना चाहते थे। पोंपी से सीजर का संघर्ष इसी बात को लेकर शुरू हुआ था। अंत में पोंपी को पलायन करना पड़ा और वह मिस्र में मारा गया।

सीजर की शक्तिमत्ता देखकर सीनेट को झुकना पड़ा। सीजर को आजीवन कौन्सुल और दस वर्ष के लिए 'इंपरेटर' (सम्राट-तुल्य) बना दिया गया। यह उपाधि सीजर के लिए नई नहीं थी, सेना उसे पहले ही अपना 'इंपरेटर' कहती थी। विजय-जुलूस के बाद सेना को नगर के बाहर शिविरों में भेज देने की बात सीजर मान गया।

इसके बाद विजय जुलूस निकला। सेना साथ थी। जनसंकुल नगर रोम में उपद्रव का-सा दृश्य उपस्थित हो गया। सबसे आगे सीजर का रथ था। लोग 'सीजर, सीजर' चिल्ला रहे थे। उनके द्वारा उछाली गई मालाएं ऐसी लग रही थीं जैसे अदृश्य नृत्य-बालाएं उन मालाओं को पहनकर ऊपर हवा में भाग दौड़ रही हों। सीजर के पीछे उसके सेनापति का रथ था, जिसके साथ ज़ंजीरों से जकड़े युद्धबंदी लड़खड़ा कर चल रहे थे।

लड़की होने के कारण आरसिनोई को एक अलग रथ से बांधा गया था। उसकी ज़ंजीर अपेक्षाकृत लंबी थी जिससे वह लड़खड़ा नहीं रही थी। बंदी के रूप में उसका प्रदर्शन सीजर की मिस्र-विजय का प्रतीक था। इसी बिंदु पर मैंने सीजर से राजनीतिक मात खाई थी। यदि वह मिस्र-विजेता है, तो मैं क्या हूं? सीजर की पत्नी, इसलिए नफरटीटी की तरह रानी। लेकिन यह मेरी सोच बौद्धिक विलास के अतिरिक्त कुछ नहीं थी। सीजर मेरा पति था, प्रेमी था और मैं मिस्र की महारानी थी।

मेरा रथ अभूतपूर्व था। मेरा स्वर्णरथ और श्वेत अश्व मिस्र से हमारे साथ ही लाए गए थे। मेरे कंचन-रथ पर मणियों का संयोग बिठाया गया था। अश्वों के पैरों में मोती की मालाएं बांधी गई थीं। रोम के दुर्लभ पुष्पों की मालाएं उनके गले में झूल रही थीं। मैं प्रेम की देवी वीनस के रूप में अपने रथ पर विराजमान थी। मेरे साथ राजकुमार की तरह सजा-धज़ा सीजरियन बैठा था। मेरिरा उसके पीछे खड़ी थी। मेरे रथ को घेरकर चलने वाले ग्रीक अनुचरों की पोशाकें रोम के धनी लोगों तक के लिए ईर्ष्या का विषय थीं। मेरे चारों ओर वैभव चल रहा था। शौर्य, पौरुष और वीरता के भक्त रोमवासी आज मेरे वैभव और सौंदर्य से पराजित-से थे। मेरा रथ जहां से निकलता वहां असमंजस, अविश्वसनीयता और आश्चर्य का मौन छा जाता।

भीड़ मेरी ओर आकर्षित थी। मैं भी उन पर कृपा-कटाक्ष और मंद-हास्य का खज़ाना लुटाने में कंजूसी नहीं कर रही थी। सीजरियन भीड़ को देखकर प्रसन्न हो रहा था और बीच-बीच में ताली बजाकर लोगों को आकर्षित कर रहा था।

एक स्थान पर हमारा विजय जुलूस रुक गया। सीजर अपने सेनाधिकारियों के साथ मेरे पास आया। बताया कि यहां स्टेडिया में हमारा नागरिक अभिनंदन है। उसने मेरा हाथ थामकर मुझे रथ से नीचे उतारा। मेरिरा नन्हे को लेकर उतर आई। स्टेडिया एक विशाल मैदान था, जहां तरह-तरह

के खेल, तमाशे और भाषण हुआ करते थे। हम एक सुसज्जित मंच पर पहुंचे जहां हमारे बैठने की व्यवस्था थी। मंच पर एक छोटा और तीन बड़े सिंहासन थे। सीजरियन सहित हम अपने-अपने आसनों पर बैठ गए।

कार्यक्रम प्रारंभ होने से पूर्व के अंतराल में मैंने सीजर से उसके द्वारा की जाने वाली घोषणाओं पर चर्चा कर ली। मैंने एक दो सुझाव दिए जिन्हें सीजर ने मान लिया।

तभी रोम के आध्यात्मिक गुरु पोंटीफेक्स मेक्जियस मंच पर पधारे। उनके सम्मान में हम उठकर खड़े हो गए। उन्होंने हाथ हिलाकर हमारा अभिवादन स्वीकारा और हमें बैठने का इशारा किया।

घूमकर उन्होंने शोर मचाती भीड़ की ओर देखा और अपने दोनों हाथ ऊपर उठा दिए। सर्वत्र शांति हो गई तो वे बोलने लगे, "रोम के सम्राट सीजर महान और महारानी क्लियोपेट्रा का तमाम रोमवासियों की ओर से हम हार्दिक अभिनंदन करते हैं। हमारे सम्राट ने रोम की विजय पताका अनेक देशों में फहराई है। उनके शौर्य से रोम गौरवान्वित हुआ है। उनका यश दिगूदिगंत तक व्याप्त रहे यही हमारी देवताओं से प्रार्थना है। हम आज उनका नागरिक अभिनंदन करते हैं।"

वे रुके और बाईं ओर देखा। एक सैन्य अधिकारी एक पात्र लेकर आया जिसमें सोने के मूठ वाली एक तलवार रखी थी। वह तलवार रोमवासियों की ओर से सीजर को भेंट की गई।

आध्यात्मिक गुरु प्रजा की ओर फिर उन्मुख हुए तो सीजर ने अपना आसन ग्रहण कर लिया। वे बोलने लगे, "प्रजाजनो! रूप, सौंदर्य, मनीषा और साहस की साक्षात देवी महारानी क्लियोपेट्रा रोम के मित्रराष्ट्र मिस्र की अधिष्ठात्री रानी हैं। सिंहासन पर बैठते ही आपने जन कल्याण की योजनाएं प्रारंभ कर दी। संयमशील हो, वैभव में जीती हैं। कला, ज्योतिष, शिल्प के

प्रति उनके प्रेम का रोमवासियों को भी लाभ होगा। सीजर और क्लियोपेट्रा दंपत्ति के पुत्र सीजरियन टोलेमी को हमारे आशीर्वाद।"

आध्यात्मिक गुरु सीजर के पास रखे आसन पर जाकर बैठ गए।

प्रजा में मेरी लोकप्रियता और स्वीकार्यता स्थापित करने का यह अनोखा तरीका सीजर के दिमाग की उपज होगा। आध्यात्मिक गुरु के एक-एक शब्द को प्रजा श्रद्धा से सिर पर चढ़ाती है।

भीड़ से शोर उठने लगा 'सीजर, सीजर, सीजर।'

सीजर बोलने लगा, "प्यारे रोमवासियों, मैंने आपके प्रेम और विश्वास के सहारे, अपनी बहादुर सेना के बल पर ही विजय प्राप्त की है।"

उपस्थित सैनिकों का स्वर गूंजा, "इंपरेटर, इंपरेटर...।"

सीजर ने हाथ खड़ा किया, शांति स्थापित हुई तो फिर बोलने लगा, "कृपया शांति से मेरी बात सुनें। सीनेट ने मुझे 'सम्राट' का पद दिया है, तमाम अधिकार दिए हैं। मैं सीनेट का कृतज्ञ हूं।

"मैं अपनी कुछ योजनाएं आपके सामने घोषित करना चाहता हूं। अच्छी सड़कें हमारे नागरिक और सैनिक जीवन का अंग हैं। आज से ढाई सौ वर्ष पहले रोम से लेकर दक्षिण-पूर्व में स्थित ब्रुंडीसियम बंदरगाह तक तीन हज़ार स्टेडिया लंबी सड़क बनवाई गई थी, जो आज तक कायम है। अब मैं रोम से लेकर उत्तर में स्थित मीडियोलेनम (मिलान) तक लगभग इतनी ही लंबी सड़क बनवाने की घोषणा करता हूं। निर्माण कार्य दोनों ओर से युद्ध-स्तर पर शुरू होगा, ताकि यह कार्य एक वर्ष में पूरा हो जाय। इसी के साथ रोम के सौंदर्यीकरण का काम प्रारंभ हो जाएगा। पुराने ऐतिहासिक भवनों का जीर्णोद्धार किया जाएगा।

"रोम में जितने भी गुलाम हैं उनके पुत्र व पुत्रियों को स्वंतत्र घोषित किया जाता है। उन्हें रोमन नागरिकता दी जाएगी।

"प्रजा या व्यापारियों पर कोई नया कर नहीं लगाया जाएगा। वर्तमान करों के संग्राहकों की कथित लूट को रोका जाएगा। नगर में किसी उचित स्थान पर देंवी वीनस का मंदिर बनवाया जाएगा।

"सीनेट की सदस्य संख्या बढ़ाना सीनेट के ही अधिकार में है। तथापि मैं यह प्रस्ताव रखूंगा कि सदस्य बढ़ाए जाएं और नए सदस्य उपेक्षित व्यापारी वर्ग से तथा विजित देशों के संभ्रांत वर्ग से लिए जाएं। अन्य योजनाओं की सूचना आपको यथासमय मिलती रहेगी।

"इस नागरिक सम्मान के लिए, अभिनंदन के लिए महारानी क्लियोपेट्रा और मैं आपके तथा आध्यात्मिक गुरु के आभारी हैं। कल सार्वजनिक अवकाश रहेगा।"

सीजर और मेरे नाम का गगनभेदी उच्चारण होने लगा।

जब हम राजमहल लौटे तब तक संध्या अपना अनंत आंचल रोम पर फैला चुकी थीं। हम दोनों अपने कक्ष में आए। नन्हे अपने कक्ष में ले जाया गया। मैंने स्नान कर हल्के परिधान धारण किए तो ऐसा लगा मैं आसमान में उड़ रही हूं उस आकाश में जहां सीजर का यशः सूर्य तप रहा था। मैं विश्राम के लिए शैया पर लेट गई। अच्छा था आज रात्रिभोज का आयोजन नहीं था। कदाचित् कल भी न हो।

सीजर दो पात्रों में सुरा ले आया। मदिरा मेरी कमजोरी नहीं है इसी कारण दो प्याले ही मुझे कमज़ोर कर देते हैं। उस क्षण मुझे ऐसा लगने लगता है कि वासना के उद्दाम थपेड़े चोट कर-कर के मेरे वस्त्र उड़ाए लिए जा रहे हैं और आसपास छाया हुआ गहन अंधकार आंखें फाड़कर मुझे घूर रहा है। लेकिन आज, इस समय मुझे किसी अंधकार का भय नहीं है मेरा

सुदृढ़, सुरक्षित प्रकाश-स्तंभ स्वयं मेरे पास बैठा है। आज मैं छककर पिऊं तो भी कोई भय नहीं। लेकिन सीजर मुझे कभी दूसरे प्याले के लिए नहीं कहता।

एक-एक प्याला लेने के बाद हमने प्याले हटा दिए।

सीजर कुछ सोच में डूब गया।

मैंने पूछा, "कुछ मंथन चल रहा है?"

"हां, सोच रहा हूं सीनेट ने मुझे सम्राट बनाकर भारी भूल की है।"

मेरे आश्चर्य का ठिकाना न रहा। तभी तत्काल ध्यान आया कि मुझे छकाने के लिए उसने गंभीरता का लबादा ओढ़ रखा है। फिर भी पूछ लिया, "क्यों?"

"रोम सम्राट बनने योग्य तो आप थीं, मैं नहीं।"

''मुझे तो सीनेट ने उससे भी बड़ा पद दिया है।''

"कैसे?"

"तुम सम्राट और मैं सम्राट की सम्राज्ञी। हुआ न बड़ा पद!"

"सच कहा मेरी सम्राज्ञी। आपके प्रत्युत्पन्नमतित्व की कोई समानता नहीं कर सकता। सत्य बताइए, क्या आपने पहले से ही उन योजनाओं पर विचार कर लिया था, जो मुझे अभिनंदन समारोह में संक्षेप में बताई थीं।"

मैंने उस पर स्नेहिल दृष्टि डाली और चुप रही।

"क्या हमारी योजनाएं पूर्ण हो पाएंगी?" सीजर ने पूछा।

"वीर और विश्वासी के लिए कुछ भी कठिन नहीं, असंभव नहीं। अपने विश्वस्त व्यक्तियों को कल से ही काम पर लगा दें। यदि धन की कमी पड़े तो मिस्र के राजकोष का उपयोग कीजिए। मैं आपका यशःसूर्य गगन-मंडल में तपता हुआ देखना चाहती हूं।"

सीजर ने कोमलता से मेरे हाथ पकड़े और उन्हें चूमा। मैं नहीं जानती कि कृतज्ञता और प्रेम यदि एक साथ मिल जाएं तो वे किस नए भाव को जन्म देंगे।

"प्रिय, किसी दिन मैं रोम के महान मूर्तिकार को बुलाऊंगा। आपको उससे भेंट करनी होगी।"

"अवश्य करूंगी। आप देवी वीनस का जो मंदिर निर्मित कराने जा रहे हैं उसमें वीनस के रूप में मेरी मूर्ति बनवाने का विचार कर रहे हैं। यह विचार मुझे वीनस के रूप में देखने के पश्चात् ही आया होगा।"

"अब मैंने आपकी ऐसी बातों पर आश्चर्य करना छोड़ दिया है। मन की बात जान लेने की कोई सिद्धि है क्या? क्या ऐसा नहीं हो सकता कि सीजरियन की मूर्ति भी आपकी मूर्ति के साथ बने।"

"तुम यही चाहते हो कि मेरा और नन्हे का नाम अमर रहे।"

"हां, यही मेरी अभिलाषा है।"

"अपने बारे में कुछ नहीं सोचा।"

"आदमी जिससे प्यार करता है सिर्फ उसके बारे में सोचता है।"

"ठीक है। फिर मैं सोचूंगी। हां, वीनस के मंदिर में देवी के अतिरिक्त किसी अन्य की मूर्ति स्थापित करने का विरोध होगा। आपके शिल्पी महोदय ही कदाचित् इस बात के लिए तैयार न हों।"

"फिर।"

"एक अन्य उपाय है। जहां तक मैं जानती हूं रोम की मुद्रा अस्थिर है। सोने के सिक्के चलाने से मुद्रा में स्थायित्व आएगा। मिस्र से कारीगर बुलाकर नई मुद्रा ढलवाई जा सकती है। ऐसी मुद्राओं में वीनस और उसके पुत्र एनीस की छवि अंकित कराई जाए जो वास्तव में मेरी और नन्हे की छवि हो। प्रकृति के कोप में मंदिर नष्ट हो सकते हैं, परंतु सिक्के अनंतकाल तक रहते हैं। परवर्ती शोधकर्ता उन्हें खोजकर पूरा इतिहास जान लेते हैं।"

सीजर ने प्रशंसा में तालियां बजाई और कहा, "इस समय आपकी जिह्वा पर 'नेपथ' रूपी पावन आत्मा बैठी है, जो भविष्यवाणी करा रही है। आप मुझे उपकृत करती रहें।"

"मैं नहीं जानती, मेरे अंतर्लोक में कैसा शुभ्र आलोक उद्भासित हो रहा है, जो जिह्वा के माध्यम से विकीर्ण हो रहा है। मैं कह नहीं सकती कि यह आलोक है, आवेश है या और कुछ। खैर।

"रोम में प्रचलित कैलेंडर मुझे दोषपूर्ण लगता है। रोमन कैलेंडर चंद्रवर्ष पर आधारित है जिसके अनुसार वर्ष में 355 दिन माने जाते हैं। प्रत्येक महीना भी 28 दिन का रखा गया है। इससे वर्ष में 19 दिन बच जाते हैं। किसी प्रभावशाली रोमन कौन्सुल द्वारा यह दिन उसकी इच्छानुसार किसी भी महीने में जोड़ दिए जाते हैं। हमारे मिस्री ज्योतिषियों ने सभी प्रचलित कैलेंडरों का अध्ययन किया और इससे एक सर्वमान्य कैलेंडर की रूपरेखा बनाई। मिस्र में ऋतुओं के निर्धारण की परम्परा तीन हज़ार वर्ष पुरानी है। ऋतुओं का निर्धारण नील नदी के व्यवहार पर किया गया था। नील में प्रतिवर्ष बाढ़ आती है। 'बाढ़ का समय' जून से सितम्बर तक का माना गया, 'बाढ़ से भूमि का आविर्भाव' अक्टूबर से प्रारंभ होता था और फरवरी तक रहता था, 'सूखा' मार्च से जून तक रहता था। इस तरह वर्षा, शीत, ग्रीष्म तीन ऋतुएं मान ली गईं।

“इस व्यवस्था में सुधार लाने के लिए अनुसंधान होते रहे। अंततः ज्योतिषियों ने पाया कि सौर वर्ष के अनुसार काल-गणना सटीक बैठती है। सौर वर्ष में 365 दिन माने गए। सात महीने 30 दिन के और शेष 31 दिन के रखे गए। इसी के अनुसार रोमन कैलेंडर बनाया जाएगा।”

हर्षातिरेक में सीजर ने मुझे गोद में उठा लिया। बोला, “आपका ज्ञान अगाध है लेकिन अब बस और बौद्धिक चर्चा नहीं।

मैं कुछ बोल न सकूं इस कारण, मुझे दोनों हाथों से उठाए हुए, उसने मेरे होंठों पर पहरा लगा दिया।

सीजर ने सीनेट में कल कई घोषणाएं कीं। रोम में निवास कर रहे दासों की संतानों को तत्काल दासत्व से मुक्त कर दिया गया। अपने विरोधियों को क्षमादान दिया। जो निलंबित सीनेट सदस्य थे, उनकी सदस्यता बहाल कर दी। इनमें मूर्धन्य लेखक, कवि, वकील और उत्कृष्ट वक्ता सिसरो भी था। वह सीजर का कट्टर विरोधी था, इसलिए उसे क्षमा किया जाना सीजर के सहयोगियों को अच्छा नहीं लगा। उनका कहना था कि कवियों की जाति चिड़चिड़ी होती है और वकील, उनके तो पास तक नहीं बैठना चाहिए। मैं सिसरो के बारे में अधिक नहीं जानती, इस कारण इस संबंध में कुछ नहीं बोली।

कैदियों को क्षमादान मिला परंतु युद्धबंदियों को कोई राहत नहीं दी गई। मैंने संतोष की सांस ली कि मिस्र जाकर षड्यंत्र करने का अवसर अब आरसिनोई को नहीं मिल पाएगा।

रोम में आम आदमी के घर सुविधाजनक नहीं हैं। सीजर ने नई बस्तियां बसाने और मकान बनाने की घोषणा जैसे ही की, सीनेट ने हर्षध्वनि से उसका स्वागत किया। सड़क निर्माण योजना की भी सराहना हुई।

सीजर ने प्रस्ताव रखा कि रोम का साम्राज्य बढ़ जाने के कारण सीनेट

के सदस्यों की संख्या में वृद्धि की जानी चाहिए। उसने जो सूची पेश की उसमें अधिकतर मध्यम वर्ग के उसके समर्थकों और प्रदेशों के उच्च परिवार के सदस्यों के नाम थे। सीनेट ने अपना ऐतिहासिक चरित्र दिखाते हुए यह प्रस्ताव अस्वीकृत कर दिया।

इससे सीजर दुःखी था, उसे लगा कि सदस्यों की संख्या वह कभी नहीं बढ़ा पाएगा।

मैंने उससे पूछा, "क्या सदस्य संख्या बढ़ाकर सीनेट में शक्ति संतुलन करना चाहते हैं या अपना पक्ष मजबूत करना चाहते हैं?"

"इनमें से कुछ नहीं," सीजर ने बताया, "वास्तव में सदस्य सार्वजनिक सेवक होते हैं, परंतु वे करते कुछ नहीं। मैं नए सदस्यों से काम कराना चाहता था।"

"मेरा एक सुझाव है," मैंने कहा, "इस पर आप विचार कर लें। उचित लगने पर इसे व्यवहार में कुछ महीने बाद ही लाएं, ताकि आप सीनेट के विरोधी न माने जाएं।"

"बताइए, मैं सुन रहा हूं।"

"आप एक 'राज्यकरण मंडल' की स्थापना करें, जिसमें प्रशासनिक सेवकों को रखा जाए। इसकी सदस्यता निम्नवर्ग के लोगों, दासों, मुक्त दासों, महल के रसोइयों, खानसामों के लिए ही खुली रखें। इस कारण उच्चवर्ग के लोग इससे दूर रहेंगे और ऐसा लगेगा कि मंडल के सदस्य आपकी व्यक्तिगत सेवा के लिए हैं। इनके पद अमहत्त्वपूर्ण रखें, परंतु उनके द्वारा किए जाने वाले कार्य महत्त्वपूर्ण हों। यह मात्र रूपरेखा है। कुछ लोगों को इस पर गहराई से विचार करने और कार्य-योजना बनाने के लिए कहें।"

सीजर मेरी प्रशंसा में कुछ कहने ही जा रहा था कि सेवक ने सूचना दी कि सेनापति अतिथि कक्ष में प्रतीक्षारत हैं। वह चला गया।

सीजर के जाते ही मुझे लगा कि मैं उसके राजनीतिक कार्यों में अनपेक्षित हस्तक्षेप कर रही हूं। सार्वजनिक अभिनंदन के दिन मैंने मंच पर ही बिना मांगे कई सुझाव दे डाले थे। उसने सौजन्यवश धन्यवाद दिया। यदि मैं सुझाव न देती तो क्या वह कुछ नहीं बोलता। रोम और यहां की राजनीति के विषय में मेरी जानकारी ही कितनी है। महल में बैठकर मैं आम आदमी की समस्या कैसे समझ सकती हूं। सीजर विद्वान है, ओजस्वी वक्ता है, मूर्धन्य लेखक है और अपराजित योद्धा है, जिस कारण प्रजा की आंखों का तारा है। कहीं मेरे भीतर कोई हीनताग्रंथि तो सक्रिय नहीं है, जो मुझे अपने त्राता, अपने पति के सिर चढ़कर बोलने को प्रेरित करती है। स्त्री के चरित्र का यह कौन-सा अनबूझा पहलू है, नहीं जानती।

मैंने निश्चय किया है कि भविष्य में मैं गृहस्थी के कार्यों में और कला विधाओं में अपना मन अधिक लगाऊंगी। मेरी तरह सीजर भी महत्त्वाकांक्षी व्यक्ति है। इसके पूर्व कि हमारे अहम् टकराएं और उनके शोर में बधिर होकर मैं नष्ट हो जाऊं मुझे अपनी सीमाएं निर्धारित करनी होंगी। मुझे सावधान रहना होगा कि मैं कब क्या कहूं।

मेरिरा के आने से मेरी विचारधारा भंग हुई। उसके साथ नन्हे को देखकर मैं आत्ममंथन-जन्य अवसाद से बाहर आ गई। मैंने उसकी ओर दोनों हाथ बढ़ाए तो वह जैसे क्षुधा-पीड़ित बालक की तरह मेरे ऊपर टूट ही पड़ा। मैंने उसे गोद में बैठा लिया। ओह! कितना सुखद क्षण होता है यह। पुत्र ही ऐसा प्राणी होता है जो जन्म लेकर माता का शरीर तो खाली कर देता है, पर उसका मन या हृदय या कहूं उस समूची को दुर्लभ वात्सल्य से भर देता है। इससे मां के व्यक्तित्व में प्रेम और वात्सल्य, दो भावों का संग्रंथन हो जाता है, जिससे वह अति गौरवमयी हो उठती है।

भावावेश में आकर मैं नन्हे पर चुंबनों की बौछार करने लगी।

कक्ष-द्वार से सीजर की आवाज आई, "बड़े भाग्यवान हो पुत्र।"

मेरिरा जाने लगी तो सीजर ने उसे रोक लिया।

नन्हे को मेरी गोद से उठाकर वह आसन पर बैठ गया। मेरिरा से रात्रि-भोज के बारे में पूछा।

"रात्रि-भोज का पूरा प्रबंध हो गया है। पर मैं कोई सहयोग नहीं दे पाई। महल के रसोइए, खानसामे तथा अन्य सेवक मुझे कोई काम ही नहीं करने देते। लेकिन काम तेजी से चल रहा है।" मेरिरा ने एक ही सांस में कहा।

"तुम्हें ऐसा तो नहीं लगता कि वे तुम्हारी उपेक्षा कर रहे हैं।"

"जी नहीं सम्राट। वे सब मेरा सम्मान करते हैं।"

इसी बीच नन्हे सीजर से मुक्त होकर मेरिरा के पास जाकर खड़ा हो गया।

मेरिरा ने पूछा, "मेरे लिए क्या आज्ञा है, सम्राट?"

"तुम भोज के बीच में सीजरियन को लेकर वहां आना ताकि उसे अधिक समय तक अपरिचित लोगों के बीच न बैठना पड़े। महारानी तो मेरे साथ ही जाएंगी।

सीजर के चुप होते ही मेरिरा नन्हे को लेकर चली गई।

"आपके सामने यहां यह पहला प्रीतिभोज होगा। इसमें कई सीनेट सदस्य, मेरे मित्र, सेनापति तथा वरिष्ठ सैन्य अधिकारी होंगे। ऐसे भोजों में अतिथि थोड़ी बहुत उच्छृंखलता कर बैठते हैं...।"

"किसके साथ?" मैंने सहास्य पूछा।

“केवल शराब और भोज्य पदार्थों के साथ। लपक-लपककर भोजन पर ऐसे टूटते हैं जैसे कई जन्मों से भूखे हों। स्त्रियां उपस्थित हों तो उनकी भी चिंता नहीं करते। परंतु उनके प्रति पूर्ण सम्मान भाव रखते हैं।”

“क्या मुझे डरा रहे हो?”

“नहीं-नहीं। वस्तुस्थिति से अवगत करा रहा हूं।”

“खैर, यह बताइए आज सीनेट में दिन कैसा रहा?”

“आज? आज गया ही कहां।”

“अरे! फिर कहां गए थे? आधे दिन कहां रहे? पूरा हिसाब दीजिए। सम्राट होंगे...।”

“...रोम के। यही न। क्या आपके हृदय का सम्राट नहीं हूं?”

“तभी तो पूछ रही हूं। बताइए, बताइए।”

“भई तुम ओरतों की यही विचित्रता है चाहे कानी हो या रानी, पति जरा इधर हुआ कि शक का हथौड़ा बजाने लगीं। सुनो, बताता हूं। पहले मैं संगतराश बेरियल की कार्यशाला में गया। खब्ती और मनमौजी है। यहां बुलवाता तो, हो सकता है, आने से इंकार कर देता। राजाज्ञा के उल्लंघन के चढ़ा दो फांसी, उसे कोई परवाह नहीं। मैं पहुंचा तो संकोच से भर उठा। उसके पूछने से पहले ही मैंने बता दिया कि नए मंदिर में स्थापित करने के लिए देवी वीनस की आवक्ष मूर्ति बनवानी है, परंतु शर्त यह है कि उसमें छवि हमारी महारानी क्लियोपेट्रा की हो।

“वह चुप था। मैं उसके उत्तर की प्रतीक्षा कर रहा था।”

अंततः उसने पूछा, ‘क्या महारानी जी वीनस की तरह सुंदर हैं?’

“अगर देवी वीनस अपना अपमान न समझें तो कहूंगा उससे कुछ बढ़कर ही हैं...। सच कहूं, मुझे इस बात पर आश्चर्य हुआ कि उसने मेरे कथन पर आश्चर्य व्यक्त नहीं किया।

“उसने शुष्क गले से कहा, ‘क्षमा करें, जिस प्रकार की मूर्ति आप बनवाना चाहते हैं, मैं उसी रूप में एक बार महारानी जी के दर्शन करना चाहता हूं।”

“मैं समझता हूं महारानी जी को कोई आपत्ति नहीं होगी। आप जितनी बार चाहें देख सकते हैं।”

‘‘सिर्फ एक बार ही देखूंगा। थोड़ा ही समय लगेगा।’’

“फिर भी कम से कम आधे दिन का समय निकालकर आना।”

‘‘जान सकता हूं किस कारण’’। उसने मेरी ओर दृष्टि उठाकर पूछा।

“एक बार जो देखा तो वहीं अटके रह जाओगे, बेरियल महोदय। यह सुनकर वह हंस दिया। मैंने भी उससे विदा ली।”

मैंने कहा, “यह मूर्तिकार ग्रीक मूल का होगा। उसके नाम का शुद्ध उच्चारण ‘बेरिल’ है जो ग्रीक शब्द है। इसका अर्थ है ‘बहुमूल्य पत्थर से निकला।”

“बुड्ढा सुनेगा तो दीवाना हो जाएगा।”

“कौन बुड्ढा?”

“वही बेरियल उर्फ बेरिल, और कौन।”

“कलाकार है सम्मान से बात कीजिए। अच्छा, यह तो हुआ एक काम, उसके बाद कहां गए थे। बताइए।”

"रोम में मेरी कोई प्रेमिका नहीं है।"

"विषयांतर नहीं, विषय पर रहिए।"

"जो आज्ञा। मेरा एक मित्र है सैलुस्ट। अफ्रीका-युद्ध में मेरा सहयोगी था। उसी युद्ध में विकलांग हो गया। इतिहासकार है, कई पुस्तकें निकल चुकी हैं। उसके घर पहुंचा ही था कि वर्जिल और होरेस भी आ गए। दोनों उदीयमान युवा-कवि हैं। वर्जिल ग्राम्य-गीत लिखता है और होरेस प्रेम-गीत। दोनों कैटुलस से प्रभावित हैं जिसकी एक दशक पूर्व मृत्यु हो चुकी है। कैटुलस जब युवा था तब उसने अपनी कविताओं में मेरी जमकर आलोचना की थी। इसी तरह सिसरो ने अपनी नई पुस्तक 'फिलीपिक्स' में मार्क एंटोनी पर प्रहार किया है।"

"सेनापति की आलोचना से क्या यह अर्थ नहीं निकलता कि बौद्धिक वर्ग युद्ध के विरुद्ध है। क्या आपने इस विषय पर विचार किया है कभी?"

"हां कई बार किया है। मैं तो समझता हूं कि यह व्यक्तिगत विद्वेष और लोकप्रियता अर्जित करने के अतिरिक्त और कुछ नहीं है। युद्ध का निषेध करना है तो सीनेट की आलोचना करो जो सेनापतियों को युद्ध करने की आज्ञा देता है। सामान्य प्रजा पर भी इनकी रचनाओं का कोई प्रभाव नहीं है, न उनके बीच लोकप्रिय हैं। हां, वर्जिल के ग्राम्य-गीत अभी से लोगों की जुबान पर चढ़ने लगे हैं। यह कवि बहुत ऊपर जाएगा।

"वर्जित और होरेस भी सैलुस्ट का हालचाल लेने आए थे। वे जाने लगे तो मैंने उनसे कहा कि वे कुछ देर रुककर मेरा एक प्रस्ताव सुन लें।

"कैसा प्रस्ताव? वे बोले।"

"मैंने उन्हें बताया कि दो वर्ष पूर्व मेरे द्वारा प्रजा को समर्पित 'फोरम ज्यूलियम' में एक विशाल भूखंड पड़ा है, जिस पर मैं एक सार्वजनिक पुस्तकालय की स्थापना करना चाहता हूं। वे सब मिलकर इस पर विचार

करें और योजना की रूपरेखा बनाएं। संसार के हर कोने से पुस्तकें मंगाकर उसमें रखी जाएं। राज्य पूरी आर्थिक सहायता देगा। वे तीनों उत्साही दिखे और उन्होंने वचन दिया कि वे शीघ्र योजना की रूपरेखा बनाकर उपस्थित होंगे।"

पुस्तकालय की चर्चा सुनकर मुझ पर अवसाद छा गया।

"महारानी, आप कुछ दुखी लग रही हैं। बताएं क्या बात है?"

"मुझे सिकंदरिया के पुस्तकालय की याद आ रही है। चार वर्ष पूर्व इस विश्व-प्रसिद्ध पुस्तकालय में, जहां विदेशों के विद्वान, वैज्ञानिक, लेखक, ज्योतिषी, गणितज्ञ आया करते थे, भयानक आग लग गई। सब भस्म हो गया। पुस्तकालय में रखी हिडियोड, ल्यूसीलियम, केटो, टेरीनी, प्लाटस, मैगस्थनीज, हेरोडोटस, प्लेटो, होमर जैसे विद्वानों की महान पुस्तकें और 225 वर्ष पूर्व मेरे पूर्वजों द्वारा यरुसलम के बहत्तर विद्वानों से इब्रानी भाषा के 'तनख' (पुरानी बाइबिल) का ग्रीक में कराया अनुवाद भी जलकर नष्ट हो गया। पांच लाख पुस्तकों की यह धरोहर हमें अब कहां मिलेगी।

"जो हो गया उसके लिए आप कर भी क्या सकती थीं।"

"हां, वास्तव में हम कुछ नहीं कर सकते सिवाय देवताओं से प्रार्थना करने के।"

"मेरा विचार है अब हमें रात्रि-भोज के लिए तैयार होना चाहिए। क्या मैं एक बार देख आऊं कि सब प्रबंध कैसा हुआ है।"

"नहीं, यह तुम्हारा नहीं मेरा काम है। मैं जाती हूं।"

सुबह सोकर उठी तो गत रात्रि-भोज की खुमारी के साथ थोड़ा आलस्य भी था। सीजर महान अभी तक पसरे पड़े थे। केशविहीन सिर, दाढ़ी-मूंछ रहित मुख शिशु-भाव का उद्रेक कर रहे थे। यही है शांत, सुप्त पड़ा वह व्यक्ति

जिसे मैं अपने लक्ष्य तक पहुंचने का सोपान बनाना चाहती थी। परंतु उसे देखते ही पहली दृष्टि में मैंने उसमें अपना संरक्षक, साथी, प्रेमी एक साथ पा लिया था। यह वीर भी मेरे सौंदर्य के साथ-साथ मेरे अप्रत्याशित रूप से उसके समक्ष नाटकीयता से प्रकट होने के साहस से मुग्ध हो गया था। सेनापतियों की त्वरित निर्णय क्षमता के अनुरूप उसने मुझसे उसी समय विवाह की अनुमति मांगी थी। मैं इस अप्रत्याशितता से स्तब्ध होकर मूक रह गई तो स्वयं बोल उठा था, 'क्वी टेसेट कानसेनटिट' (चुप रहने से स्वीकृति का अनुमान हो सकता है)। चाहता तो मुझे हरम में डालकर रखैल बना लेता, मैं क्या कर लेती।

मुझे उस पर प्यार आ गया। मैं झुकी और उसके गाल पर हल्का-सा चुंबन अंकित कर दिया। करवट छोड़कर वह चित्त लेट गया। कुछ देर बाद बोला, "मैं अभी भी सोया हुआ हूं।"

वास्तविकता जानने के लिए मैं उसकी ओर झुकी। वह अधमुंदी आंखों से मुझे देख रहा था, परंतु मुझे झुकते देख आंखें बंद कर ली। मैंने उसकी छाती पर दनादन मुक्के बरसाते हुए कहा, 'दुष्ट कहीं के'।

वह हंसते हुए उठकर बैठ गया। मैं सामने कोच पर बैठ गई।

"अच्छा यह बताओ, कल रात्रि-भोज तुम्हें कैसा लगा।"

"हंगामेदार! लेकिन मुझे...।"

''सावधान! सम्राट के भोज की बुराई करने वाले को...।"

"...आगामी भोजों में सम्मिलित नहीं किया जाता। यही न? यह दंड मैं सहर्ष भुगतने को तैयार हूं।"

"क्या भोज वास्तव में तुम्हें अरुचिकर लगा।"

“कुछ चीज़ें ऐसी होती हैं जिसके यदि हम अभ्यस्त न हों तो उनका आनंद नहीं लिया जा सकता। शराब में उबली हुई मछलियां, बतखों के कलेजे, खरगोश का उबाला हुआ कंधा, भारत की मिर्च के साथ भुने कबूतर, केकड़े, कृत्रिम पंख और पूंछ लगाकर जीवित-सदृश मुर्गा, अचार, चटनी, स्पेनी और ग्रीक मदिरा यह सब तो सहन कर लिया। (मैंने सिर हिलाकर दोनों कानों पर हाथ रखते हुए कहा) परंतु उबालकर तेल में भूना गया समूचा सुअर तोड़-मोड़कर एक बड़ी परात में रखकर जैसे ही पेश किया गया हमारे आदरणीय मेहमान अन्य सब छोड़कर चाकू ले उस पर पिल पड़े। जिन्हें चाकू नहीं मिले उन्होंने सीधे दांत की गड़ा दिए। क्षमा करना मैं ऐसे दृश्यों की अभ्यस्त नहीं हूं। खाद्य-वस्तुओं का उच्छृंखल भोग देखकर मैं जड़ीभूत हो गई।”

“आपको मानसिक वेदना हुई, इसका मुझे दुःख है। स्त्रियों को तो भोज के बीच में उठ जाने की अनुमति है। आप विदा लेकर चली आतीं।”

“चली आती तो मुझे अंतिम दृश्य देखने को नहीं मिलता। वाह! कल्पना कीजिए कि भोज में सम्मिलित प्रत्येक अतिथि छक चुका है परंतु आतिथेय भोज समाप्त होने के घोषणा कैसे करे। आपके यहां समाप्ति-सूचना के लिए अपनाया गया माध्यम शालीनता का उत्कृष्ट उदाहरण है। जैसे ही भारतीय नमक में लिपटे काले जामुनों की तश्तरी पेश की जाती है, भोज समाप्त हुआ मान लिया जाता है। अतिथि एक-एक जामुन खाते हैं और आतिथेय को धन्यवाद देते हुए चले जाते हैं। मिस्र में जामुनों की कमी नहीं है कमी है तो इस प्रथा की।”

“महारानी, आपका वाग्वैदग्ध्य अनुपम है। किसी बात की आलोचना करती हैं तो उसमें व्यक्तिगत आक्षेप का लेश नहीं होता। इस समय भी आपने भोज की प्रचलित प्रथा की आंशिक आलोचना की है, अतिथियों के व्यवहार की नहीं। यहां तक कि मेरे ऊपर आप यह आरोप लगा सकती थीं

कि स्त्रियों के भोज के मध्य उठकर चले जाते की छूट का नियम मैंने आपको नहीं बताया। मैं तो यह बताना वास्तव में भूल गया था।"

"यदि आप मुझे पहले यह नियम बता देते तो मैं यह आरोप जड़ती कि तुम नहीं चाहते कि मैं पूरे भोज के दौरान उपस्थित रहूं।"

"हे देवि, मैं आपके चरणों में बैठकर आपकी-जैसी वाग्मिता सीखना चाहता हूं।"

और वह सचमुच सिंह-मुद्रा में बैठ गया और मेरा हाथ पकड़ लिया।

"क्या कर रहे हैं? वह देखो कक्ष-द्वार पर नन्हे खड़ा आपकी चापलूसी देख रहा है।"

सीजर ने मेरा हाथ छोड़ दिया। पलटकर नन्हे को देखने लगा। वह वहां होता तो दिखता।

मुझे अवसर मिल गया। मैं भागकर स्नानगृह में घुस गई।

हम नाश्ते की मेज पर मिले। सीजर सीनेट जाने के लिए तैयार था। आज उसे सार्वजनिक पुस्तकालय की स्थापना हेतु राजाज्ञा जारी करनी थी, इसकी विस्तृत रूपरेखा तैयार करने के लिए एक स्थायी समिति गठित करनी थी और उसके सदस्यों के नामों की घोषणा करनी थी।

मेज पर नाश्ता लग चुका था। नन्हे भी बैठा था। मेरिरा सावधानी से उसके पास खड़ी थी।

मेरे अपने नाश्ते पर, उसकी अपर्याप्तता के कारण, सीजर हमेशा उंगली उठाता है। सवाल में सिर्फ एक शब्द कहता 'बस!' मेरे सामने शहद, दूध, उबले अंजीर, कटे हुए फल देखकर उसने आज फिर सहास्य मुझे देखा।

इसी बीच नन्हे आकर मेरे पास बैठ गया।

मेरिरा चली गई तो सीजर को अवसर मिल गया। बोला, "महारानी, आपके सौंदर्य का रहस्य लगता है आपके नाश्ते में छिपा है।"

"..."

"आपने कुछ कहा नहीं।"

"तुमने कुछ पूछा ही नहीं, तो कहूं क्या।"

"मैं आपके सौंदर्य का रहस्य जानना चाहता था।"

"हर रहस्य गोपनीय होता है, उसे खोला कैसे जा सकता है।...एक बात पर मैं कल से विचार कर रही हूं और तुमसे कहना चाहती हूं।"

सीजर ने कौर से भरे हुए मुंह को ऊपर उठाकर हिलाया अर्थात् मैं अवश्य कहूं।

"आप पुस्तकालय के किसी भी कार्य में, मैं तो कहती हूं किसी भी महत्त्वपूर्ण सरकारी कार्य में, सिसरो को कभी सम्मिलित नहीं कीजिएगा।"

"इसका कोई ठोस कारण।"

"नही, मैं कारण नही जानती परंतु मेरी अंतर्चेतना कहती है कि सिसरो आपके लिए अशुभ है। फिर भी आप यह भी ध्यान रखें कि उसका कोई अकल्याण न हो। मुझे दुःख है कि मैं अपने विचारों में स्वतः स्पष्ट नहीं हूं, अतः आप मेरी बात मानें इसके लिए जोर नहीं दे सकती।"

"मैंने इस तरह से बात करते आपको कभी नहीं देखा। आप स्वस्थ तो हैं?"

"हां, मैं ठीक हूं।...लगता है आपको लेने रथ आ गया है।"

सीजर उठकर मेरे पास आया। कंधे पर हाथ रखकर कहा, "आज मैं सीनेट जाना स्थगित करता हूं।"

मैं उसका हाथ पकड़कर द्वार की ओर ले चली। चलते-चलते कहा, "राजा को काम से कभी जी नहीं चुराना चाहिए।"

सीजर चला गया। मैं अपने कक्ष में आई और शैया पर लेट गई।

नन्हे को छोड़कर मेरिरा आ गई।

"मैं सोना चाहती हूं।"

मेरिरा को आश्चर्य हुआ। वह जानती थी कि यह मेरे सोने का समय नहीं है। अतः नींद स्वतः नहीं आएगी। वह दौड़ी गई और मेरे प्रसाधन कक्ष से तेल का एक पात्र ले आई। पहले उसने मुझे ठीक से लिटाया। मेरे मस्तक पर हाथ फेरती रही। फिर केश खोलकर अपनी उंगलियां उनमें डालकर सिर पर फिराने लगी। मुझे भीनी-भीनी सुगंध ने घेर लिया। जानती हूं उसने मेरे केशों में एक बूंद भी तेल नहीं लगाया होगा। तेल उसकी हथेली के ऊपरी हिस्से में लगा होगा जिससे वह सुगंध का रूप लेकर मेरी नासिका तक पहुंच सके। अंततः मैं सो गई।...

अपनी बांह पर किसी का कोमल स्पर्श पाकर मैं जाग गई। देखा सीजरियन था। मैंने उसकी ओर प्यार से देखा तो वह बोला, 'मेटर'।

सुखद आश्चर्य से मेरा मुंह खुल गया। मैं तत्काल उठकर बैठ गई तो उसने सिर उठाकर देखा और फिर कहा 'मेटर'।

मैंने उसे उठकर अपने अंक में ले लिया। गले से लगाते हुए कहा, "ओह मेरे लाल, आज तुमने पहली बार मुझे 'मां' कहा है। नन्हे ने अपनी कोमल बाहें मेरे गले में डाल दी। मैंने जब एक बार और कहने की चिरौरी की तो

उसने मेरे कान में फूंक दिया, 'मेटर'। हल्की गुदगुदी के संचार से मुझे हंसी आ गई। मैंने नन्हे को और कस लिया।

तभी परदे के पीछे से मेरिरा सामने आ गई। नन्हे ने देर से बोलना शुरू किया है। उसकी छलछलाती हंसी संगीत की मधुर तान की तरह मेरे कानों को कई बार तृप्त कर चुकी थी, परंतु उसका बोल आज सुना है। डेढ़ साल का हो चुका है परंतु 'मां' आज पहली बार कह पाया है। मैंने कृतज्ञ भाव से मेरिरा को देखा। कितनी मगजपच्ची की होगी इसने। मेरी समवयस्का है, सुंदर है, गुणी है, समझदार है। विवाह हुआ होता तो आज वह भी मां होती। वास्तविक मां तो आज भी है, मुझसे अधिक वात्सल्य सुख उसे मिला है नन्हे से।

नन्हे कसमसाने लगा तो मैंने उसे स्वतंत्र कर दिया।

"मेरिरा यहां आओ और अपना कान मेरे मुख के पास लाओ। कुछ कहना है।"

वह आश्चर्यचकित-सी मेरी ओर बढ़ी। पास आकर जैसे ही अपना सिर झुकाया कि मैंने उसके कपोल पर एक चुंबन अंकित कर दिया और कहा, "ये रहा तुम्हारा पुरस्कार।"

उसने अपने नेत्र बंद कर लिए जैसे किसी अयाचित आनंद को समेटना चाहती हो। नेत्र खोले और उनमें कृतज्ञता के अश्रु छलकाते हुए रुद्ध कंठ से कहा, "रानी जी, आपने इस दासी को सर्वथा अमूल्य पुरस्कार दिया है।"

"स्वयं को 'दासी' कहेगी तो दंड दूंगी। तू मेरी सखी है, बहन है," यह कहकर मैंने उसके दोनों हाथ पकड़ लिए। कृतज्ञ भाव से वह घुटने के बल बैठ गई।

"अच्छा जा, मेरे लिए मधुपर्क ले आ।"

वह उठकर खड़ी हो गई। मेरे पीछे आकर मेरे केश बांधते हुए कहा, "आपने सुबह से खाया ही क्या है। दोपहर के भोजन का समय है, कुछ खा लें, फिर मधुपर्क लें।"

शहद और शराब से बनने वाला मधुपर्क सदैव भोजन के बाद लिया जाता है। यह मैं जानती थी, पर वात्सल्य के चरम सुख के क्षणों में कुछ याद ही कहां रहता है। मेरिरा ने कितनी चतुराई से मेरे पीछे जाकर निषेध किया।

मैं शैया से नीचे उतरी। नन्हे ने दौड़कर मेरा हाथ पकड़ लिया। मैं उसे लेकर भोजन-कक्ष की ओर चल दी।

भोजन-ग्रहण के मध्य ही मेरिरा ने याद दिलाया कि तीसरे प्रहर कोई मूर्तिकार मुझसे मिलने आने वाला है। मैं तो उसके आने की बात भूल ही गई थी।

भोजन समाप्त होने के बाद मेरिरा ने पूछा,ष्"रानी जी, मधुपर्क लाऊं?"

वह जानती है, किसी से भेंट करने से पूर्व मैं मधुपर्क नहीं लेती। अपनी युक्ति से उसने दूसरी बार असमय मधुपर्क लेने का प्रच्छन्न निषेध कर दिया। उसे प्रशंसापूर्ण दृष्टि से देखते हुए मैंने कहा, "अब नहीं।"

"वह मेरे प्रसाधन में जुट गई। शीघ्र हाथ चलाओ, अतिथि कक्ष में मूर्तिकार बेरिल प्रतीक्षारत हैं।" मेरे प्रसाधान को अंतिम स्पर्श देती मेरिरा से मैंने कहा।

"बस हो गया रानी जी।"

"मूर्तिकार देखने में कैसा है?"

"बिल्कुल 'अपोलो' जैसा।...लीजिए, अब बिल्कुल तैयार हैं देवी वीनस।"

मैं मेरिरा के साथ अतिथि कक्ष में पहुंची। सफेद बालों वाले एक प्रौढ़ व्यक्ति ने मेरा अभिवादन किया। कहा, “मैं बेरिल हूं।”

मैं जाकर अपने आसन पर बैठ गई। मेरिरा ने अच्छा मज़ाक किया था। लेकिन उसमे भी एक संकेत छिपा था कि विवाहित स्त्री को पर-पुरुष से मिलते समय उसके विषय में सौंदर्य सबंधी पूर्व-जिज्ञासा नहीं करनी चाहिए।

मूर्तिकार अब भी खड़े थे। मैं अपनी अशिष्टता पर लज्जित हो गई। उनसे आसन ग्रहण करने के लिए कहा। जब वे बैठ गए तो उन्हें गौर से देखा। प्रौढ़ावस्था के बावजूद स्वस्थ शरीर, तराशे हुए नाक-नक्श, सिर के बाल सफ़ेद पर घने लगता है आज ही जमाए गए हैं। हाथ असाधारण रूप से लंबे। कुल मिलाकर मुझे यह कलाकार सौम्यदर्शन लगा।

उनकी मुख-छवि को देखते हुए मैंने पूछा, “क्या आप कभी ग्रीस में रहे हैं?”

“मेरा बचपन वहीं बीता। मेरे पिता रोमन और माता ग्रीक थीं। रोम में अंतर्राष्ट्रीय विवाह पसंद नहीं किए जाते। अतः पिता ग्रीस में बस गए। माता की मृत्यु हो गई, तो पिता मुझे लेकर यहां आ गए।”

“आपकी माता बहुत जल्दी आपको छोड़कर चली गईं।”

“हमारे परिवार में मातृ-पक्ष पर किसी अभिशाप की काली छाया है। मेरी माता ग्रीस के उच्च और भद्र परिवार की महिला थीं। उन्होंने परंपराओं को तोड़कर, परिवार से विद्रोह कर एक रोमन से विवाह कर लिया। हमारे परिवार की इस अप्रत्याशित घटना को मेरी मातामही सहन नही कर पाईं और उनकी मृत्यु हो गई। मेरी बड़ी बहन को कुछ लोगों ने ललचाकर मिस्र के अत्यंत धनवान और ऐश्वर्यशाली पुरुष से संपर्क करा दिया। वह उसके साथ चली गई। मेरी माता इसी सदमे से चल बसीं। मेरी पत्नी मेरी व्यस्तता को अपनी उपेक्षा समझकर अपने प्रेमी के साथ चली गई। मुझे और मेरी

बेटी को छोड़ गई। मेरी बेटी एगनिस मुझसे इतना प्यार करती है कि...जिस दिन वह विदा होगी मेरे प्राण-पखेरू उड़ जाएंगे।"

"मुझे अफ़सोस है कि आपकी पारिवारिक परिस्थितियां काफी दुःखद रही हैं। क्या मिस्र में आपने अपनी बहन को तलाश करने का प्रयास नहीं किया। आप कहें तो मैं आपकी सहायता कर सकती हूं।"

"धन्यवाद। सहायता की कोई आवश्यकता नही हैं। मुझे मालूम है कि वह कहां थी। मेरी प्रार्थना है कि इसके आगे कुछ न पूछिएगा।"

"आपके जीवन के दुःखद प्रसंगों को छेड़ने के लिए मैं क्षमा चाहती हूं।" मुझे कलाकार की दशा पर दया आ गई।

"मुझे शर्मिंदा न करें, महारानी जी।"

"मैं अपनी जिज्ञासा शांत करने के लिए ही पूछ रही हूं मूर्तिकला आपने कहां से सीखी?"

"शिक्षा का प्रारंभ तो ग्रीस से ही हो गया था। माता मिट्टी की बहुत सुंदर मूर्तियां बनाती थीं। उन्होंने ही मुझे प्रारंभिक शिक्षा दी, मेरी रुचि देखकर मुझे मूर्तिकला के प्रति समर्पित बनाया। मुझे देवस्थानों पर ले जातीं। वहां की मूर्तियों की गहन जानकारी देतीं, शिल्प की बारीकी समझातीं। पर ग्रीस की मूर्तिकला पता नहीं क्यों मुझे बांध नहीं पाई, मेरा मन नहीं रम पाया। अतः वहां की मूर्तिकला की प्रवृत्तियों, शिल्पविधान की ओर से मैंने मुख मोड़ लिया।"

"क्या मैं इसका कारण जान सकती हूं?"

"ग्रीक देवताओं की संगमरमरी मूर्तियों को देखकर मुझे ऐसा लगता जैसे उनके चेहरों पर एक प्रकार की उदासी का चिरंतन उदासी का भाव

विद्यमान है, जैसे वे अपनी व्यथा कहना चाहती हैं, पर कोई सुनने के तैयार नहीं है। कदाचित्....।"

"यह मत सोचिए कि ग्रीक मेरी पितृ-भूमि है, इस कारण मुझे बुरा लगेगा। आप जो भी कहना चाहते हैं निस्संकोच कहिए।"

मूर्तिकार ने फिर सूत्र पकड़ा, "....कदाचित् वे कहना चाहती हैं कि वैभव की छत्रछाया में जीने वालों ग्रीकों, तुम्हारे पास महत महिमा है, स्वर्गिक सौंदर्य है, अधीर यौवन है, इंद्रियजन्य आनंद है फिर भी तुम सुखी नहीं हो क्योंकि तुमने सिर्फ़ अपने लिए जीना सीखा है, औरों के लिए तुम्हारे पास सिर्फ़ प्रताड़ना है, प्रवंचना है। तुम्हारा अंत भी अनंत उदासी का वरण करेगा।"

"आपके अनूठे विचारों की मैं सराहना करती हूं, यद्यपि मैं इनसे पूर्णतया सहमत नहीं हूं। क्या आपने कभी मिस्र का स्थापत्य देखा है?"

"देखा तो नहीं, परंतु मिस्र होकर आए अपने मूर्तिकार बंधुओं से सुना बहुत कुछ है। मुझे तो यही लगता है कि मिस्र के धनाढ्य व्यक्ति मृत्यु के विचारों में डूबे हुए असंतुष्ट लोग थे, जिनकी धारणाओं को मूर्तरूप देने के लिए हज़ारों शोषित व्यक्ति डंडे के ज़ोर से बड़े-बड़े पत्थर खींचते होंगे। ऐसे शिल्प में, जो कला का विद्रूप हो, मेरी रुचि नहीं है।"

"क्षमा कीजिएगा," मैंने कहा, "आपकी जानकारी अपूर्ण है और जितनी है वह भी भ्रामक है। मैं प्रयास करूंगी कि आपके भ्रम दूर कर सकूं। आपके मन में जो चित्र बन गया है। वह गलत है। उदास या दलित होने की बात तो दूर प्राचीन मिस्री उन्मुक्त हृदय के सामाजिक व्यक्ति थे। पृथ्वी पर जीवन से अनुराग रखने वाले, राजा और प्रजा दोनों, मृत्यु को मात्र प्रसन्न सातत्य समझते थे।

"राजाओं ने, जिन्हें फराओ कहा जाता था, मज़दूरों का शोषण कभी

नहीं किया। नील नदी में बाढ़ आने पर जब हजारों गरीब आदमी बेकार हो जाता था उस समय उनको पिरामिडों, समाधियों, स्मारकों आदि के निर्माण में लगा दिया जाता था। इस काम का उन्हें पूरा पारिश्रमिक दिया जाता था। फराओ के प्रति लोग इतने श्रद्धालु थे कि वे बिना पारिश्रमिक के काम करने को तैयार रहते थे।

"मिस्री वास्तुकारों ने पत्थर पर शांत मुद्रा धारण किए देवताओं और शासकों की विशाल मूर्तियां उकेरी हैं। तांबे के और लकड़ी व पत्थर पर आदमकद चित्र बनाए हैं। पेंटरों ने वास्तुकारों के काम में विविध रंग भर दिए हैं। मंदिर, महलों और समाधियों की दीवारें सजीव भित्तिचित्रों से सज्जित हैं। मिस्र की गौरवपूर्ण और प्राणवान कला ने ग्रीस के वास्तुकारों और कलाकारों को प्रभावित किया है। मैं समझती हूं आपको मिस्र अवश्य जाना चाहिए।" मैंने अपना कथन समाप्त किया।

"ग्रीक और मिस्री कला के विपरीत मैं अपनी कला में अवसाद और शांति के स्थान पर सौंदर्य की प्राण-प्रतिष्ठा करता हूं। वैसे भी मेरी कला इतनी परिपक्व हो चुकी है कि अब बाह्य प्रभाव ग्रहण नहीं कर पाएगी। मिस्र मैं व्यक्तिगत कारणों से नहीं जाना चाहता।" मूर्तिकार ने स्पष्टीकरण-सा देते हुए कहा।

हम दोनों मौन बैठे थे। मूर्तिकार की मुखमुद्रा लहरविहीन सागर की तरह शांत थी। अपनी ग्रंथियों का मूलोद्घाटन करके उसे संतोष मिला था।

अचानक मूर्तिकार ने अपनी सुंदर, गहरी और भेदक आंखें मेरे ऊपर स्थिर कर दी। प्रयत्न करने पर भी मैं अपनी आंखें उस पर टिका नहीं पा रही थी। तभी मुझे प्रतीत हुआ कि उसकी दृष्टि मेरे आत्म के भीतर पहुंचकर मेरे अंतर्निहित सौंदर्य का तटस्थ भाव से अवलोकन कर रही है।

मैं असहज हो उठी। नाम और रूप की परिधि देह होती है। देह से परे जो होता है, उसे ही यह मूर्तिकार इतनी गहराई, इतनी संवेदना से देख रहा

है। मुझे अपने भीतर कुछ चलता हुआ-सा प्रतीत हुआ। क्या मेरे व्यक्तित्व के अंतःस्वत्व की ऊर्जा लेकर वह अपनी नई प्रेरणा की आग प्रज्ज्वलित करना चाहता?

मैं अपने पूरे आत्मबल से सहज बनी रही।

"बनाऊंगा, वीनस, मैं तुम्हारी मूर्ति बनाऊंगा।" लगा जैसे उसकी आवाज सरोवर के भीतर से आ रही हो   अस्पष्ट किंतु अर्थमयी, बिखरी हुई किंतु गंभीर, प्रकंपित किंतु किसी आवेश के वशीभूत-सी।

मूर्तिकार प्रकृतस्थ होता हुआ-सा बोला, "महारानी, आपका अंतर आपके बाह्य रूप से अधिक सुंदर है। आज तक मैंने वीनस को पत्थरों में देखा था, आज साक्षात् देख लिया।"

कलाकारों की बातें भले ही अटपटी हों, परंतु स्पष्टीकरण की अपेक्षा नहीं रखती।

"मैं आपके सौंदर्य-बोध पर मुग्ध हूं। आप महान कलाकार हैं। आप भविष्य में भी मुझसे निस्संकोच भेंट कर सकते हैं।"

"नहीं, अब भेंट की आवश्यकता नहीं। आपका संपूर्ण वीनसीय रूप मेरी आंखों में अंकित हो गया है। अब हर पल, हर क्षण, हर दिन बराबर आपको देखता रहूंगा। देवी वीनस की मूर्ति बनाने के बाद अन्य मूर्तियां बनाते समय, मुझे भय है कि कहीं उनमें आपकी छवि प्रतिबिंबित न होने लगे। ऐसा हुआ तो मुझे यह काम छोड़ना पड़ सकता है।"

"ऐसी स्थिति कलाकार की कोमल चेतना की विषयनिष्ठ आसक्ति के कारण पैदा होती है। आप चाहें तो...।" मैंने अपना कथन अधूरा छोड़ दिया।

“धन्यवाद, न तो मैं राजाश्रय ग्रहण कर सकता हूं और न ही क्षतिपूर्ति स्वीकार करूंगा। मैं सिर्फ अपने काम के पैसे लूंगा।”

“क्या कोई रकम निश्चित हुई है।”

“नहीं, मैं सौदा नहीं करता। कला-पारखी जो देता है, ले लेता हूं। सम्राट जो देंगे स्वीकार्य होगा।”

“कार्य पूर्ण होने में कितना समय लगेगा?”

“कम से कम छह महीने   और वह भी तब जब मेरे आठों सहायक और मेरी पुत्री एगनिस रात-दिन मेरे साथ लगे रहें।”

“मंदिर निर्माण का कार्य पता नहीं छह माह में पूरा हो पाएगा या नहीं।”

“मेरे विचार से मंदिर का निर्माण भी साथ-ही-साथ पूरा हो जाएगा। प्राचीन परित्यक्त अग्नि मंदिर के पास अधबना निर्माण पड़ा है। अधबना क्या सिर्फ़ नींवें भरी हुई हैं और परिसर का निर्माण हो चुका है। इसी काम में लगभग तीन महीने लग जाते। उसी स्थान पर नए मंदिर का निर्माण कार्य प्रारंभ हो गया है। सुना है दो सौ लोग काम पर लगे हैं।”

“क्षमा कीजिएगा, अज्ञात प्राचीनता के प्रति मेरे मन में सौम्य उत्तेजना जाग्रत होकर जिज्ञासा को जन्म देती है। क्या आप परित्यक्त अग्नि मंदिर के विषय में बताएंगे कि किसने उसका निर्माण कराया, उसकी कीर्ति क्षीण कैसे हुई?”

“आपको सब बताऊंगा। आमतौर पर मैं इतनी बातें नहीं करता। परंतु आप जिज्ञासु ही नहीं, मेधा-संपन्न हैं, विदुषी हैं। इसके अतिरिक्त कोई अनाम-सा वात्सल्य बंधन मुझे आपसे बांधे दे रहा है।”

मूर्तिकार चुप होकर कदाचित् स्मृतियों का अवगाहन करने लगा।

"आज से लगभग सात सौ वर्ष पूर्व इट्रसकन वंश ने रोम में राजशाही स्थापित की थी। इस वंश का जीवन सौ वर्ष रहा, उसके बाद गणतंत्र ने जन्म लिया। अग्निपूजक इट्रसकन राजा लोग 'वेस्टा' को अग्नि की देवी मानते थे। जहां आजकल फोरेम रोमनस है वहां गोल मंदिर बनाया गया था जिसमें 'वेस्टा' की प्रतीक अग्नि स्थापित की गई। इस अग्नि की रक्षा के लिए कौमार्यवती कन्याएं रखी जाती थीं। वे 'वेस्टाल' (देवदासी) कहलाती थीं। जब तक राजवंश रहा, ये कन्याएं राजपरिवार की होती थीं। राजा के घर कन्या पैदा होने पर खूब खुशियां मनाई जातीं, क्योंकि वे मानते थे कि देवसेवा के लिए ही कन्या ने जन्म लिया है। गणतंत्र स्थापित होने पर ये कन्याएं गणमान्य परिवार से आने लगीं।

"वेस्टाल का बहुत सम्मान होता था, परंतु उन्हें शपथ लेनी पड़ती थी कि मंदिर की सेवा में रहते हुए वे पवित्र और कुमारी बनी रहेंगी। शपथ भंग होने की दशा में उन्हें मंदिर के तहखाने में जीवित दफन कर दिया जाता था।"

मूर्तिकार क्षणिक विश्राम को रुके तो मुझे अवसर मिल गया। मैंने पूछा, "इस वेस्टाल-प्रथा के कठोर नियमों से तो यही लगता है कि कन्याओं की इच्छा के विपरीत उन्हें वेस्टाल बनाया जाता होगा। क्या कभी किसी कन्या ने इस प्रथा के विरुद्ध विद्रोह नहीं किया, अपने शोषण के विरुद्ध आवाज उठाई।"

"महारानी जी, आप यह जानकर निराश होंगी कि डेढ़ सौ वर्ष की अवधि में विरोध या विद्रोह केवल दो हुए। इसका भी कारण था। वेस्टाल का कार्यकाल तीस वर्ष का होता था। छह से दस वर्ष की कन्याएं वेस्टाल बनने के लिए मंदिर में आ जाती थीं। यहां प्रथम दस वर्ष वे प्रशिक्षण प्राप्त करतीं, अर्थात् मानसिक रूप से तैयार कर दी जातीं, अगले दस वर्ष सेवा करतीं और उसके बाद दस वर्ष तक नई लड़कियों को प्रशिक्षण देतीं। जब

मंदिर की सेवा से मुक्त होतीं तो उनकी आयु छत्तीस से चालीस के बीच होती। यद्यपि उस समय उन्हें विवाह कर लेने की छूट थी, परंतु वे इतनी पवित्र मानी जाती थीं कि कोई व्यक्ति उन्हें पत्नी बनाने का साहस नहीं कर पाता।

"जब यह प्रथा प्रारंभ हुई तो पहली वेस्टाल को प्रशिक्षण देने का समय नहीं था। अतः सोलह वर्षीय राजकुमारी रिया सिल्विया को वेस्टाल बनाकर उसे कौमार्य-व्रत पालन करने की शपथ दिलाई गई। राजकुमारी अपना वचन नहीं निभा पाई और उसने जुड़वा पुत्रों को जन्म दिया। कहा तो यही गया वे युद्ध के देवता मार्स के पुत्र हैं। प्रजा ने विश्वास भी कर लिया। परंतु राजकुमारी के चाचा सम्राट एमूलियस ने उसे कैद कर लिया और उसके बच्चों रेमुलस और रेमस-को मरने के लिए जंगल में छोड़ दिया। बाद की कहानी यह है कि एक मादा भेड़िया ने उन बच्चों को पाला। कुछ साल बाद एक गड़रिये ने बच्चों को भेड़िये की मांद में देखा तो अपने घर उठा लाया। वे दोनों बालक पराक्रमी निकले और उन्होंने टाइबर नदी के किनारे रोम नाम की यह नगरी बसाई। उन्हीं के नाम पर फोरम रेमुनस बना, जहां आज सीनेट है, व्यापारिक संस्थान हैं तथा छोटे-बड़े व्यापारी हैं, बाज़ार हैं। जहां उनकी अस्थियां दफन हुई बताई जाती हैं वहां एक स्तंभ है जो फोरस के बीच में हैं। फोरेम के भीतर रथ, घोड़े, गाड़ी आदि नहीं चलते। फोरम परिसर में सम्राट को भी सीनेट तक पैदल जाना पड़ता है।"

"बेरिल महाशय", मैंने कहा, "आपने बड़ा मनोरंजक इतिहास सुनाया है। परंतु इस वृत्तांत में जो संकेत छिपे हैं क्या उन पर कभी गौर किया है आपने?"

"कैसे संकेत, महारानी?"

"आपने बताया कि जिस समय राजकुमारी सिल्विया को कैद किया गया उस समय उसका चाचा सम्राट था। इसका अर्थ यही है कि वह अपने पिता की अकेली संतान थी और पिता की मृत्यु के बाद राज्य की

उत्तराधिकारिणी वही होती। लेकिन उसके चाचा ने अपना रास्ता साफ़ करने के लिए उसे वेस्टाल बनने पर मजबूर किया। उसके पुत्रों को भी रास्ते से हटा दिया।"

"महारानी जी, आपकी मनीषा को देखकर मुझे यह कहने में कतई संकोच नहीं है कि आपमें देवी वीनस और देवी मिनर्वा दोनों का आविर्भाव है। आप धन्य हैं।"

"आप एक और विद्रोह की बात कर रहे थे।"

"गणराज्य की स्थापना के पचास वर्ष बाद एक सोलह वर्षीय वेस्टाल के प्रेम संबंध उजागर हो गए। उसके प्रेमी ने अपने साथियों के साथ इस प्रथा का घोर विरोध किया। परंपरा के अनुसार वेस्टाल को जीवित दफ़न कर दिया गया। प्रतिशोध में उसके प्रेमी ने मंदिर की अग्नि बुझा दी जो फिर कभी प्रज्ज्वलित नहीं की गई। मंदिर परित्यक्त छोड़ दिया गया। प्रेमी भागकर जलदस्यु बन गया। व्यापारिक जहाजों को लूटना और अभिजात्य कुल के बच्चों का अपहरण करना उनका पेशा हो गया। उनकी संख्या बढ़ती ही गई परंतु अपने युवाकाल में सम्राट सीजर ने जलदस्युओं का सफाया कर दिया।"

वार्ता लंबी चली। मेरिरा सीजरियन को लेकर आई। नन्हे तो सीधा मूर्तिकार के पास चला गया। मेरिरा नाश्ते का प्रबंध करने चली गई।

मूर्तिकार नन्हे को 'एनिस' (वीनस का पुत्र) कहकर पुकार रहा था। उसने सुझाव दिया कि सोने के सिक्के ढलवाए जाएं जिसमें सीजरियन को गोद में लिए मेरा चित्र अंकित किया जाय। हां, रोम में अच्छे 'मोनेटा' (टकसाल जूनो देवी का मंदिर जहां सिक्के ढाले जाते थे) नहीं हैं, यह व्यवस्था आप मिस्र या ग्रीस से करें। सुझाव के लिए मैंने उसे धन्यवाद दिया।

दो दासियां नाश्ता लेकर आईं। मेरे अनुरोध पर मूर्तिकार ने नाश्ता किया।

इसी बीच मेरिरा लकड़ी की एक छोटी मंजूषा ले आई, जिस पर लाल रेशमी वस्त्र चढ़ा था। मंजूषा मेरे पास रखकर वह नन्हे को लेकर चली गई।

मूर्तिकार ने कहा, "क्षमा कीजिएगा, मैंने आपका बहुत समय नष्ट किया। अब आज्ञा दें।" इसी के साथ उसने झुककर पृथ्वी को छुआ। यह विदा लेने का संकेत था।

मैं अपने आसन से उठकर मूर्तिकार के पास पहुंची। वह संकोच से भर उठा। मैंने मंजूषा उसकी ओर बढ़ाते हुए कहा, "यह छोटी-सी भेंट मेरी बहन एगनिस के लिए है। देखिए, आप मना नहीं कर सकते।"

"मैं एगनिस को भेजूंगा। उसे ही दे दीजिएगा।"

"उसे अवश्य भेजिए। लेकिन उपहार आप ही ले जाइए, तभी वह यहां आने पर मुझे बता पाएगी कि उसे उपहार कैसे लगे।"

"आप उपहार में एक तृण भी उठाकर दें तो वह अमूल्य निधि बन जाएगा। तथापि यह उपहार मैं एगनिस की ओर से स्वीकार करता हूं।"

"धन्यवाद, बाहर राजकीय रथ प्रतीक्षारत है, जो आपको घर तक पहुंचाएगा।"

दूसरे दिन मैंने सीजर की 'लाइब्रेरियम' (पुस्तकों की अलमारी) छान मारी परंतु रोम के प्राचीन इतिहास, राजवंश, लोक-परंपराओं पर मुझे कोई पुस्तक नहीं मिली। रोम में पूर्व में प्रचलित 'वेस्टाल' जैसी प्रथा के बारे में मूर्तिकार से जानकर मेरा मन खिन्न हो उठा था। मैं ऐसी ही अन्य परंपराओं का अध्ययन करना चाहती थी, जिनके सहारे नारी की अस्मिता को कुचला जाता था, रौंदा जाता था।

थोड़ी देर नन्हे के साथ खेली तो मन बदल गया। दोपहर के भोजन के बाद विश्राम करके उठी ही थी कि सीजर आ गए। मुझे लगा 'क्यमरिया' (सीनेट सदन) से आज वे समय से पूर्व आ गए हैं।

आते ही बोले, "महारानी, आप मंत्रणा कक्ष में चलने के लिए तैयार हो जाइए।"

मैंने नेत्र संकेत से पूछा, "क्यों?"

"आपकी योजना सफल रही। मिस्र और रोम के ज्योतिषी पिछले दस दिन से विचार-विमर्श कर रहे हैं तब कहीं जाकर एक नए कैलेंडर पर एक मत हो पाए हैं। अब आप उनके निष्कर्षों को सुनिए, समझिए, सुझाव दीजिए और स्वीकृति की अपनी मोहर लगाइए।"

"जैसी आज्ञा सम्राट। आप जाइए स्नान कीजिए और वस्त्र बदलिए।" मैंने विनीत बनते हुए कहा।

सीजर अपने वस्त्र-प्रकोष्ठ में चला गया, जहां स्नान करने की भी सुविधा थी।

मैं जैसे ही प्रसाधन कक्ष में पहुंची, पीछे से मेरिरा आ गई। उसे सदा यह ज्ञात रहता है कि मुझे उसकी कब ज़रूरत है।

वह अपने कार्य में लग गई। उसे मालूम था कि मुझे मंत्रणा-कक्ष में जाना है। हल्का शृंगार किया। श्वेत परिधान धारण कराए। आंखों की सज्जा में वह विशेष कुशल थी। कभी उन्हें चंचल, कभी शांत-संतुलित, कभी वेदनामयी बनाकर आंखों की अनबोली भाषा को मुखर कर देती। रात्रि को अभिसार के लिए जाने से पूर्व तो आंखों में आमंत्रण की मनुहार भर देती। इस समय मेरी आंखें निस्संग-सी थीं।

मंत्रणा-कक्ष में पहुंचते ही सभी ज्योतिषी हमारे सम्मान में उठकर खड़े

हो गए। मिस्र के राज-ज्योतिषी ब्रेजिल ने आगे बढ़कर हम दोनों की अभ्यर्थना की। वे मेरे ही आमंत्रण पर, कुछ अन्य ज्योतिषियों के साथ, यहां आए थे। ब्रेजिल भविष्यवक्ता भी थे। मेरे बारे में की गई उनकी तीनों भविष्यवाणियां सत्य सिद्ध हुई थीं।

"सम्राट," यह शब्द सुनते ही मैं अपने विचारों से बाहर आई। देखा रोम के प्रधान ज्योतिषी जुवेनाल खड़े होकर बोल रहे थे, "हम आपके हृदय से आभारी हैं जो आपने नए कैलेंडर के निर्माण के लिए मिस्र के ज्योतिषियों से हमारा संपर्क कराया। मिस्री ज्योतिषियों ने नक्षत्र संबंधी खोजों, अन्वेषणों और अनुसंधानों के क्रम में जो ज्ञान प्राप्त किया है, उससे हमें सर्वथा नई दृष्टि मिली है।

"रोमन कैलेंडर इस सयम चंद्रवर्ष पर आधारित है। इसके अनुसार वर्ष में 365 दिन माने गए हैं। प्रत्येक महीने के दिनों की संख्या भी स्थिर नहीं है। अब हमने मिस्र की तरह सौरवर्ष को अपना लिया है जिसमें 365 दिन और छह घंटे माने जाते हैं। इस प्रकार प्रत्येक चार वर्ष बाद अधिवर्ष में एक दिन बढ़ जाएगा। यह निश्चय किया गया है कि अतिरिक्त दिन वर्ष के अंतिम महीने फरवरी में जोड़ दिया जाएं। हमारी पद्धति की तरह मिस्र में भी वर्ष का प्रारंभ मार्च से होता है। पहले, तीसरे, पांचवें, सातवें और ग्यारहवें महीने इकतीस दिन के और शेष महीने तीस दिन के होंगे। किसी देवता या किसी सम्राट के नाम पर हमारे महीनों का नामकरण होने पर उन्हें इकतीस दिन का कर दिया जाएगा और वह अतिरिक्त दिन फरवरी से निकाला जाएगा। अधिकांश महीनों के नाम संख्यावाची हैं। संख्यावाचक शब्द के अर्थ के अनुसार इनका क्रम भी है।"

सीजर ने कहा, "जरा इसे स्पष्ट करके बताइए।"

"कुछ उदाहरण देना चाहूंगा। 'सितंबर' का महीना क्रम में सातवां है। यह लेटिन शब्द 'सेप' से बना है जिसका अर्थ होता है सात। इसी प्रकार अक्टूबर, नवंबर और दिसंबर क्रमशः 'ओक्टो' (आठ), 'नोवम' (नौ) और

'डीसेम' (दस) शब्दों से बने हैं। इनका न तो नाम बदला गया है और न ही क्रम। जैसे कैलेंडर का ग्यारहवां महीना रोमन देवता जेनस के नाम से जनवरी कहलाता है उसी प्रकार हमने पांचवें महीने का नाम सम्राट जूलियस सीजर के नाम पर जुलाई रख दिया है। जनवरी की तरह जुलाई भी सम्राट के सम्मान में इकतीस दिन का कर दिया गया है। यह अतिरिक्त दिन फरवरी से लिया गया है।

"बस, एक अंतिम बात। प्रत्येक माह का एक 'आइड्ज़' होगा जो इकतीस दिन वाले पांच महीनों में 15 तारीख को और शेष महीनों में 13 तारीख को पड़ेगा। सुविधानुसार इसे वेतन का दिन घोषित किया जा सकता है। हमारी यह पद्धति मिस्र वालों ने अपना ली है। अब सम्राट कोई संशोधन चाहें तो इंगित करें अन्यथा स्वीकृति प्रदान करें।"

सीजर ने कहा, "मुझे कैलेंडर में प्रस्तवित नए संशोधन स्वीकार्य हैं। मैं महारानी जी के विचार जानना चाहूंगा।"

मैंने कहा, "सम्राट की तरह मुझे भी कैलेंडर का नया रूप पसंद है। जैसे हर वस्तु, प्रत्येक स्थान और व्यक्ति का एक नाम होता है वैसे ही आपने इस कैलेंडर का क्या नाम रखा है?"

उपस्थित सभी ज्योतिषी एक दूसरे का मुंह देखने लगे। सीजर ने प्रशंसापूर्ण दृष्टि मेरे ऊपर डाली।

मिस्र के राज-ज्योतिषी ब्रेजिल ने कहा, "महारानी जी, कृपापूर्वक आप ही कोई नाम सुझा दें।"

मैंने सीजर की ओर देखा। मेरा तात्पर्य समझकर उसने कहा, "किसी देवता के नाम पर कैलेंडर का नाम रखें तो कैसा रहेगा।"

" उचित है, उचित है।" कई आवाजें आईं।

"अंतिम निर्णय हम महारानी जी पर छोड़ते हैं।" सीजर ने कहा।

"इतनी स्वतंत्रता तो मैं लूंगी कि यह देवता मेरी पसंद का हो, मेरा अपना हो।" सभा से स्वीकारात्मक स्वर उभरे।

मैंने कहा, "कैलेंडर का नाम सम्राट जूलियस सीजर के नाम पर 'जूलियन कैलेंडर' होना चाहिए। वे ही मेरे सर्वोच्च देवता हैं।"

सभा में स्वीकृति की हर्ष-ध्वनि व्याप्त हो गई।

अपने सर्वाधिक प्रदीप्त नक्षत्र के असमय विघटित होने की दारुण पीड़ा का बोझ उठाए मैं फिर मिस्र के राजमहल में लौट आई। यहां आकर मेरी आंखों में अश्रु ही नहीं रहे, कदाचित् अंतर्वर्ती शोकाग्नि ने उन्हें सुखा दिया है। मेरे जीवन में अल्प प्रकाश के बाद ठोस अंधकार घिर आया है। लगता है जैसे अंधकार ने प्रकाश को निगल लिया हो।

15 मार्च का दिन था। सीजर को कोई विशेष घोषणा करने सीनेट जाना था। पिछली रात मैंने बुरा सपना देखा जिससे डरकर सीजर ने सीनेट से जाने का निहोरा किया। वह मान गया। लेकिन तभी उसका एक मित्र आया और उसे सीनेट जाने के लिए राजी करके लौट गया।

सीजर 11 बजे सीनेट पहुंचा। उसे एक पेटिशन दिया गया, जिसे वह पढ़ने लगा। धीर-धीरे बीस सीनेटर उसके इर्द-गिर्द जमा हो गए। तभी अचानक एक सीनेटर ने उसकी पोशाक घसीटी और उसकी छाती पर छुरे से वार किया। सीजर ने खुद को बचाने का प्रयास किया, लेकिन सभी लोग उस पर पिल पड़े। तेईस घाव खाकर लहूलुहान सीजर गिर गया। उसने हिंसक भीड़ में ब्रूटस को भी देखा और मरते-मरते आश्चर्य से कहा, "तुम भी, मेरे बच्चे।" ब्रूटस की मां से सीजर के प्रेम-संबंध रहे थे और यह माना जाता था कि वह उसी का बेटा है।

बाद में यह पता चला कि मृत सीजर के हाथ में एक कागज़ का टुकड़ा दबा था, जिसमें आज उसके विरुद्ध होने वाले षड्यंत्र की बात लिखी थी। अवश्य ही किसी ने रास्ते में उसे दिया होगा। काश! सीजर उसे पढ़ लेता। उसकी हत्या के षड्यंत्र में बीस सीनेटरों सहित 60 लोग शामिल थे, जिसमें कई उसके मित्र थे। उन्हें यही भय था कि सीजर कहीं स्वयं को 'आजीवन रोम का सम्राट' न घोषित कर दे।

मुझे जब सीजर की हत्या की सूचना मिली, तो लगा समय जिस पल जहां था हठात् वहीं रुक गया। घटना की आकस्मिकता और जघन्यता के कारण मैं अचेत हो गई। मेरिरा के उपचारों से होश में आई, तो मुझे चारों ओर अंधेरा ही अंधेरा दिखाई पड़ा। मुझे लगा घनघोर काली रात्रि घिर आई है और प्रकाश उसमें विलीन हो गया है। थोड़ी देर में मस्तिष्क जब स्थिर हुआ तो ऐसा प्रकाश दिखाई दिया जिसका सूर्य अस्त हो चुका था।

मैं प्रियतम के विछोह में रो रहीं थी और उसका नन्हा प्रतिरूप सीजरियन मुझे आश्चर्य से देख रहा था। उसने आज तक किसी को रोते नहीं देखा था। इस नन्हे को लेकर हमने जाने कितने सलोने स्वप्न बुने थे। सबसे बड़ा सपना था उसे मिस्त्र और रोम का संयुक्त सम्राट बनाना। हत्यारे के छुरे ने इस स्वप्न की भी हत्या कर दी।

राजमहल के सभी सेवक मेरे पास शोकमग्न खड़े थे। मुझे संभालने के लिए मेरिरा अपनी दुर्वार मनोवेदना को रोकर अपने हृदय को कठोर बनाए थी, अश्रु की एक बूंद नहीं थी, उसकी आंखों में।

मेरे विलाप से आहत हो सीजरियन भी विकल होकर रोने लगा तो मेरिरा से नहीं रहा गया। उसने शुष्क कंठ से मुझसे कहा, "आप महारानी हैं, माता हैं। इन पदवियों के अनुरूप अव्यग्र रहें, धैर्य धारण करें।"

अश्रुओं से भीगा अपना मुख ऊपर उठाकर मैंने अवरुद्ध कंठ से पूछा, "भाग्य का यह दुर्ललित परिहास, यह तप्त आघात सहने के लिए मैं धैर्य

कहां से लाऊं, बता कहां से लाऊं?" विकलता की लहरों से आक्रांत होकर मैं धरती पर गिर गई।

सीजर का शव राजमहल लाया गया। मेरिरा ने कान में कहा, "विनती करती हूं, धैर्य बनाए रखिएगा। रोम में शव पर विलाप करने की प्रथा नहीं है।"

मैंने धैर्य रखा; पर हृदय, वह किसी बंधन को स्वीकार नहीं करता। वह चुपचाप विलाप करता रहा।

शव के साथ मार्कस एंटोनियम (एंटोनी) और आक्टेवियन भी आए थे। सीजर ने इन दोनों पर कोई प्रतिबंध नहीं लगाया, सदा आगे बढ़ने को प्रेरित करते रहे। एंटोनी तो उसका सह-कौन्सुल था और आक्टेवियन दत्तक पुत्र था। रिश्ते में भतीजा लगता था लेकिन मैंने आज पहली बार उसे देखा था। उन दोनों ने मेरे निकट आकर संवेदना प्रकट की।

सीजर के शव को अंतिम संस्कार के लिए तैयार करने, जुलूस के रूप में कब्रिस्तान ले जाने और दफ़न करने के लिए एक सेवादल आ गया। रोम में शव के अंतिम संस्कार परिवार के सदस्यों द्वारा नहीं किए जाते। उन लोगों ने सीजर को एक नया 'टोगा' (लबादा) पहनाया, उसके सीने पर सेनापति के तमगे लगा दिए और सिर पर राजा का प्रतीक-मुकुट रख दिया।

शवयात्रा धीमी चाल से प्रारंभ हो गई। मैं स्त्रियों से घिरी चल रही थी। बच्चों को कब्रिस्तान ले जाने का निषेध है। अतः मेरिरा नन्हे को लेकर घर पर ही रही। मौन जुलूस राजकीय कब्रगाह की ओर जा रहा था। उसके पीछे प्रजा का सैलाब था। सीजर प्रजा में बहुत लोकप्रिय था। गण्यमान्य पूर्वजों के मुखौटे लगाए लोग जुलूस के साथ चल रहे थे जैसे बताना चाहते हों कि कोई कितना ही बड़ा हो, पर मृत्यु से छोटा होता है। शोक संगीत की करुण ध्वनि वातावरण को और भारी बना रही थी।

कब्र पहले से तैयार थी। सेवादल के अन्य लोग पहले ही यहां आ चुके थे। शव-पेटिका कब्र में उतार दी गई। मेरे देखते-देखते मेरे प्रेम का, मेरी महत्त्वाकांक्षाओं का, मेरी आशाओं का केंद्र ख़ाक़ के सुपुर्द कर दिया गया और मैं कुछ न कर पाई।

अंत्येष्टि के बाद राजकीय प्रवक्ता ने घोषणा करते हुए कहा कि इस स्थान पर एक शानदार समाधि राज्य की ओर से बनवाई जाएगी। रोम में मिस्र की तरह अपनी समाधि स्वयं बनवाने की प्रथा नहीं है।

पूरा जुलूस वापस मेरे साथ राजमहल तक आया और फिर विदा हो गया।

दूसरे दिन एंटोनी संवेदना प्रकट करने आया। काफ़ी देर बैठा सीजर के गुण गाता रहा। रोम में कहावत है कि मृत व्यक्ति के बारे में भली बात या प्रशंसा के सिवाय कुछ नहीं कहना चाहिए।

उसने आचानक कहा जैसे कोई भूली बात याद आ गई हो, "यदि आप मिस्र लौटना चाहें तो आपके सकुशल अपने देश पहुंचने के प्रबंध कर दिए जाएंगे। आप जो सुविधा चाहेंगी, आपको दी जाएगी।"

मैं तत्काल कुछ नहीं बोली। मैं जानती थी मुझे रोम छोड़ देने की सलाह सरकारी स्तर पर दी जा रही है। लेकिन एंटोनी स्वयं ऐसी अप्रिय बात क्यों कह रहा है? क्या रोम में रुकना मेरे लिए सुरक्षित नही हैं। उसके कथन से मैं कुछ नहीं समझ पाई। एंटोनी चालीस के भीतर ही होगा। रोबीला सेनापति है, परंतु सीजर की तरह बात करने में पटु नहीं है। सपाट तरीके से बोलता है इसलिए उसके मनोगत भाव भांपे नहीं जा सकते।

मेरी चुप्पी से एंटोनी को लगा कि उसके द्वारा व्यक्त संवेदनाएं कदाचित् अपूर्ण हैं। सैनिक जोश से कहने लगा, "हत्यारे ब्रूटस को प्राणदंड दिया जाएगा और यदि वह डर से रोम छोड़कर भाग गया, तो सेना उसका तब

तक पीछा करेगी जब तक उसका सिर काटकर सीनेट के द्वार पर न लटका दिया जाए। षड्यंत्रकारी सिसरो को भी सीनेट द्वारा प्राणदंड दिया जाएगा।"

"किसे क्या दंड मिले यह देखना राज्य का काम है। हमारे यहां प्रियजन की मृत्यु पर सात दिन का शोक मनाने की परंपरा है। इस बीच यात्रा निषिद्ध होती है। सम्राट सीजर 'आइड्ज' मार्च को हमें छोड़कर चले गए थे। अतः मैं 22 मार्च को सुबह सीजरियन के साथ मिस्र को प्रस्थान करूंगी। राजमहल के पीछे घाट पर टाइबर नदी में मेरी विशाल नौकाएं उपलब्ध हैं जो मुझे आस्टिम बंदरगाह तक ले जाएंगी। वहां उपस्थित मेरा जहाज़ी बेड़ा मुझे मिस्र पहुंचा देगा।" भरे कंठ से मैं किसी तरह कह पाई।

मेरी अपनी व्यवस्था के बारे में जानकर एंटोनी भौचक रह गया। उसकी आशा के विपरीत मैंने उससे या राज्य से कोई सहायता नहीं मांगी।

एंटोनी के जाने के पश्चात् एमीलियस लैपीडस आ गया। राज्य के विशिष्ट व्यक्तियों को मेरे पास आने की अनुमति थी। साधारण जन तो, जो नागरिकों से नीचे माने जाते थे, राजमहल की ओर रुख ही नहीं करते थे और नागरिकों को महल से दूर रखा जा रहा था। लैपिडस को मैं जानती थी। अक्सर रात्रिभोज में आता रहता था। सीजर की 'लीजनों' का सेनापति था।

लैपीडस कुछ देर तक खामोश बैठा रहा जैसे वह समझ ही न पा रहा हो कि उसे क्या कहना चाहिए। अंततः बोला, "सम्राट की हत्या से हमारी सेना बहुत उत्तेजित है, मैं किसी प्रकार से संभाले हूं। सेना के नगर में घुसने पर भयंकर मार-काट हो सकती है।"

मैंने उसकी ओर देखा। मेरा भाव समझकर बोला, "लेकिन मैं ऐसा होने नहीं दूंगा   सम्राट की सेना को नागरिकों का हत्यारा नहीं बनने दूंगा।"

"यही समझदारी होगी।"

मेरे बोलने से उसका साहस बढ़ा। बोला, “आप सम्राट की तरह मुझे जो चाहे आज्ञा दे सकती हैं।”

“धन्यवाद, लौपिडस। मैं अगली बाईस को दूसरे प्रहर यहां से जा रही हूं। पूरा प्रबंध हो चुका है।” यह आगे कुछ न कहने का संकेत था।

यात्रारंभ के दिन मैं प्रातः वीनस के मंदिर गई थी। वहां मैंने मूर्तिकार बेरिल को मौजूद पाया। सुरक्षा सैनिक मंदिर के बाहर ही रह गए थे। वह मेरी ओर बढ़ा तो मेरे सेवकों ने रोक दिया। ये सेवक वास्तव में मेरे ग्रीक सुरक्षा सैनिक थे, जो नावों पर रहते थे। सम्राट की मृत्यु का समाचार सुनते ही सेवकों के रूप में राजमहल में आ गए थे।

मैं बेरिल के पास स्वयं पहुंची। मुझे देखते ही वह शोक में अश्रु बहाने लगा। मैंने उसका हाथ पकड़कर उसे सांत्वना दी। उसके पास ही उसकी बेटी एगनिस खड़ी थी। मैंने उसकी ओर देखा तो वह धन्य-सी हो उठी। उसकी दृष्टि में मेरे लिए कृतज्ञता के भाव थे उस उपहार के लिए जो मैंने उसे भेजे थे। उन आभूषणों का मूल्य इतना था, जिसे पिता-पुत्री इस जीवन में खर्च नहीं कर सकते थे।

मैंने मूर्तिकार से पूछा, “क्या तुम लोग मेरे साथ मिस्र चलना पसंद करोगे।”

इस बात से वह कलाकार कितना भावुक हो उठा था। बोला, “महारानी जी, इस वृद्धावस्था में यह कर्म-भूमि मुझसे नहीं छूट पाएगी। आप चाहें तो एगनिस को साथ ले जाएं। प्रत्येक कार्य में निपुण है, आपकी खूब सेवा करेगी।”

मैंने एगनिस की ओर देखा। पिता के वचन सुनते ही उनसे अलग होने की आशंका से उसका उज्ज्वल मुख पीला पड़ गया। नव विकसित लता की भांति पिता के पास खिसककर उनके कंधे से चिपक गई। मैं उसके मनोभाव समझ गई।

"नहीं, पुत्री की सेवा की इस समय तुम्हें आवश्यकता है। फिर इसका विवाह भी तो करना है। जब कभी मिस्र आने का मन करे, या यहां रहते हुए कोई परेशानी हो तो सेनापति लैपिडस से मिल लेना, मैं तुम्हारा जिक्र उनसे कर दूंगी।"

"महारानी जी," मूर्तिकार ने कृतज्ञ वाणी में कहा, "इसकी आवश्यकता नहीं है। रोम में नागरिकों के अधिकार सदैव सुरक्षित रहते हैं। मैं आपको और आपके प्रिय पुत्र को शुभकामनाएं देता हूं।"

उनसे विदा लेकर मैं देवी वीनस की मूर्ति के सामने जा खड़ी हुई। बिल्कुल मेरा रूप। जिस दिन मंदिर प्रजा को समर्पित किया गया था, यहां कितनी धूमधाम थी। सीजर की खुशी तो उसके हृदय में नहीं समा रही थी। पंक्तिबद्ध हो दर्शनार्थी आ रहे थे और लौटते समय उन्हें सीजर की ओर से, प्रसाद के रूप में, सोने का एक सिक्का दिया जा रहा था। उस सिक्के पर प्रेम की देवी वीनस अपने पुत्र एनीस को गोद में लिए अंकित थी। चित्र-द्वय मेरे और सीजरियन की प्रतिरूप थे।

उद्घाटन के समय देवी हेलन के मंदिर में ही सीजर ने कहा था, "महारानी, देवी के प्रसाद के रूप में मिला यह सिक्का कोई खर्च नहीं करेगा। पीढ़ी-दर-पीढ़ी यह घरों में रखा रहेगा। हजारों वर्ष बाद भी इतिहासकार तुम्हारे और तुम्हारे पुत्र के अस्तित्व को प्रमाणित करेंगे। तुम अमर हो क्लियोपेट्रा।"

आज मैं उन जगमगाते दिनों की गणना करते नहीं थकती हूं। कैसे भूलूं सीजर को। जब मैं किसी बात का रोना लेकर बैठ जाती तो समझाता था, "नी सेडे मेलिस" (दुर्भाग्य को समर्पण न करो)। पर क्या करूं, कैसे उबरूं। मैं अतीत में इतनी खोई रहती हूं कि न मेरी कोई इच्छा रह गई है और न ही अनाश्रित भविष्य का कोई भय सताता है।

मेरिरा समझाती है, "रानी जी, प्रकृति खालीपन से घृणा करती है। रीति

के अनुसार आपका शोक-काल पूरा हुए कई महीने बीत गए हैं। अपने प्रिय पुत्र की ओर ध्यान दीजिए। आपके पास आकर आपकी ओर देखता रहता है। आपको शोक-मग्न, विचार-मग्न पाकर उपेक्षित-सा चला जाता है। इस राज्य का वह उत्तराधिकारी है, यह उसकी धरोहर है। इसे तो संभालकर रखिए।"

"मेरिरा, शोक के भाव को बलात् नहीं त्यागा जा सकता, फिर भी मैं इससे बाहर आने का प्रयास करूंगी। जा नन्हे को मेरे पास ले आ।"

धीरे-धीरे अवश्य परिस्थितियों में मैं प्रकृतस्थ होने लगी। पुत्र सीजरियन की ओर अधिक ध्यान देने लगी। काल ने मेरे घावों पर महौषधि का लेपन किया तो धैर्य साथी के रूप में मेरे पास आकर खड़ा हो गया।

हत्-हृदय भी दुर्वार्य आशावादी होता है।

हमारे रोम गमन से पूर्व सीजर अपने परम विश्वस्त जांबाज सैनिकों की एक टुकड़ी मिस्र में तैनात कर गया था। उसे राज-विद्रोहियों पर दृष्टि रखनी थी और उनके सिर उठाने से पहले ही उन्हें कुचल देना था। मैंने पूछा था, "सिंहासन का प्रति-दावेदार कोई नहीं है फिर इतनी सतर्कता का कारण क्या है?"

उसने हंस कर टालते हुए कहा था, "महारानी जी, मिस्र में मुर्दे भी फिर से खड़े हो जाते हैं।"

उस समय उसकी बात का अर्थ नहीं समझ पाई थी, पर आज समझ में आ रहा है।

दो वर्ष के रोम-प्रवास के बाद जब लौटी हूं तो मिस्र में ऊपरी तौर पर कुछ नहीं बदला है। चारों ओर शांति है और राजकाज सुचारु रूप से चल रहा है। ख़ज़ाने की स्थिति बेहतर है और सेना पूर्णतया संतुष्ट है।

रोम में गृह-युद्ध प्रारंभ हो चुका है। यह सूचना अभी आम नहीं है। मुझे ही गुप्त रूप से मिली है। इसी प्रकार मिस्र में दुरभिसंधि की सूचना मिली है। पूरे विवरण प्रतीक्षित हैं। इसी बीच मुझे अपनी योजनाएं बना लेनी थीं।

जांबाज़ टुकड़ी के सेनानायक ब्रुंडीसियस को बुलाया गया। मैं प्रतीक्षा-कक्ष में थी। शरमियन मेरे पास खड़ी थी। ब्रुंडीसियस आया और सैनिक अभिवादन करके खड़ा हो गया। वह तीस वर्ष का युवा था। उसकी आंखों में सैनिकों जैसी कठोरता नहीं थी। शरमियन के इशारे पर वह बैठ गया।

मैंने पूछा, "क्या तुम और तुम्हारी सैनिक टुकड़ी अपने पितृ-देश रोम जाना चाहेगी। जाने के लिए तुम्हें पूरी सुविधाएं दी जाएंगी।"

"महारानी जी, हमारे सेनापति सीजर महान हमें आपकी सेवा में नियुक्त कर गए थे। आपको छोड़कर हम कैसे जा सकते हैं। सीजर महान भी अब नहीं रहे। मिस्र राज्य में हमारी घनिष्ट निष्ठा हो गई है, अब यही हमारी पितृ-भूमि है। हमारे सेनापति और महारानी सब आप ही हैं। वैसे आपकी जो आज्ञा हो...।"

"तुम्हारी टुकड़ी के सैनिकों को किसी प्रकार की शिकायत तो नहीं है।"

"जी नहीं महारानी जी। सेनापति अपोलोडोरस हमारा पूरा ध्यान रखते हैं।"

मैंने शरमियन को इशारा किया। वह चली गई। कुछ क्षणों बाद लौटकर अपने स्थान पर खड़ी हो गई।

इरास एक पात्र पकड़े अंदर आई। उसमें तीन थैलियां थीं। वे थैलियां ब्रुंडीसियस के सामने रख दी गईं।

मैंने कहा, "सेनानायक, इन थैलियों में स्वर्ण-मुद्राएं हैं। छोटी थैली तुम्हारे लिए है। अन्य थैलियों की स्वर्ण मुद्राएं अपने सैनिकों में बांट देना।

भविष्य में मेरे आदेश तुम्हें सेनापति द्वारा नहीं, मेरी इस सहेली इरास के द्वारा मिलेंगे। सेनापति को इस व्यवस्था की जानकारी दे दी जाएगी। अब तुम जा सकते हो।"

सेनानायक ने खड़े होकर अभिवादन किया और 'विवेट रेजीना' (महारानी दीर्घायु हों) कहकर चला गया।

मैं दोनों लड़कियों के साथ अपने मुख्य कक्ष में आ गई।

"क्षमा करे रानी जी, ब्रुंडीसियस पर इतनी कृपा का कारण। मुझे तो आज तक एक कानी कौड़ी नहीं दी।" शरमियन ने कहा।

इरास ने जोड़ा, "और मुझे भी।"

मैं गंभीर बनी बैठी रही तो वे दोनों हिल गईं।

"पहले दिल थामकर एक स्तब्धकारी सूचना सुनो। मेरा भाई टोलेमी-चतुदर्श, जिसे पानी में डूबकर मरा हुआ मान लिया गया था, जीवित देखा गया है।"

"आंय!" दोनों ने आश्चर्य से नेत्र विस्फारित कर कहा।

"अभी सूचना समाप्त नहीं हुई है। आरसिनोई भी रोम के बंदीगृह से भागकर मिस्र आ पहुंची है और अपने भाई के साथ देखी गई है।"

शरमियन ने कहा, "रानी जी, ये दोनों सूचनाएं भयानक हैं। क्या इनके सहायकों के बारे में कोई जानकारी मिली है? बिना किसी की सहायता के आरसिनोई कैद से कैसे भाग सकती है?"

"यह सब तो ज्ञात नहीं। पर कई प्रश्न सिर उठाकर खड़े हो गए हैं। आरसिनोई की रोम में किसने मदद की और यहां तक पहुंचाया। रोम में

सीजर के बाद लगता है भ्रष्टाचार फिर फूट पड़ा है। युद्ध-बंदी सामान्य अपराधियों की तरह कड़े पहरे में नहीं रखे जाते। किसी ने भारी रिश्वत देकर उसे मुक्त कराया है। भाई भी चार वर्ष से यही है। किसके आश्रय में है? मेरी अनुपस्थिति में उसने कोई उपद्रव क्यों नहीं किया? क्या आरसिनोई के आने की प्रतीक्षा कर रहा था? यहां से रोम ले जाते समय उसे अवश्य मालूम रहा होगा कि भाई जीवित है। क्या उसी ने किसी को रोम भेजा था? इन तमाम प्रश्नों के उत्तर मेरे पास नहीं हैं। यह तो अच्छा हुआ कि सीजर के कहने पर भाई के समर्थक राजतंत्र से निकालकर फेंक दिए गए थे। सीजर ने ठीक ही कहा था कि मिस्र में मुर्दे भी फिर से खड़े हो जाते हैं।"

इरास ने मेरा हाथ थाम लिया। वह मुझे प्रश्नों से मुक्ति दिलाना चाहती थी। मैंने आंखें बंद कर ली। थोड़ा विश्राम-सा मिला।

शरमियन ने कहा, "रानी जी, इस समस्या का हल तत्काल खोजना चाहिए।

मैंने दोनों को आश्वस्त करते हुए कहा, "समस्या का हल तो मेरे पास है, बस प्रश्नों के उत्तर नहीं हैं। आज प्रथम प्रहर में ही सेनापति, राज पुरोहित और दो मंत्री मुझसे भेंट करने आए थे। मुझे यह सूचना शेपा ने ही दी थी। उनका यह कहना था कि आरसिनोई और उसके भाई के सहयोगी बढ़ें या सार्वजनिक सहानुभूति की हल्की तरंग भी उन्हें छू पाए उसके पहले ही उन्हें समाप्त कर देना चाहिए। उनके जीवित रहने से लोगों की कोमल जिह्वा से मेरे विषय में झूठ फैलने लगेंगे। मैंने उन्हें आगामी आदेशों की प्रतीक्षा करने को कहा।"

मैंने शरमियन की ओर देखा। वह कुछ बोलने को उत्सुक हुई तो मैंने इशारे से चुप रहने को कहा। "तुम जाकर राजपुरोहित से मिलो...।"

"जी रानी जी।" उसने अपने स्वभाव के अनुसार कहा।

“देखो जब गंभीर विषय पर बात हो रही हो तो ‘जी रानी जी’ की टेक मत लगाया करो।” मैंने चिढ़कर कहा।

उसके मुंह से अचानक ‘जी’ निकल पाया कि उसने जीभ काट ली।

“हां, यह ठीक है। आगे ऐसा किया तो तेरी जीभ मैं काटूंगी।”

वातावरण कुछ हल्का हो गया तो मैं मुख्य विषय पर आई, “शेपा से जाकर उनके भवन में मिलो। छह घंटे बीत चुके हैं, अब तक अपेक्षित सूचनाएं उनके पास आ गई होंगी।”

शरमियन उठी और सिर झुकाकर चली गई।

मैंने इरास से कहा कि वह जाकर ब्रूंडीसियस से एकांत में मिले और उससे कहे कि आज रात एक गुप्त अभियान के लिए अपने सैनिकों के साथ तैयार रहे।

इरास चली गई।

मेरिरा काफ़ी देर से कक्ष के एक कोने में बैठी प्रतीक्षा कर रही थी। अवसर मिलते ही पास आ खड़ी हुई। “रानी जी, आप स्नान कर लें, तो मन और मस्तिष्क दोनों तरोताज़ा हो जाएंगे।”

मेरे उत्तर की प्रतीक्षा किए बिना वह स्नानगृह की ओर चली गई। मेरे स्नान, प्रसाधन, भोजन और दिवा-शयन के संबंध में उसकी ही चलती है। वह सीजरियन की ही धात्री नहीं, मुझे लगता है मेरी भी मां है।

स्नान करने के बाद स्फूर्ति आ गई। मेरे लिए मेरिरा शीतल पेय ले आई। अपने हाथ से मदिरा शायद ही कभी दी हो। मैंने उसकी ओर मुस्कराकर देखा। लगा जैसे वह पुरस्कृत हो उठी हो। मेरे पीछे आकर केश संभालने लगी। कदाचित् उनके सूख जाने की प्रतीक्षा कर रही थी।

कुछ देर बाद शरमियन ने तेज़ी से कक्ष में प्रवेश किया। मेरे कक्ष में तीव्र गति से आना निषिद्ध है। इसे अपमानजनक माना जाता है। मैं समझ गई कि उसके पास अति महत्त्वपूर्ण सूचना है इसी कारण औपचारिकताएं विस्मृत कर बैठी है।

पास आकर उसने क्षमा मांगी।

इरास भी आ गई। मैंने उससे विलंब का कारण पूछा तो उसने बताया, “सेनानायक अपने शिविर में नहीं था। उसे ढूंढ़ने में समय लगा। उससे तैयार रहने को कह दिया है। वह आपके आदेश की प्रतीक्षा करेगा।”

मैंने शरमियन पर दृष्टि डाली। वह प्रतीक्षा ही कर रही थी। बोली, “मेरे पास अति महत्त्वपूर्ण सूचनाएं हैं।”

मैंने कुंचित भ्रू-सहित उसे देखा जिसका अर्थ था कि यदि महत्त्वपूर्ण सूचना है तो भूमिका की क्या आवश्यकता है।

मेरा इशारा समझकर उसने कहा, “क्षमा करें मैं बार-बार औचित्य का उल्लंघन कर रही हूं। राजपुरोहित ने बताया है कि आरसिनोई और उसका भाई युद्ध-देवता आसीरिस के मंदिर में छिपे हैं। यह एक प्राचीन परित्यक्त मंदिर है। पुजारी भी वहां नहीं रहता।”

इतनी महत्त्वपूर्ण वार्ता के बीच भी मेरा इतिहास-बोध मुझ पर परिव्याप्त हो गया। मैंने हाथ उठाकर शरमियन को चुप कराया और दोनों की ओर देखकर कहा, “जानती हो आसीरिस का यह मंदिर परित्यक्त क्यों है? इस मंदिर में अंगदोषहीन व्यक्तियों की बलि दी जाती थी। टोलेमी-दशम ने इस प्रथा को प्रतिबंधित कर दिया। जो विरोध के स्वर उठे उन्हें कुचल दिया, तभी से यह मंदिर सूना है।”

मैं चुप हो गई। शरमियन बताने लगी, “मंदिर के चारों ओर सन्नाटा है।

वहां से तीन स्टेडिया पूर्व में कुछ पुरानी झोपड़ियां हैं, जिन्हें किसानों ने खाली करके गोदाम का रूप दे दिया है। उसमें कटी हुई फसल और सूखी लकड़ियां रखी रहती हैं। उन्होंने वहां से चार स्टेडिया दूर दक्षिण में नदी के किनारे नई झोपड़ियां बना ली हैं। इन दोनों के बीच घने पेड़ हैं, जिनसे ईंधन प्राप्त किया जाता है।"

"इस समय पुरानी झोपड़ियों में क्या अनाज भरा है?"

"नहीं, उसमें सूखी लकड़ी, भूसा आदि भरा है।"

मैंने इरास की ओर ध्यान से देखा। वह गंभीर बनी बैठी थीं। उसके मन में संकल्प तैर रहे थे तभी उसके जबड़े सख्त दिखाई दे रहे थे। मैंने मन ही मन उसे अभियान पर भेजने का निश्चय कर लिया।

"इरास, तुम अभी जाकर ब्रुंडीसियस से मिलो। उसे मंदिर और आसपास की स्थिति समझाओ। उसे मेरा आदेश दो कि अर्धरात्रि में भ्रमित और दिशाहीन हुए बिना चुपचाप अपने सैनिकों के साथ जाकर मंदिर घेर लें। उसमें छिपे लोगों को बाहर निकलने के लिए दबाव बनाएं। उनके निकलने पर उन्हें उत्तर और पश्चिम की ओर से घेरें। मंदिर के पूर्व में बहने वाली नदी उनके लिए बाधा होगी। सुनिश्चित कर ले कि नदी तट पर कोई नाव न हो। दक्षिण की दिशा खुली छोड़ दे। वे भागकर उन झोंपड़ियों में ही शरण लेंगे। फिर झोंपड़ियों को चारों ओर से घेरकर उसमें आग लगा दें। जो बाहर भागे उसे भाले से छेदकर आग के हवाले कर दें। बाहर रक्त की एक बूंद नहीं गिरनी चाहिए।"

मैं कुछ क्षण शांत रही। फिर बोली, "और इरास तुम पुरुष वेश में इस अभियान में सैनिक टुकड़ी के साथ रहोगी, ताकि उन्हें ठीक से दिशा-निर्देश दे सको और यह पहचान कर सको कि आरसिनोई और उसका भाई ही जलकर मरे हैं, उनके स्थान पर अन्य कोई नहीं।"

इरास के नेत्र वांछित-सा पाकर हुलसित हो उठे, उसका चेहरा आत्म-विश्वास से दीप्तमान हो उठा।

वह उठकर खड़ी हो गई। सगर्व अपना सिर झुकाकर कहा, "जो आज्ञा रानी जी।"

जब मैं सोकर उठी तब दिन चढ़ चुका था। रात में सपनों ने सताया तो नींद भी ठीक से नहीं आई। अक्सर मुझे सपने याद नहीं रहते। सीजर कहता था कि यह शुभ लक्षण होता है। लेकिन कल रात स्वप्न में मैने मूर्तिकार बेरिल को देखा। उनसे क्या बातें हुई यह तो याद नहीं, पर वे बार-बार क्षमा मांग रहे थे, कह रहे थे, 'बेटी, मैंने तुम्हें अंधकार में रखा, मुझे क्षमा करो।' मैं खामोश रही और यह भी नहीं पूछ पाई कि वे किस अपराध के लिए क्षमा मांग रहे हैं। स्वप्न में उन्होंने मुझे 'महारानी' नहीं 'बेटी' कहा।

मेरिरा ने बड़े लाड़-दुलार से मुझे जगाया। शरीर में आलस्य भरा था। उठने का मन नहीं कर रहा था। किसी तरह उठकर बैठी। अपनी दोनों हथेलियां खोलकर देखने लगी।

मेरिरा ने पूछा, "यह क्या कर रही हैं?"

मैंने हथेलियों को देखते हुए कहा, "सुबह उठते ही इन्हें देखने से शुभ समाचार मिलता है।"

उसने दोनों हाथ पकड़कर मेरे मुख की ओर देखते हुए कहा, "इन्हें देखने से नहीं, अपना प्रक्षालित निर्मल, निर्दोष मुख देखने से शुभ शकुन होता है। उठने की कृपा कीजिए, मेरे साथ स्नानगृह चलिए।"

मुझे हठी बच्चे की तरह स्नानगृह ले गई। वहां मेरी आवश्यकता की प्रत्येक वस्तु तैयार थी। दांतों पर मलने की औषधि-चूर्ण, गोपन अंगों की स्वच्छता के लिए सुगंधमय कच्चा दूध। दो हौजों में भरा ठंडा और गर्म

सुगंधित स्वच्छ जल। स्नान के पश्चात् शरीर सुखाने के लिए मोटा सूती वस्त्र, और पहनने के लिए रेशमी 'स्टोला' (गाउन)।

स्नान के बाद बाहर आई। मेरिरा के दिए परिधान धारण किए। उसने केश संवारे, हल्का श्रृंगार किया।

जब मैं मुख्य कक्ष में आई तब तक कक्ष पूरी तरह सुसज्जित कर दिया गया था। तीन परिचारिकाएं सुबह का नाश्ता लेकर उपस्थित थीं। शहद, दूध, फलों का रस, अंजीर का हलवा, तली हुई नन्हीं मछलियां, बियर, केक। मैंने अपनी पसंद की तीन चीजें लीं।

मैंने नाश्ता समाप्त किया। परिचारिकाएं जैसे ही बाहर गईं कक्ष-द्वार से इरास प्रकट हो गई। मैं समझ गई कि मेरिरा ने बाहर उसे प्रतीक्षारत रखा होगा जिससे मेरे नाश्ता करने में बाधा न पड़े। सीजरियन को देखने और उसे नाश्ता कराने के लिए मेरिरा विदा लेकर चली गई। सीजरियन पांच साल का हो गया है। बिल्कुल सीजर का प्रतिरूप। उसकी शिक्षा लेटिन के माध्यम से प्रारंभ की गई है। ग्रीक भाषा वह प्रारंभ से ही बोलता है, क्योंकि राजमहल में बोलचाल और व्यवहार की भाषा ग्रीक ही है।

मैंने सिर उठाकर इरास की ओर देखा जिसका अर्थ यह था कि मैं अपने विचारों के घेरे से बाहर हूं।

"रानी जी, आज का ताजा संवाद यह है कि नदी किनारे स्थित कुछ निर्जन झोंपड़ियों में आग लग गई। कई घंटे अग्नि का तांडव होता रहा। उसके बुझने पर वहां का तमाम मलवा, जिनमें मानव अस्थियां भी शामिल थीं, नदी में बहा दिया गया। तब तक सूर्योदय हो चुका था। उसी समय भयभीत-से कुछ लोग आए जिन्होंने कहा वे झोंपड़ियां उनकी थीं। ब्रुंडीसियस के इशारे पर एक सैनिक ने आगे बढ़कर पांच-पांच सोने के सिक्के उन्हें दे दिए। वे लोग खुश होकर लौट गए। सोने के कई सिक्के मलवा साफ़ करते समय मिले थे, इसका अर्थ यही था कि आग में जल कर मरने वाले उन्हें

अपने साथ नहीं ले जा सके थे।" इरास ने प्रशंसोत्सुक दृष्टि से मेरी ओर देखा।

मैंने सोत्साह कहा, "तुम्हें, ब्रुंडीसियस और उसके दल को मेरा साधुवाद। अब पूरा किस्सा बयान हो।"

"जो आज्ञा रानी जी," यह कहकर इरास ने सिर झुकाया जैसे वह मेरे 'साधुवाद' का भार वहन न कर पा रही हो। आधी रात के बाद हम मैं, ब्रुंडीसियस और उसके तीस सैनिक मंदिर पहुंचे। वहां सन्नाटा पसरा हुआ था। प्रकाश की कहीं एक क्षीण रेखा भी न थी। चार 'दस्ती' (मशालें) जला ली गईं। सैनिकों ने मंदिर का घेरा डाल दिया। ब्रुंडीसियस ने अपने एक हाथ में दस्ती और दूसरे हाथ में नंगी तलवार लेकर मंदिर में प्रवेश किया। उसके साथ चार सैनिक थे और पुरुष वेश में मैं थी। मैंने चेहरे पर नकाब डाल रखा था। हम मंदिर में घुसे। दरवाजे पर एक सैनिक तैनात कर हमने मंदिर देखा, गर्भगृह देखा, पर कोई नहीं था। गर्भगृह से कुछ सीढ़ियां नीचे गई थीं। हम समझ गए नीचे तलगृह होगा। हम तेजी से नीचे उतर कर एकदम प्रकट हो गए। वहां चार लोग बैठे थे जो हमें अचानक आया देखकर आश्चर्य और भय से जड़ीभूत हो गए। उनमें से आरसिनोई और उसके भाई को मैं तत्काल पहचान गई। तीसरा व्यक्ति, जैसा कि आरसिनोई ने बाद में बताया, हिजड़ा पोथोनियस का भाई था। चौथे के विषय में वह भी नहीं जानती थी।"

"आधी रात के बाद भी वे जाग रहे थे इसका अर्थ यही था कि वे या तो किसी की प्रतीक्षा कर रहे थे या किसी षड्यंत्र की रूप-रेखा बना रहे थे। हमें देखते ही वे समझ गए कि वे घिर चुके हैं अतः उन्होंने आत्म-समर्पण कर दिया। तत्काल उन्हें दीवार की ओर मुंह करके खड़े होने के लिए कहा गया। हम तो विमूढ़ हो गए। हमारी सारी योजना चौपट हो गई थी। ब्रुंडीसियस ने मेरी ओर देखा। मेरी आंखें भावशून्य पाकर उसने अपना कर्त्तव्य निश्चित कर लिया। उसका इशारा पाकर एक सैनिक बाहर चला गया।"

“इसी बीच हमारे नायक ने चौकन्नी आंखों से कमरे की तलाशी ली कि वहां हथियार तो नहीं छिपे हैं या कमरे में दूसरा दरवाज़ा तो नहीं है। उसी क्षण आठ सैनिक उस कक्ष में घुस आए। तीन आदमी रस्सियों से इस प्रकार बांधे गए कि उनका अंतिम छोर गले को लपेटता हुआ सैनिकों के हाथ में था। आरसिनोई को बांधने के लिए मुझसे कहा गया। मैं ब्रुंडीसियस के पास गई और उसके कान में कहा कि मेरे और स्त्री बंदी के बीच में लोग कुछ अंतर लेकर चलें, पर हमें घेरे रहें। इससे मैं कुछ भेद उगलवाना चाहती हूं।

“जैसे ही हम बाहर निकले सैनिकों ने हमारे चारों ओर घेरा डाल दिया। उसमें भी यह ध्यान रखा गया कि मुझे आरसिनोई से गुपचुप बात करने का अवसर मिल सके।”

“हम झोपड़ियों की ओर जा रहे थे। मैं समझ गई कि उसका इरादा सभी को जीवित जलाने का है। हमारी मूल योजना भी तो यही थी”

“रास्ते में मैंने आरसिनोई से ग्रीक में पूछा कि रोम से भागने में उसकी मदद किसने की है? उसने कहा कि मैं पुरुष वेश में स्त्री हूं, पहले अपना परिचय दूं।”

“मैंने कहा कि मैं इस रोमन सेनापति की प्रेमिका हूं। हम लोग यहां से भागकर रोम जाना चाहते हैं, ताकि वहां शादी कर सकें। इस समय हमें धन चाहिए, यदि वह देने का वादा करो, तो समझो मैं तुम्हारी हमदर्द हूं और तुम्हें बचाकर तुम्हारे सहयोगियों तक पहुंचा सकती हूं।”

“उसने कहा, बहुत बड़ा पुरस्कार मिलेगा बशर्ते उन तीन में से सबसे युवा और सुंदर व्यक्ति को भी छुड़वा दो। वह मेरा भाई है। तुम्हारा पेशगी इनाम मैं अभी देती हूं। मंदिर की तलगृह की सीढ़ियों में से अंतिम सीढ़ी में एक गुप्त स्थान पर मंजूषा रखी है। उसमें बहुमूल्य आभूषण हैं, जो क्लियोपेट्रा ने मूर्तिकार बेरिल को दिए थे। बेरिल मेरा मामा है। जब मैं बंदी की तरह रथ से बंधी घसीटी जा रही थी, तभी मेरा परिचय भी दिया जा रहा

था। उसी से उन्हें लगा कि मैं उनकी भानजी हो सकती हूं। वे मुझसे बंदीगृह में मिले और यह बात पुष्ट हो गई। मैंने उनसे वादा लिया कि वे कभी किसी को मेरा परिचय नहीं देंगे क्लियोपेट्रा को भी नहीं, जो बेचारी रोमनों के सामने खुद मजबूर है। मेरे भाग्य से परिस्थितियां बदलीं, मामा को आभूषण प्राप्त हुए, क्लियोपेट्रा मिस्र लौट आई। मुझे छुड़ाने के लिए मामा ने आधे आभूषण रिश्वत में दे दिए और मुझे जहाज़ पर बिठाकर मिस्र भेज दिया और वह मंजूषा भी मुझे दे दी।"

"मैंने पूछा कि वह अपने सहयोगियों का नाम बताए तो उसने कहा, 'तुम उस रानी की वफादार कुतिया हो, मुझसे भेद उगलवाकर मुझे आग के हवाले कर दोगी।"

"सैनिकों ने लकड़ी तथा अन्य ज्वलनशील पदार्थ एकत्र कर दिए थे। फिर नायक के कहने पर झोपड़ियों पर ज्वलनशील छिड़ककर उनमें आग लगा दी गई। वह स्वयं एक बंदी को ले जाता, झोंपड़ी के दरवाजे पर कुछ देर खड़ा रखता जैसे कहता कि आसीरिस देवता ने नाम पर अग्नि को समर्पित हो जाओ। इस प्रकार उसने तीन आदमी फेंक दिए तो मेरे पास आकर आरसिनोई को ले गया। मैं चुपके से उसके पीछे जाकर खड़ी हो गई। आरसिनोई चिरौरी कर रही थी, 'मुझे मत मारो। मैं महारानी की छोटी बहन हूं। मेरे पास अथाह संपत्ति है। मैं तुम्हारे साथ भागकर रोम चल सकती हूं, तुमसे शादी कर लूंगी।... मुझे ऐसे फेंको कि मैं आग के उस पार जाकर गिरूं। मैं वहां से भागकर आगे के गांव तुम्हारा इंतजार करूंगी।"

"ब्रुंडीसियस ने कठोरता से कहा, 'चुप! मैं तेरा चरित्र खूब जानता हूं। मुझे पाने के लिए पहले आग में पवित्र तो हो ले...।"

"मैं चुपचाप अपने स्थान पर लौट आई। कुछ क्षणों बाद आरसिनोई हवा में उछली और अपने साथियों से जा मिली।"

मैंने आश्चर्य से पूछा, "इरास, जीवित व्यक्ति को आग में फेंकने पर वह

कुछ तो संघर्ष करेगा। क्या किसी ने बचकर भागने का प्रयास नहीं किया?"

इरास कदाचित् अंदर से दुःखी थी, उसका स्वर आर्द्र हो गया तथापि संयत हो कहा, "कोई संघर्ष कैसे करता। ब्रुंडीसियस दरवाज़े के पास खड़ा होकर पहले रस्सी से शिकार की गर्दन घोट देता फिर उसके शव को आग में फेंक देता। लाशें संघर्ष नहीं करतीं...।" इतना कहते-कहते वह अचानक चुप हो गई। मुझे लगा वह आंसू पीने का प्रयास कर रही है।

मैंने उसके कंधे पर हाथ रखा। धीमे से कहा, "इरास, जैसा दुःख तुम्हें है, मुझे भी है। मेरे भाई-बहन मेरा विरोध न करते तो आज इस दशा को न प्राप्त होते। यह सत्ता का खेल है, इरास! उन्हें अवसर मिलता तो वे भी मुझे इसी प्रकार समाप्त कर देते। कौन जाने कि कल किसी और को अवसर मिले तो वह मुझे भी ऐसे ही समाप्त कर दे। व्यक्ति की अपनी रक्षा सर्वोपरि होती है। तुम्हें अपराध-बोध हो रहा हो, तो जाकर किसी मंदिर में पश्चाताप कर सकती हो।"

इरास ने मेरे पैरों पर अपना सिर रख दिया। घुटी-सी वाणी में बोली, "ऐसा अनर्थ मत कीजिए। अपने से दूर होने का दंड मत दीजिए। आपके लिए...।"

मैंने उसकी बात काटते हुए पूछा, "क्या मंजूषा अपने स्थान पर मिली?"

"मिल गई। मेरे कक्ष में रखी है। आपकी आज्ञा के बिना आपके पास कैसे लाती?"

इरास को प्रशंसा की दृष्टि से देखते हुए मैंने कहा, "यह तुमने ठीक किया। तुम तो जानती हो कि दी हुई वस्तु मैं वापस नहीं लेती। वह पुरस्कार के रूप में तुम्हें देती हूं। हां, ब्रुंडीसियस के लिए पुरस्कार सोचना पड़ेगा।"

“क्या मैं मंजूषा की आधी निधि उसे दे दूं आप आज्ञा करें तो।”

“पगली, उसमें आभूषण और रत्न हैं, उन्हें लेकर वह क्या करेगा। मैं उसे कोई स्त्री-रत्न देना चाहती हूं।”

“क्याऽ ऽ...क्या मतलब?” इरास हकला गई।

“वह स्त्री-रत्न तुम हो इरास। मैं जानती हूं तुम ब्रुंडीसियस से प्रेम करती हो। तुम्हारी जैसी लड़की को कौन नहीं चाहेगा, वह भी चाहता होगा।”

“रानी जी, यह सच है कि हम दोनों एक दूसरे से प्यार करते हैं। परंतु हम दोनों ने मिलकर अपना जीवन आपको अर्पित कर दिया। बस यही मेरे लिए काफ़ी है।”

मेरी आंखों में कृतज्ञता के आंसू आ गए। अवरुद्ध कंठ से स्वगत कह पाई, “ओह! यह स्वार्थी क्लियोपेट्रा अपने मोह में बांधकर कितने मासूम जीवन नष्ट करेगी।”

इरास ने औचक मेरे हाथ पकड़ लिए, अश्रुपूरित आंखें मेरी ओर उठाकर सिर हिलाते हुए कहा, “नहीं...नहीं, मेरी रानी जी के लिए कुछ मत कहना।”

रानी और दासी का भेद मिट चुका था, मैंने उसे खींचकर अपने अंक में ले लिया।

सीजर की मृत्यु के बाद रोम से विदा लेते समय मैं यह बात स्पष्ट रूप से जानती थी कि मिस्र का भाग्य सदैव रोम से बंधा रहेगा, एक प्रकार से मिस्र उसका अधीनस्थ देश बना रहेगा। यही स्थिति मेरे पूर्वजों की रही है, परंतु यह स्थिति मेरे लिए अत्यंत विकट होने वाली थी, क्योंकि कोई भी शासक मिस्र को चूसने के साथ मेरा भी शोषण करने से नहीं चूकेगा। अतः अपनी नीति निर्धारित करने के लिए मेरे लिए यह आवश्यक था कि रोम की राजनीतिक हलचल का ज्ञान मुझे होता रहे। मैंने सीजर के विश्वासपात्र

व्यक्तियों से संपर्क साधा और उनमें से तीन आदमियों को अलग-अलग इस बात के लिए सहमत कर लिया कि भारी पारिश्रमिक के बदले वे मुझे महत्त्वपूर्ण समाचार भेजते रहेंगे। एक ही समाचार दो या तीन स्रोतों से आने पर उसकी सत्यता की पुष्टि की जा सकती थी।

हमारे व्यावसायिक पोत रोम से सिसली, कारथेज, क्रेटे और साइप्रस होते हुए मिस्र आते-जाते रहते थे। कुछ जहाज़ों का मार्ग रोम से चलकर सीधे सिकंदरिया तक का रखा गया। रोमन संदेशवाहक को ओस्टिया बंदरगाह में लंगर डाले खड़े हमारे पूर्व निश्चित जहाज़ तक संदेश पहुंचाने पर भुगतान कर दिया जाता था। ऐसे व्यावसायिक जहाज़ों पर, उनकी रक्षा की आड़ में, हमारे सेना के अधिकारी रहने लगे।

सीजर के अवसान के बाद रोम में सत्ता का संघर्ष छिड़ गया। यह संघर्ष त्रि-आयामी था सीनेट, आक्टेवियन और एंटोनी के बीच यद्यपि सीनेट ने आक्टेवियन का पक्ष लिया, परंतु कौन्सुल न होने के कारण वह सत्ता नहीं प्राप्त कर सकता था। सीनेट ने उसे कौन्सुल बनाने से मना कर दिया तो चिढ़कर आक्टेवियन ने अपनी शक्ति का प्रदर्शन करने के लिए नगर के बाहर पड़ी अपनी सेना बुला ली। सीनेट झुक गया पर आक्टेवियन की शक्ति कम करने के लिए उसने सीजर के सेनापति लैपिडस को भी सत्ता में भागीदारी दे दी। इस प्रकार आक्टेवियन, एंटोनी और लैपिडस शक्ति ग्रहण करने वाले त्रिनायक बन गए।

तीनों रोम का संपूर्ण साम्राज्य चलाने के लिए नियुक्त हो गए। आक्टेवियन को पश्चिम यानी गाल (फ्रांस) इत्यादि, लैपिडस को दक्षिण अर्थात् अफ्रीका और एंटोनी को पूर्व अर्थात मिस्र दिए गए जिन पर रोम का आधिपत्य था। यह सूचना मेरे लिए बुरी नहीं थी, क्योंकि एंटोनी से मैं निपट सकती थी। इटली का शासन वे तीनों संयुक्त रूप से चलाने लगे।

इस गठबंधन ने सबसे पहले देश के और अपने शत्रुओं, शत्रुओं के मित्रों, यहां तक कि अपने काल्पनिक शत्रुओं को नष्ट करने का बीड़ा

उठाया। इसी समय सिसरो ने सीनेट की प्रभुसत्ता फिर से स्थापित करने का आंदोलन छेड़ दिया। यह त्रिनायक के प्रति सीधा विद्रोह था। इससे वह सीजर की हत्या के षड्यंत्रकारियों में सबसे ऊपर आ गया। एंटोनी तो उससे तभी से जला-भुना बैठा था, जब सिसरो ने अपनी पुस्तक 'फिलीपिक्स' में उसकी आलोचना की थी।

अंततः सिसरो का सिर काटकर सीनेट के दरवाज़े पर टांग दिया गया, ताकि सीनेट भी पददलित होती अपनी शक्तिमत्ता पर आंसू बहा सके।

सिसरो की मृत्यु ने एक बात सिद्ध कर दी कि आदमी की मृत्यु जहां पर होनी है, उसे वहीं खींचकर ले जाती है। तिरसठ वर्षीय सिसरो को जैसे ही पता चला कि एंटोनी उसके पीछे पड़ा है वह रोम नगर से भागकर एक गांव में अपने मित्रों के पास पहुंच गया। जब मित्रों को उसके गांव में छिपने की वास्तविकता का पता चला तो उन्होंने उसका साथ छोड़ दिया। सिसरो ने इटली छोड़ने का फ़ैसला कर लिया और जाकर एक जहाज़ पर सवार हो गया। परंतु अकारण ही वह जहाज़ से उतरकर फिर गांव की उसी झोंपड़ी में पहुंच गया जिसे वह छोड़ चुका था। सैनिक वहां आ पहुंचे थे और उन्होंने उसका सिर धड़ से अलग कर दिया। इसी प्रकार आरसिनोई की मृत्यु भी मिस्र में लिखी थी। जिससे वह रोम से यहां आ गई। मौत के ये खेल विचित्र हैं। कोई नहीं जानता कि उसे कहां और कैसी मौत मिलेगी?

ब्रूटस तो पहले ही रोम से पलायन कर चुका था। एंटोनी ने उसका पीछा किया और ग्रीस उत्तरी नगर फिलिपी में युद्ध के दौरान उसका वध कर दिया। यह मेरे लिए संतोष की बात थी और मैं एंटोनी के प्रति कृतज्ञ हो उठी।

वर्तमान में मेरे सामने राजनीतिक असमंजस की स्थिति है। रोम में फिर सत्ता-संघर्ष छिड़ गया है। मुख्य प्रतिद्वंद्विता एंटोनी और आक्टेवियन में है। मित्र राष्ट्र के नाम पर दोनों मुझसे सैनिक सहायता मांग रहे हैं। मैं समझ नहीं पा रही हूं कि विजय किसकी होगी। हृदय तो कह रहा है कि एंटोनी

की सहायता करूं। परंतु तभी राजनीतिक चेतना मुझे रोकती है कि यदि वह पराजित हो गया तो मैं भी नष्ट हो जाऊंगी। अतः मैं तटस्थ होकर बैठ गई।

मुझे सूचना दी गई कि एंटोनी का संदेशवाहक रोमन सामंत क्विनटस डेलियस मिस्र आया है और दरबार में उपस्थित होकर एंटोनी का पत्र मुझे देना चाहता है। मैं तत्काल समझ गई कि वह पत्र भरे दरबार में पढ़ना चाहता है। अवश्य ही मेरे विरुद्ध ही उस पत्र में लिखा गया होगा।

मैंने दूत को एक दिन प्रतीक्षारत रहने दिया, जिससे वह नैतिक रूप से कुछ कमजोर पड़े। दरबार लगा। एक उच्च मंच पर स्थित स्वर्ण सिंहासन पर मैं विराजमान हुई। मैंने सोने के काम वाले अलंकृत वस्त्र धारण कर रखे हैं। सिर पर रत्न-जड़ित स्वर्ण मुकुट है। सिंहासन के सिंह-मुख बाजुओं पर मैं हाथ टिकाए बैठी हूं। शरमियन और इरास हाथ में मोर-पुच्छ का रत्नजटित पंखा लिए खड़ी हैं। मंच के नीचे दरबारी, मंत्री और सैन्य अधिकारी बैठे हैं। मंच के निकट, कुछ आसन अभ्यागतों के लिए खाली छोड़ दिए गए हैं।

तूर्यनाद होने लगा है। द्वार पर तैनात फ्रांसीसी सैनिक सन्नद्ध हो जाते हैं। डेलियस अपने अधिकारियों सहित मुख्य द्वार से प्रवेश करता है। ऊंचे खंभों वाले विशाल दरबार की दीवारों के भित्ति-चित्रों पर दृष्टि डालता, चीनी मिट्टी के टाइलों से बने फर्श और बीच में पड़े कीमती कालीनों को परखता वह मेरी ओर अग्रसर हुआ। निश्चित स्थान पर उसके रुकते ही तूर्यनाद बंद हो गया। एक व्यक्ति ने आगे बढ़कर डेलियस के नाम, पद और यश का गान किया। इस बीच दूत की आंखें मेरी ओर जमी रहीं। मैं जानती हूं वह सुदर्शन युवक मुझे देखकर अभिभूत हो रहा है। उसका परिचय जब दिया जा चुका तब उसे होश आया। उसने शालीनता से मेरे सामने सिर झुकाकर अभिवादन किया।

मैंने उसे संबोधित करते हुए कहा, "परम शक्तिमान मार्क एंटोनी के दूत महोदय क्विनटस डेलियस, आपका इस दरबार में स्वागत है। जैसा कि

हमें बताया गया है आप मार्क एंटोनी का संदेश लेकर पधारे हैं। मैं और मेरा दरबार उनका संदेश सुनने को उत्सुक हैं। आप संदेश पढ़ें आपके अधिकारी आसन ग्रहण करें।"

डेलियस मूक हो जड़वत् खड़ा रहा। मैं जानती हूं उसे मेरे सम्मोहन से बाहर निकलने में कुछ समय लगेगा।

मैंने उसे पुनः उद्‌बोधित किया, "क्या बात है डेलियस। एशिया में भटकते हुए क्या तुम अपनी भाषा भूल गए हो। बताओ, मैं तुम्हें किस भाषा में संबोधित करूं।"

"ओह! क्षमा करें महारानी," राजदूत ने स्वस्थ-चित्त होते हुए कहा, "क्षमा करें। जैसे मृत्यु हमारी जिह्वा को कुंठित कर देती है, हमारा ज्ञान छीन लेती है; जैसे आग उगलते सूर्य को देखने वाला अंधा हो जाता है वैसे ही आपके स्वर्गिक सौंदर्य और विपुल वैभव की चकाचौंध से मेरा मस्तिष्क शून्य हो गया था, मेरी वाणी कुंठित हो गई थी।"

मैंने सोचा, बात सत्य ही कह रहा है, परंतु प्रकट में मैंने कहा, "क्या सत्य ही डेलियस? लगता है रोम में राजदूत को चाटुकारिता खूब सिखाई जाती है।"

"आपका कथन सत्य है महारानी," दूत ने सहज होकर कहा, "पर साथ ही यह भी सिखा दिया जाता है कि चाटुकारिता की सांसों में बादल को नहीं उड़ाया जा सकता।"

प्रकारांतर से यह सबसे बड़ी चाटुकारिता थी।

दूत ने फिर कहा, "मैं महाशय मार्क एंटोनी का हस्ताक्षरयुक्त एक मुहरबंद पत्र लाया हूं पत्र में राजनीतिक संदेश है। आपकी आज्ञा हो तो मैं इस पत्र को पढ़कर सुनाऊं।"

"हां, मुहर तोड़कर पत्र पढ़िए।"

"धन्यवाद!" इतना कहकर उसने पत्र पर लगी मुहर तोड़ी। पेपीरस पर लिखे पत्र को खोला। एक दृष्टि चारों ओर डालकर मेरी ओर देखा जैसे सुनिश्चित कर लेना चाहता हो कि वहां उपस्थित प्रत्येक व्यक्ति उसकी ओर उत्कर्ण है। उसने पढ़ना शुरू किया, "मैं, रोम का संयुक्त शासक मार्क एंटोनी रोम की प्रजा की और अपनी ओर से मिस्र की महारानी का अभिनंदन करता हूं। हमें ज्ञात हुआ है कि आपने रोम से सहयोग करने के अपने वचन के विपरीत अपने सेवक एलीनियस और साइप्रस के राज्यपाल सेरापिस के माध्यम से रोम के शत्रु रोमस और उसकी सेना को सहायता पहुंचाई है और उन्हें जहाज़ी बेड़ा भेजने का वचन दिया है। इसके विपरीत जब रोम ने ब्रूटस के विरुद्ध युद्ध में मित्रराष्ट्र होने के नाते आपसे सहायता मांगी तो आप चुप बैठी रहीं। बुरे समय में आपने वैसे ही साथ छोड़ दिया जैसे हिमपात के समय अबाबील उड़ जाते हैं।

"रोम के विरुद्ध यह आपकी शत्रुतापूर्ण कार्रवाई है। अतः निर्देश दिया जाता है कि आप व्यक्तिगत रूप से रोम आकर उसके शासक के समक्ष अपने विरुद्ध लगे इन आरोपों का उत्तर दें। आपको सचेत किया जाता है कि यदि आप इस आदेश का पालन करने में असफल रहीं, तो परिणामों की उत्तरदायी आप स्वयं होंगी। विदा।"

यह सुनते ही मेरी आंखों से ज्वाला फूट पड़ी। मेरे हाथ सिंहासन के सिंह-मूठ पर कस गए। मैंने सतेज कहा, "मैं खजूर का पिंड नहीं हूं। जिसे जो चाहे चाट ले। कौन नहीं जानता कि ये आरोप मिथ्या हैं। परंतु मैं युद्ध-नीति पर चर्चा नहीं करना चाहती हूं और न ही अपना दरबार छोड़कर एक साधारण आरोपित की तरह रोम-दरबार में जाने की इच्छुक हूं। यदि एंटोनी मुझसे बात करना चाहते हैं तो भले ही वह अपनी गरिमा त्यागकर मेरे दरबार में न आएं परंतु हमारी बातचीत खुले समुद्र पर हो सकती है, वहां मैं उनका स्वागत करने को प्रस्तुत हूं। यही मेरा उत्तर है।"

डेलियस कुटिलता से मुस्कराया लेकिन वाणी को यथासाध्य मृदुल बनाकर बोला, "हे महारानी, आप क्रोध न करें। आप पत्र की भाषा से विचलित हो उठी हैं। इसका कारण यही है कि आप एंटोनी को नहीं जानतीं। उनकी कठोरता पत्र तक ही सीमित है। उनका पत्र पढ़कर कभी-कभी तो ऐसा लगता है, जैसे वह मानव-रक्त में शूलाग्र को डुबोकर लिखा गया हो। परंतु व्यक्तिगत रूप से वे इतने कोमल और मृदुल हैं मानों उन्होंने आज तक कोई युद्ध ही न लड़ा हो। स्त्रियों के प्रति उनकी सहिष्णुता और शालीनता अनुपम है। मेरा विनम्र सुझाव है कि ऐसे कठोर वचन प्रेषित करने के स्थान पर आप स्वयं रोम जाएं। महाशय एंटोनी को सिकंदरिया आमंत्रित करने की भूल न करिएगा, क्योंकि उनके आने से सेना साथ आएगी। सेना तो सदैव युद्ध का संदेश देती है। आप कदाचित् महान सेनापति एंटोनी और उनकी दुर्धर्ष सेना का प्रतिरोध न कर पाएं। मैं पुनः आपसे अनुरोध करता हूं कि आप सेना को साथ लिए बिना शांति का संदेश लेकर रोम जाएं। जब आप बहुमूल्य राजसी वस्त्राभूषण में आवेष्टित हो, अपने नैसर्गिक सौंदर्य से आलोकित हो एंटोनी के सामने खड़ी होंगी, तो आपको किसी से भय नहीं लगेगा।"

राजदूत ने अपना वक्तव्य समाप्त कर सिर झुकाया और अपने आसन पर बैठ गया। उसने बड़ी कुशलता से एंटोनी की कमजोरियों के प्रति इशारा कर दिया था। मैंने उसकी मन-ही-मन प्रशंसा की।

मैंने कोमल स्वर में कहा, "राजदूत महोदय, आपके सुझावों के लिए मैं धन्यवाद देती हूं मैंने अपना करणीय निश्चित कर लिया है। एशिया माइनर एंटोनी की प्रभुता वाला राज्य है। उसे कुछ समय पहले ही उन्होंने पददलित किया है। उसी देश के पूर्वी समुद्र-तट पर स्थित टारसस (दक्षिण तुर्की) में एक माह बाद ठीक इसी दिन मैं आपके स्वामी से भेंट करूंगी। मैं तो दस दिन के भीतर ही टारसस पहुंच सकती हूं, परंतु रोम से टारसस काफी दूर पड़ता है, अतः मैंने एक महीने का अंतराल रखा है। आप कुछ दिन तक हमारे आतिथ्य का आनंद लें, उसके बाद ही प्रस्थान करें।"

राजदूत ने उठकर मेरे समक्ष सिर झुकाया, फिर द्वार की ओर चल दिया। तूर्यनाद फिर होने लगा। मैंने दरबार समाप्त घोषित किया।

सीजरियन के जन्म के बाद मेरा शरीर कुछ स्थूलता ग्रहण करने लगा था। सीजर कहता था कि मैं थोड़ी स्थूल लगती हूं। परंतु मेरिरा माने तब न। उसने मुझे नियमित व्यायाम, अश्वारोहण, तैराकी आदि के लिए प्रेरित किया। कुछ ही महीनों बाद लगा कि मैं विवाह-पूर्व जैसी कुमारी हो गई हूं। सीजर की मृत्यु के बाद मैं अपने स्वास्थ्य, सौंदर्य, खान-पान की ओर अत्यधिक लापरवाह हो गई। थोड़े दिनों तो मेरिरा ने कुछ नहीं कहा फिर अपनी मनमानी करने लगी। मुझे सरोवर के पास ले जाकर धीरे से उसमें उतार देती। मैं घंटों जल में पड़ी रहती, तैराकी करती। जल के सान्निध्य से मेरा अवसाद धीरे-धीरे दूर हो गया और मुख पर वही दीप्ति छाने लगी।

इधर मेरिरा ने एक और प्रयोग किया है मदिरा में कटि-स्नान। एक घंटे तक मदिरा सूंघते-सूंघते हल्का नशा-सा छा जाता। लगता कि कटि-प्रदेश के नीचे के अंगों में संकोचन हो रहा हो। उससे छुटकारा मिलता तो कच्चे दूध की मालिश होती। मैंने स्वयं को मेरिरा को सौंप दिया था। तीन माह की इन क्रियाओं के बाद अब मेरिरा के मुंह से निकला है कि मैं सत्ताईस की नहीं बाईस बरस की दिखती हूं।

टारसस की ओर प्रयाण करने के दिन आ रहे थे। मैंने राज ज्योतिषी ब्रेजिल को बुलवा भेजा। उनके आने पर कक्ष में एकांत के लिए मैंने मेरिरा की ओर देखा। वह बाहर चली गई।

मैंने कहा, "आप अन्यथा न लें, तो एक बात पूछूं।"

ब्रेजिल ने कहा, "निस्संकोच होकर पूछें।"

"आपने भविष्यवाणी की थी कि मेरे पहले पति में अकाल-मृत्यु दोष

है। मेरा भाई मेरा पहला पति था, वह नहीं रहा, मेरे दूसरे पति की भी मृत्यु हो गई।''

''महारानी जी, आपका भाई राजवंश की परंपरा के अनुसार आपका पति माना गया था, परंतु न तो उसने धार्मिक रूप से आपको ग्रहण किया था और न ही आपने उसे, उसकी अल्पायु को देखते हुए, यह कहा जा सकता है कि आप-दोनों के पति-पत्नी संबंध रहे होंगे। इस कारण सीजर महान ही आपके पहले पति थे।'' ब्रेजिल चुप होकर मेरे ऊपर अपनी बात का प्रभाव देखने लगे।

मैं संतुष्ट हो गई। मैंने पूछा, ''मैं एक विशेष उद्देश्य से समुद्र-यात्रा पर जा रही हूं। क्या मेरा यह अभियान सफल होगा?''

''अभियान की दिशा?''

''उत्तर-पूर्व।''

ज्योतिषी ने कुछ क्षण विचार किया, फिर बोले, ''पूर्णतया सफल रहेगा। परंतु एक बात का ध्यान रखें, आप जल प्रधान जातक हैं। अतः सागर का देवता नेप्चून आपकी तब तक रक्षा करता रहेगा, जब तक आप जल के संसर्ग में हैं। इस अभियान में आप किसी बात की पहल न करें और जहां तक हो सके समुद्र पर या उसके आस-पास रहें।''

''उसके अतिरिक्त...?''

''महारानी, अपनी कर्मठता पर विश्वास कीजिए। अगले दस-ग्यारह वर्ष आपके मातृत्व सुख के, पारिवारिक संतोष के, उत्कर्ष के दिन होंगे।''

''उसके बाद? मेरी मृत्यु।''

''ग्यारह वर्ष के पार मेरी दृष्टि नहीं जाती। सब धुंधला-सा और मृत्यु!

वह निश्चित है, जैसे सबकी होती है। भविष्य का चिंतन छोड़कर वर्तमान को संवारिए।"

अंततः हमारी यात्रा प्रारंभ हो गई। यात्रा की तिथि ऐसी चुनी गई कि साइप्रस द्वीप पर कुछ दिन विश्राम करने के बाद हम अपने गंतव्य पर ऐसे समय पर पहुंचे कि हमें एंटोनी के आने की प्रतीक्षा न करनी पड़े।

सीजरियन साथ था। उस उधमी बालक को संभालने की जिम्मेदारी मेरिरा के अतिरिक्त शरमियन और इरास पर भी डाली गई।

मेरे विशाल पोत के साथ साठ युद्ध-पोतों के अतिरिक्त डेढ़ सौ पोत और थे। सामान्य पोतों पर अश्व, दुधारू पशु, खाद्यान्न, पेयजल, शराब, सूखे फल लदे थे। कुछ पोतों पर पाकशालाएं स्थापित थीं, जिनसे भोज्य सामग्री आदि नावों द्वारा वितरित की जाती थी। मेरी पाकशाला अलग थी और उस पर कड़ा नियंत्रण था। बिना परीक्षण के मुझे और सीजरियन को कोई खाद्य वस्तु नहीं दी जाती थी। हमारा पेयजल तक निगरानी में रहता था। दोनों पोतों पर आवश्यक औषधियों सहित डॉक्टर व उनके सहायक चल रहे थे। मेरे पोत पर दो डॉक्टर और कुछ परिचारिकाएं रहती थीं। गायकों, वादकों और नर्तकियों की टोलियां मेरे पोत पर आती-जाती रहती थीं।

राजपुरोहित शेपा, राजज्योतिषी ब्रेजिल, सहायक पुरोहित और ज्योतिषी, मौसम विज्ञानी, लेखक, लिपिकार आदि एक पोत पर थे। अवसरानुकूल प्रत्येक कार्य के लिए आवश्यक साम्रगी उनके पास थी।

मेरे पोत के चारों ओर युद्ध-पोतों ने सुरक्षा घेरा डाला हुआ था। मेरे आगे ब्रुंडीसियस का पोत था, जिस पर चढ़कर उसके जांबाज सैनिक रात-दिन मेरे पोत की निगरानी करते थे। स्वर्ण, आभूषण, रत्न, वस्त्र, परिधान मेरे साथ ही चल रहे थे। इनकी सुरक्षा का दायित्व इरास और शरमियन पर था।

छह वर्ष का सीजरियन सबके आकर्षण का केंद्र था। अपनी बाल-सुलभ चेष्टाओं से हमारा मनोरंजन करता। नर्तकियों के साथ जब वह स्वतः स्फूर्त नृत्य करने लगता तो सभी आनंद-विभोर हो जाते। नर्तकियां उस पर मुग्ध हो जातीं और बलाएं लेतीं। मेरे पोत पर नर्तकियों के आने की अनुमति सिर्फ़ सीजरियन के कारण थी। नृत्य-बालाओं को किसी अन्य पोत पर जाने का निषेध था।

मेरिरा दिन में मुझे डेक पर नहीं जाने देती। शाम या रात को थोड़े समय के लिए ही मैं टहल पाती। उस समय भी वह बड़ी अम्मा की तरह मेरे साथ रहती। उसका मानना था कि समुद्र की नमकीन हवाएं मेरी त्वचा को शुष्क कर सकती हैं। मैं उससे कहती कि औरत को सौंदर्य के प्रति चेतन करके उसकी स्वतंत्रता में मनचाही बाधाएं डाली जा सकती हैं। फिर भी मैं उसके निषेधों को स्वीकार करती।

अपने पोत के सम्मिलित शोर से और सागर-तरंगों के कोलाहल से मुक्ति पाने के लिए मैं अपने प्रकोष्ठ में जा बैठी। तभी मेरे मन के संशय प्रश्न बनकर मेरे सम्मुख आकर खड़े हो गए। एंटोनी के पास मैं मित्रराष्ट्र की महारानी के रूप में जा रही हूं या उसके तथाकथित आरोपों का उत्तर देने? उससे कोई समझौता करने या उसकी अभिसारिका के रूप में जा रही हूं। क्या मिस्र रोम का अधीनस्थ राज्य है? किसने और कब पराजित किया उसे? सीजर ने जो युद्ध किया था, वह रोम की ओर से नहीं, मेरे लिए किया था। क्या मिस्र की छोटी राजकुमारी की रोम की सड़कों पर बंदी के रूप में प्रस्तुति मिस्र की पराजय मान ली गई? मैं उस जुलूस में मिस्र की महारानी के रूप सम्मिलित थी, फिर मिस्र किसी के द्वारा पराभूत कैसे माना जा सकता है। परंतु मेरे पूर्वज रोम का वर्चस्व स्वीकार करते रहे थे। यही मेरे लिए अभिशाप था।

सीजर की अकाल मृत्यु न होती, तो आज मैं मिस्र और रोम की संयुक्त महारानी के रूप में प्रतिष्ठित होती। सीजर ठीक ही कहता था, 'निसी

डोमिनस फ्रस्ट्रा' (ईश्वर जब तक तुम्हारी सहायता न करे, तब तक तुम्हारा सारा परिश्रम व्यर्थ है)। सीजर ने मुझे रोम की रानी के रूप में स्थापित करने के कितने प्रयत्न किए   नागरिक अभिनंदन कराया, मंदिर बनवाया, सिक्के चलाए, जूलियन कैलेंडर बनवाया   पर रोम के परंपरावादी लोग मुझे विदेशी मानते रहे। अब ज्योतिषी ने बताया है कि मेरा भाग्योदय होने वाला है अर्थात् ईश्वर मेरा साथ देगा।

एंटोनी के व्यक्तित्व के बारे में प्राप्त सूचनाओं के अनुसार वह शरीर से भले ही विशाल हो, पर उसका हृदय नन्हे शिशु के समान है। शिशु को फुसलाना कठिन कार्य नहीं। राजदूत ने कहा था वह स्त्रियों का सम्मान करता है अर्थात् उससे किसी भी प्रकार की ज़िद की जा सकती है। वह रोम में मुझे दो बार देख चुका है। अवसादग्रस्त नारी का सौंदर्य पर-पुरुष को बांधता है। एंटोनी भी उससे अछूता नहीं रहा होगा।

इसका सीधा अर्थ यही है कि उसे मोहित करके उंगलियों पर नचाया जा सकता है। पर उसकी पत्नी आक्टेविया जो एक संधि के तहत उसके गले मढ़ी गई उसकी क्या स्थिति होगी, एंटोनी उसे पसंद नहीं करता, कदाचित् इसी कारण उससे भागता फिर रहा है। राज-समाज का विचित्र विधान है   राजा या शासक दो पत्नियां नहीं रख सकता, रखैलें चाहे जितनी रख ले। संभव है, उत्तराधिकार के झगड़े से बचने के लिए एक पत्नी का विधान रखा गया हो। खैर, ऐसी स्थिति आने पर यह सिरदर्द एंटोनी का होगा कि पहली पत्नी से कैसे मुक्ति पाई जाए। क्लियोपेट्रा तो किसी की उपपत्नी बनने से रही, चाहे सर्वनाश हो जाए।

मित्रराष्ट्र के रूप में एंटोनी के सामने मेरा शक्ति प्रदर्शन फीका रहेगा। वह स्वयं एक दुर्धर्ष सेनापति हैं। उसके सैनिक उसके लिए प्राण-उत्सर्ग करने को प्रस्तुत रहते हैं, उसके सेनापतित्व में लड़ने में गौरव मानते हैं। मेरा सैन्यदल इतना निष्ठावान है, मुझे इस पर विश्वास नहीं है। कुछ लोग अवश्य हैं, जो मेरे लिए प्राण दे सकते हैं। ऐसे में मेरे लिए बस एक ही

उपाय है कि अपने वाक्-चातुर्य, विलक्षण बौद्धिक कौशल, अप्रतिम सौंदर्य, अतुलित वैभव से इस सेनापति को कैद कर लूं। सीजर की तरह मैं इस रोमन सेनापति की भी अधिष्ठात्री बनूंगी? मुझे ज्ञात है कि मैं वीर और विश्वासी तो हूं ही, साथ ही लोगों को 'जग से छुडाने वाला' सौंदर्य मेरे पास आज भी है।

मेरिरा कब से मेरे समाने खड़ी है, मैं जान ही नहीं पाई।

साइप्रस के पश्चिमी समुद्र-तट पर हम एक दिन तक लंगर डाले खड़े रहे। कुछ लोगों को द्वीप पर जाने की आज्ञा दी गई। वे लोग ताज़े फल, सब्ज़ियां, दूध, लाल शराब तथा अन्य आवश्यक वस्तुएं खरीदकर लौट आए। मेरिरा ने प्रसाधन-सामग्री के रूप में ढ़ेर सारी गाजरें मंगवाई। द्वीप के किनारे मेरे होने की खबर किसी को नहीं होने दी गई।

ठीक ग्यारहवें दिन हम टारसस नगर के समुद्र-तट पर पहुंच गए। हमारे जहाज़ों ने युद्ध में मोर्चा संभालने जैसे स्थिति में होकर लंगर डाल दिए। मौसम सुहावना था, लोगों को जश्न मनाने की अनुमति दे दी गई। रात्रि आनंद से व्यतीत हुई।

समुद्र-तट पर लोगों की भीड़ उमड़ने लगी। वे उत्सुक थे, उपद्रवी नहीं। तथापि कई सैनिक दस्ते आकर भीड़ को तितर-बितर करने लगे। इसी बीच एंटोनी के संदेशवाहक आए। उनके साथ उपहार भी थे। उन्होंने एंटोनी का निमंत्रण दिया और चले गए।

मैं एंटोनी के पास नहीं गई। शाम को फिर संदेशवाहक आए। इस बार रात्रि-भोज का निमंत्रण था। मैंने उन्हीं के साथ अपने संदेशवाहक भेज दिए जिन्होंने मेरी ओर से एंटोनी को रात्रि-भोज का निमंत्रण दिया। उसने तत्काल स्वीकृति दे दी। मुझे उसकी सहृदयता पर प्रसन्नता हुई।

मेरे जहाज़ का 'डेक' पहले से ही खाली कर लिया गया था। उस पर

पर्शियन कालीन बिछ गए। मेरा स्वर्ण सिंहासन लगा दिया गया। एंटोनी के लिए एक विशेष सिंहासन था। अधिकारियों के लिए उत्तम आसनों की व्यवस्था की गई। मेरे जहाज़ से सटाकर खड़े किए जहाज़ पर पाकशाला थी। भोजन की तैयारियां सुबह से ही प्रारंभ हो गई थीं, क्योंकि मुझे आज के रात्रिभोज में एंटोनी के आने की पूरी आशा थी।

दीपस्तंभों पर दीप रखे गए। तेज़ हवा रोकने के लिए लोहित वर्ण का पतवार बढ़ने के लिए तैयार था। जहाज़ का स्वर्णनिर्मित अग्रभाग उस दिशा में कर दिया गया, जिधर से एंटोनी को आना था।

संपूर्ण व्यवस्था से संतुष्ट होकर और अतिथि के आगमन का समय जानकर मैं अपने सिंहासन पर बैठ गई। मेरिरा ने मेरा श्रृंगार करने में अपना पूरा कौशल लगा दिया था। मेरी केशराशि मुक्त थी। केवल सिर पर शोभित रत्नजड़ित स्वर्ण मुकुट उसे थोड़ा नियंत्रित कर रहा था। मुख पर विकसित कमल की सुकोमलता तो प्राकृतिक थी, परंतु मेरिरा के प्रसाधन ने चिबुक-गह्वर को और गंभीर, तराशी भौंहों को और खिंचा हुआ, बरौनियों को और लंबा और उनका अग्र भाग ऊर्ध्वमुख बना दिया था। आंखों में सम्मोहन का, नेह-निमंत्रण का आकर्षण जगाया था। प्रेम की देवी वीनस के अनुरूप परिधान के रत्नों में दीपक अपनी प्रतिच्छाया देखकर झूमने-से लगे थे। मोतियों से निर्मित सेंडिलों ने रक्ताभ पैरों पर स्वयं को समर्पित कर दिया था। चांद लज्जावश किसी अन्य लोक में जाकर छिप गया। उसके साथी सितारे नेत्र झपकाकर चांद को पराजित करने वाला मेरा रूप देख रहे थे। 'क्यूपिड' (कामदेव) के रूप में दो बालक पंखे लिए मेरे पीछे खड़े थे। जल परियों के समान भूषित लड़कियां डेक के अंतिम छोर पर बैठी बांसुरी और बीन बजा रही थी, सुगंधदानों में जलते लोहबान की सुगंध पूरे डेक पर व्याप्त थी।

मेरे मंत्रियों और राज पुरोहित की अभ्यर्थना स्वीकार करता मार्क एंटोनी अपने कुछ अधिकारियों के साथ ऊपर आया। उस मादक वातावरण में वह

ठगा-सा रह गया। मैंने अपने सिंहासन से उठकर उसका उसी संगीतमयी वाणी से स्वागत किया, जिसने सीजर के हरिण-हृदय को विद्ध कर दिया था। मुझे लगा सीजर का लबादा पहनकर वह एंटोनी प्रकट हुआ है, जो विश्व-विजय कर सकता है, परंतु इस समय मेरे सौंदर्य के सम्मोहन से संवश होकर, वाणी के वाग्विलास से विवश होकर और आंखों के आकर्षण से अवश होकर, अपनी आपत्तियां और आरोप विस्मृत कर समर्पण को प्रस्तुत है।

दीपकों के उज्ज्वल प्रकाश में बिखरा पड़ा मेरे रूप का जादू वायु झोकों पर सवार हो समुद्र के तट तक जा पहुंचा, जिससे अभिभूत हो किनारे खड़े लोग चिल्ला उठे, ''सुरादेव बैकस के साथ प्रीतिभोज में सम्मिलित होने देवी वीनस पृथ्वी पर आई हैं, ताकि हमारे देश का कल्याण हो सके।''

मदिरा के पात्र छलकते-खनकते हुए आए, जैसे वे स्वयं नशे में हों। पहला प्याला मैंने उठाया और उसे अपने स्थान पर बैठे हुए एंटोनी को प्रस्तुत किया। एंटोनी उठा, मेरे सामने एक घुटने के बल सिंह-मुद्रा में बैठकर उसने साभार प्याला ले लिया। तत्क्षण मैंने उसे बिल्कुल पास से देखा। उसका समग्र बल, पौरुष, शौर्य, सुगढ़ता एक साथ मेरे मन में उतरती चली गई। मैं जो एक उद्देश्य लेकर आई थी, उसे भूलकर एंटोनी की ओर आकर्षित होने से स्वयं को नहीं बचा पाई। औरत सोचती है कि वह पुरुष को आकर्षित करती है, परंतु उसे पता भी नहीं चलता कि किन क्षणों में वह स्वयं पुरुष के आकर्षण का शिकार हो जाती है। दो बार सौंदर्य के बल पर कुछ कमाना चाहा, परंतु दोनों बार हृदय गंवा बैठी।

विभिन्न स्वादिष्ट व्यंजनों और मदिरा से तृप्त होकर उसने विदा मांगी। कुछ कहने को उत्सुक मेरे मदिर होठ एक दूसरे से अलग हुए ही थे कि स्वर्ण किरीट की कैद से आजाद हुई एक लट ने हवा में झूमते हुए उन पर बंदिश लगा दी। मैंने नैनों की मूक भाषा में उसे विदाई दी। एंटोनी को उपहारों से लाद दिया गया। सभी मेहमानों को भी बहुमूल्य उपहार दिए गए।

दूसरे दिन एंटोनी ने शानदार प्रीतिभोज दिया। फिर मैंने बुलाया। लगता था जैसे एक दूसरे को प्रभावित करने की प्रतियोगिता चल रही हो। अंतिम भोज मेरी ओर से था। वैभव की इस प्रतियोगिता को जीतने के लिए मैं कृतसंकल्प थी। भोज के अंत में मैंने एक पात्र में सिरका मंगवाया। अपने कान के आभूषण से एक बहुमूल्य मोती निकालकर मैंने उसमें डाल दिया। थोड़ी ही देर में सिरके का रंग बदल गया। इसका अर्थ था कि मोती गल चुका है। मैंने पात्र उठाकर समुद्र में फेंक दिया। मेरे इंगित पर सिरके का दूसरा पात्र लाया गया। मैं दूसरा मोती उसमें डालने लगी, तो एंटोनी ने मुझे रोकते हुए कहा, "नहीं महारानी, यह बहुमूल्य है।"

नहीं, मैं व्यर्थ का दिखावा नहीं कर रही थी, मैं अपने सौंदर्य की तरह, अपने वैभव से भी उसे प्रभावित करना चाहती थी, ताकि वह मेरी संपत्ति को प्राप्त करने की सोचे। मैं उसे वैभव और सौंदर्य दोनों से बांधना चाहती थी।

एंटोनी ने अपनी पराजय स्वीकार करते हुए कहा कि वह मुझसे मिलने तीन महीने बाद सिकंदरिया आएगा। मैं उसके संयम पर दंग थी। यह मेरी पराजय थी या उसकी कोई मजबूरी, यह मैं उस समय नहीं जान पाई।

लगभग तीन महीने बाद अपनी सेना सहित एंटोनी सिकंदरिया आ पहुंचा। बंदरगाह पर उसका भव्य स्वागत हुआ। उसने अपनी सेना को बंदरगाह के निकट नव-निर्मित शिविरों में रुकने का आदेश दिया। राजदूत ने कहा था कि एंटोनी सदा सेना के साथ चलता है। इसी कारण ये शिविर एंटोनी के आने से पूर्व ही निर्मित करा लिए गए थे। भोजन, पेयजल तथा अन्य आवश्यक वस्तुओं की पूरी व्यवस्था कर दी गई थी।

एंटोनी का राजमहल में हार्दिक स्वागत हुआ। सभी सुविधाओं से पूर्ण उसे एक विशिष्ट भवन दिया गया। उसमें शयन कक्ष, मंत्रणा कक्ष, प्रतीक्षा कक्ष आदि की व्यवस्था थी। उसकी सेवा में इरास के अधीन, अनेक दासियां नियुक्त कर दी गईं।

रात्रि-भोजों का क्रम फिर प्रारंभ हो गया। इससे एक लाभ यह हुआ कि हम दोनों के सैन्य अधिकारी एक दूसरे से परिचय प्राप्त कर मित्र बनने लगे। वे सैनिक अभ्यास भी साथ-साथ कराने लगे।

इरास दासियों पर निगरानी रखने के लिए एंटोनी के कक्ष में जाती रहती थी। एंटोनी को जब यह ज्ञात हुआ कि इरास मेरी विश्वस्त सेविका है, तो उसके माध्यम से उसने संदेश भेजा।

इरास ने आकर बताया, "रानी जी, सेनापति ने आज मेरे सामने अपना दिल खोलकर रख दिया। मैंने उसमें झांका उसमें कुछ नहीं दिखाई दिया।"

मैं उसके नाटक को समझती थी, अतः उसी तर्ज में पूछा, "कुछ नहीं?"

"बस एक कोई रानी जी हैं, उनका नाम अंकित है।"

"क्या वह उससे प्रेम करता है?"

"मुझे नहीं मालूम। परंतु आप यह तो जानती होंगी कि जहां सिर जा सके, पूंछ वहीं जाती है। बहरहाल, आज शाम को भेंट करने की प्रार्थना की है। क्या उत्तर है?"

"मेरा कक्ष सुरुचिपूर्ण ढंग से सजा दो और मेरिरा को मेरे पास भेजो।"

"जो आज्ञा" कहकर वह इठलाती हुई चली गई।

कुछ ही क्षणों बाद मेरिरा ने शीघ्रता से कक्ष में प्रवेश किया। मुझे ध्यान आया, इस समय वह सीजरियन के काम करती है। मुझे अपनी उतावली पर दुःख हुआ।

जैसे ही मैंने शाम को एंटोनी के आगमन की बात बताई वह खिल उठी। तत्काल प्रसाधन और परिधान संबंधी प्रबंध देखने लगी।

दोपहर को मुझे हल्का भोजन दिया गया। मेरिरा ने मुझे बच्चों की तरह ले जाकर शैया पर लिटा दिया। बोली, "थोड़ी देर सो लीजिए। मैं जानती हूं कि प्रिय-मिलन की उत्कंठा में नींद नहीं आती, पर मैं आपको सुला दूंगी।"

मैंने पूछा, "क्या सोना ज़रूरी है?"

"जी हां, पर थोड़े समय तक। उनिद्र रहेंगी तो चेहरे का आकर्षण और बढ़ जाएगा। आलस्य भाव लिए सौंदर्य और लावण्य की अनुभूति अलग ही होती है।" यह कहकर उसने अपनी सम्मोहक उंगलियां मेरे केशों में फंसा दी।

कब सो गई ज्ञात नहीं। जब सोकर उठी तो कक्ष में भीनी सुगंध व्याप्त थी। सुगंध ताज़े पुष्पों की थी। मेरिरा ने मुझे स्नानगृह भेज दिया। स्नान करते समय देह में झुरझुरी-सी व्याप्त हो गई। शीत है अवश्य पर स्नान-जल गर्म है। मुझे लगा यह झुरझुरी अव्यक्त कोमल भावनाओं का स्पंदन है। मैं बाहर निकल आई।

मेरिरा ने मेरा प्रसाधन पूरा किया, परिधान धारण कराए।

इरास ने आकर सूचना दी, "सावधान! सेनापति मार्क एंटोनी पधार रहे हैं।"

मैं प्रसाधन-कक्ष से मुख्य कक्ष में आ गई। इरास और मेरिरा कक्ष से बाहर जाने लगीं। द्वार पर पहुंची ही थी कि एंटोनी ने कक्ष-द्वार पर पैर रखा। शरमियन उसके पीछे थी। मेरिरा और इरास ने झुककर एंटोनी का स्वागत किया और अपने साथ लाकर मेरे पास आसन पर बैठा दिया। उसके निकट मैं भी बैठ गई। लड़कियां वापस चली गईं।

हम कुशल-क्षेम की औपचारिक बातें करने लगे।

कुछ समय बाद एंटोनी ने पेपीरस का मुड़ा हुआ लंबा-सा टुकड़ा निकाला और उसे मेरे हाथ में थमा दिया।

मैंने पूछा, "यह क्या है?"

"यह पत्नी आक्टेविया से तलाक लेने का शपथ-पत्र है। यह पत्र उसके साथ में पहुंचते ही कानूनन तलाक हो जाएगा।" एंटोनी ने बताया।

एक बार तो मैं प्रसन्न हो गई। तो एंटोनी ने इसीलिए समय मांगा था। परंतु तभी स्त्री-अधिकारों को लेकर मेरे मन में समाज के प्रति, तलाक के प्रचलित कानून के प्रति आक्रोश उमड़ पड़ा। मैं जानती थी कि सामाजिक परंपराओं, प्रचलित कानूनों से एंटोनी ऊपर नहीं है, इस कारण मधुर स्वर से कहा, "क्या पति तलाक दिए जाने पर पत्नी को अपना पक्ष रखने के लिए अवसर देने का कानून नहीं है।"

"नहीं, इस समय प्रचलित कानून मैंने नहीं बनाए हैं। आप यह शपथ-पत्र पढ़ लें।"

मैंने वह तलाक शपथ-पत्र खोला जो मेरे कारण अस्तित्व में आया था। पत्र लेटिन के सुघड़ अक्षरों में लिखा था। नीचे मार्क एंटोनी के हस्ताक्षर थे। वकील की गवाही थी और मजिस्ट्रेट द्वारा प्रमाणित किया गया था। एक माह पूर्व की तिथि अंकित थी। कानूनी औपचारिकताएं पूर्ण थीं अर्थात् तलाक हो गया था, पत्नी को शपथ-पत्र चाहे जब मिले।

मैं शपथ-पत्र पढ़ने लगी। लिखा था "रोम का संयुक्त शासक मैं मार्कस एंटोनियम उर्फ मार्क एंटोनी अपने पूरे होशो-हवाश में यह बयान देता हूं कि दो वर्ष पूर्व रोम के अन्य संयुक्त शासक आक्टेवियन की विधवा बहन आक्टेविया से मेरा विवाह एक राजनीतिक संधि के तहत हुआ था। हमारे बीच में प्रेम नहीं एक मजबूरी थी, जो हमें विवाह करने को बाध्य कर रही थी। मेरी पत्नी अंधी ईर्ष्या के मानसिक विकार से पीड़ित है, इससे उसकी

सुंदर आंखें पीली हो गईं और मुझसे संबंधित हर चीज, बात या रिश्ता उसे गलत और संदेहपूर्ण लगता है। मेरी पवित्र आत्मा पर भी उसे दाग़ दिखाई देते हैं, मेरी अच्छाई के विशाल फलक पर उसे बुराई लिखी दृष्टिगत होती है। उसकी घृणा के चाबुक की फटकार से मेरी आत्मा कांपती है। औरत या तो प्यार करती है या घृणा करती है, उसके लिए तीसरा उपाय नहीं है। मैं उसे, यह सोचकर प्रेम देता रहा कि प्रेम हर वस्तु को जीत लेता है, परंतु वह मेरे प्रेम के प्रति समर्पित नहीं हो पाई।

"अतः मैं आक्टेविया से अपने संबंध विच्छेद करता हूं, उसे कानूनन तलाक देता हूं। ईश्वर उसे सद्बुद्धि दे।"

एंटोनी के प्रति मेरा हृदय संवेदना से भर उठा। मैंने शपथ-पत्र उसकी ओर बढ़ाया तो उसने लेने से मना करते हुए कहा, "इसे आप अपने पास सुरक्षित रखें। उचित समय पर रोम भेजा जाएगा। पहुंचते ही रणभेरी बज उठेगी।"

कुछ देर चुप रहने के बाद उसने कहा, "मैं अपने विचारों के साथ अकेला नहीं रह सकता। मुझे ऐसा प्रेमिल व्यक्ति चाहिए जिसके सामने मैं हृदय खोलकर बोल सकूं। मेरे अंदर बुराइयां हैं, मैंने भूलें की हैं, परंतु आपके विश्वास के सर्वथा योग्य हूं। सड़े बीजों में एक-आध दाना भी होता है।"

मैंने अपनी मादक आंखों में उसे समेटते हुए हाथ बढ़ाकर उसका स्पर्श किया। प्रेम की आश्वस्ति का उसे अनुभव हो गया। विवाह के पूर्व अपना स्पर्श-सुख मैंने सीजर को भी नहीं दिया था।

कुछ दिन बाद मेरा और एंटोनी का विवाह हो गया और हम सब कुछ भूलकर राग-रंग में डूब गए। शीत कब व्यतीत होकर वसंत में परिवर्तित हो गया और कब मेरी उर्वर कुक्षि में प्यार का बीज जड़ें जमाने लगा, मैं या कहूं हम जान ही न पाए।

बाहर की परिस्थितियां भी बदल रही थीं। विश्व के शासक एक दूसरे की टांग घसीट रहे थे, परंतु अभी टूटन दृश्यमान नहीं हुई थी।

वसंत की समाप्ति पर एंटोनी अभियान पर चला गया। पहले रोम गया, वहां उसे आक्टेविया से घोर उपेक्षा मिली। आक्टेवियन भी खिंचा-खिंचा रहा। रोम से वह सेना लेकर निकल पड़ा और पूर्व के अपने अधिकार-क्षेत्र के देशों के विद्रोह को कुचलता रहा। जब वह लौटा तो मैंने उसकी जुड़वां संतानों को उसकी गोद में रख दिया। उसके हर्ष का पारावार न था। दोनों बच्चे तीन माह के हो चुके थे।

मुझे आश्चर्य तो यह होता कि मेरे साथ रहने पर वह विलासता के आनंद में डूब जाता और तब तक पूरे मन से डूबा रहता, जब तक उसके गुप्तचर उसके साम्राज्य में कहीं विद्रोह फूटने की सूचना न देते। युद्ध के मोर्चे पर यही विलासी एंटोनी एक अजेय, अनुशासित और अदम्य सेनापति बन जाता।

सीरिया और पार्थिया में सैनिक कार्रवाई करने के बाद लौटकर जब उसने सफलता की कथा सुनाई तो मैंने कहा, "वीर सेनापति, तीन महीने बाद मैं आपको एक और पुत्र दूंगी।"

एंटोनी ने मेरी ओर देखा। मैं एक लंबा 'स्टोला' पहने खड़ी थी, जिससे उसे मेरा बढ़ा हुआ पेट नहीं दिखाई दे रहा था। वह लपककर आया और मुझे अपनी दोनों बांहों में उठा लिया। उसकी प्रसन्नता उसके मुख पर चमक रही थी। रोम में जन्म-दर कम होने के कारण प्रत्येक नए जीव के लिए बहुत खुशियां मनाई जाती थीं।

एंटोनी के आरमीनिया की ओर प्रयाण करने के कुछ दिन बाद चौथा पुत्र आ गया। राजमहल एक बार फिर खुशियों से चहक उठा। एंटोनी सीजरियन को अपने बच्चों से अधिक प्यार करता है। कहता है कि हमारे पास राज्य करने के लिए चार देश होंगे सीरिया, पार्शिया, एशिया माइनर और मिस्र।

सीजरियन जो चाहेगा वही देश उसे दिया जाएगा। ऐसे अवसरों पर वह रोम को भूल जाता, जिसका वह संयुक्त शासक था। मुझे तो यही प्रतीत होता है कि अपने भाई के उकसावे पर आक्टेविया अपने पति एंटोनी से ऐसा कटु व्यवहार करती है, जिससे वह रोम के बाहर ही रहे और रोम पर आक्टेवियन का एक-छत्र राज्य हो।

शरमियन एक दिन एंटोनी का संदेशवाहक कबूतर लेकर कक्ष में आई। संदेश में लिखा था, "मैं साइप्रस से आगे बढ़ रहा हूं। कोई संदेश हो तो इसी कबूतर से भेजना।"

मैंने तत्काल संदेश भेज दिया, "बधाई हो, पुत्र हुआ है। पहले पुत्र होलिओस और सीजरियन की तरह इसका भी रोमन नाम "गैलिनस' रखा गया है। समाचार देना।"

कबूतर तो समाचार ही ले गया परंतु तीनों लड़कियों ने यह पूछ-पूछकर मेरे प्राण ले लिए कि बच्चे का 'गैलीनस' नाम कैसे सूझा।

मैंने बताया, "एंटोनी 'गैलीनस' और 'सीवरस' दो नाम दे गया था, और कह गया था कि इनमें से जो नाम पसंद हो रख लूं। मैंने 'गैलीनस' रख लिया।"

शरमियन ने पूछा, "रानी जी, यदि दूसरी बेटी होती तो क्या नाम धरती।"

"इस स्थिति पर भी हमने विचार किया था। एंटोनी का कहना था कि उसे लड़कियों के रोमन नाम पसंद नहीं हैं, पुत्री सेलीनी की तरह मैं ही कोई ग्रीस नाम रख लूं। तुम्हीं लोग बताओ तुम क्या रखती। आखिर मौसियां हो।"

मेरे इस कथन पर वे एक दूसरे का मुंह देखने लगीं। संबंधों की इतनी अंतरंगता का आभास आज मैंने पहली बार दिया था।

मुदित हो मेरिरा ने कहा, "मैं तो 'जेन्थी' रखती।"

इरास ने काट करते हुए कहा, "लो सुन लो, ये 'जेन्थी' रखतीं। क्या जानती नहीं कि 'जेन्थी' का अर्थ है स्वर्णिम अर्थात् पीला। वह तो रानी जी की तरह गुलाबी रंगत की होती। मैं उसका नाम 'सलोमी' रखती मां की तरह शांत।"

मैंने शरमियन की ओर दृष्टि उठाई। वह बोली, "भई, हम तुम लोगों की तरह इतने गुणी तो नहीं हैं जो एक-एक अक्षर का अर्थ विचार कर नाम रखते। मुझे तो 'एंथिया' नाम पसंद है।" यह कहकर वह मेरी ओर देखने लगी।

उसका मंतव्य भांप कर मैंने बताया, "इसका अर्थ होता है फूलों-सी नाजुक, कोमल। अब तुम्हीं तीनों फ़ैसला कर लो, कौन-सा नाम रखतीं।" मैंने उन्हें उलझाया।

"रानी जी, हमारे सुझाए नाम तो विवादास्पद हो गए हैं, आप ही कोई अच्छा-सा नाम सुझाइए।"

"अच्छा बताओ। 'बेरीनिस' कैसा रहेगा," मैंने पूछा।

"इसका अर्थ?" तीनों ने एक साथ पूछा।

"अर्थ है विजय लाने वाली।"

"वाह!" तीनों उछल पड़ीं।

मैंने और खुलासा किया, "मकदूनिया के राजा फिलिप के अलेक्जेंडर के स्थान पर पुत्री हुई होती तो वे यही नाम रखते। हां, इसका मकूनियाई रूप होता 'फेरेनिक'।"

शरमियन ने कहा, "तो 'बेरीनिस' नाम पक्का रहा।"

दोनों ने हां में हां मिलाई।

मुझे हंसी आ गई। "मगर मूर्खो, लड़की है कहां, नाम किसका रखोगी।"

वे तीनों एक दूसरे का मुंह ताकने लगीं। अब उनकी समझ में आया कि कितनी देर से मैं उन्हें बेकार की, किंतु आनंददायक बहस में उलझाए थी। राजमहल में समय काटने के लिए ऐसे शगल चला करते थे।

एंटोनी को गए दो माह हो चुके थे। प्रसव के बाद मैं पूर्ण स्वस्थ हो चुकी थी। एंटोनी जब भी किसी अभियान पर जाता मैं अपनी नौ-सेना को सन्नद्ध कर देती। पता नहीं किस समय सहायता की मांग आ जाए। और वह समय आ चुका था।

शरमियन कबूतर पकड़े आई। मेरे पास खड़ी होकर उसके पंजे से संदेश निकाला और मुझे दे दिया। मैंने संदेश पढ़ा, "मैं आरमीनिया आकर मुसीबत में फंस गया हूं। तुम सहायता लेकर टेरापेजस बंदरगाह शीघ्र पहुंचने का प्रयत्न करो।"

मैंने तत्काल संदेश भिजवा दिया, "प्रिय एंटोनी, चिंता नहीं करो। सहायता लेकर मैं आज ही चल रही हूं। मेरे जहाज़ रात-दिन चलेंगे।"

मैंने सेनापति को उचित आदेश भेज दिए। मेरा सामान तैयार हो गया। चारों बच्चों को यहीं रहना था। उनकी देखभाल के लिए तीनों सहेलियों को यहीं छोड़ दिया।

तीन घंटे बाद चालीस जंगी जहाज़ तथा पचास अन्य जहाज़ उत्तर दिशा में बढ़े चले जा रहे थे। खाद्य सामग्री पर्याप्त थी, अतः हम साइप्रस में भी नहीं रुके। रात-दिन चलते हुए बारह दिन बाद हम टेरापेजस बंदरगाह पर उतरे। पूर्व योजना के अनुसार ब्रुंडीसियस ने सौ सैनिकों की एक टुकड़ी के

साथ बदंरगाह पर कब्जा कर लिया। बंदरगाह पर युद्ध की कोई तैयारी नहीं थी। जहाज़-रक्षकों को छोड़कर हमारी पूरी सेना बंदरगाह पर उतर आई। बंदरगाह पर एंटोनी के पोत खड़े थे।

सबसे पहले हमने एंटोनी की तलाश की। उसे हमने बंदरगाह के बाहर पाया। बताया गया कि उसकी अधिकांश सेना या तो नष्ट हो चुकी है या सीरिया भाग गई है। बची हुई सेना में घोर अव्यवस्था थी। एंटोनी एक शिविर में था। उसके सौ वफ़ादार सैनिक उसकी रक्षा कर रहे। ग्लानमुख, विभ्रांत एंटोनी शराब में डूबा बैठा था।

मेरे सेनानायकों ने एंटोनी के शेष सैनिकों को भोजन कराया, उन्हें साहस बंधाया। उनसे युद्ध की स्थिति समझकर अपनी योजना बनाई और मेरे सम्मुख रखी। उनका इरादा रात में हमला करने का था। हमारे पास पर्याप्त मशालें थीं।

मैंने अपने सेनापति से कहा, "आक्रमण एंटोनी के नेतृत्व में होगा। उसके होश में आने की प्रतीक्षा करो।"

अंततः एंटोनी को होश आ गया। उसे औषधियां दी गई तो यह पूर्ण स्वस्थ हो गया। मैंने कहा, "उठो वीर एंटोनी, तुम्हारी नई सेना प्रतीक्षारत है। आगे बढ़ो और शत्रु से पराजय का बदला लो।"

मुझे सैनिक वेश में देखकर उसका उत्साह द्विगुणित हो गया।

उसने मेरा हाथ पकड़ा और कहा, "धन्यवाद, महारानी।" इतना कहकर वह बाहर आया। सेना चिल्लाने लगी 'एंटोनी....एंटोनी।'

एंटोनी ने व्यूह में थोड़ा फेर-बदल किया। हम नगर की ओर बढ़ चले। आरमीनियाई अप्रत्याशित रात्रि-आक्रमण से घबरा उठे। फिर भी मोर्चा लेते रहे। सूर्य की प्रथम रश्मियों ने हमारी विजय का आलेख पृथ्वी पर टांक दिया।

सेनापति अपोलोडोरस ने कई महत्वपूर्ण व्यक्तियों को कैद कर लिया। उनमें से अधिकांश राजपरिवार के थे। राजा को रोमन परंपरा बताई गई कि जब तक वह मार्क एंटोनी के अधीन रहेगा, बंदी सुरक्षित रहेंगे।

आरमीनियो ने एंटोनी की अधिकांश सेना अलग-थलग कर उससे समर्पण करा लिया था। समझा यह जा रहा था कि वह सेना सीरिया भाग गई है। सेना वापस मिल गई। हम मिस्र की ओर चल दिए।

हमारा बेड़ा साइप्रस द्वीप पर जाकर रुका। यहां से जहाज़ों को खाद्य सामग्री उठानी थी। साइप्रस की मदिरा बहुत प्रसिद्ध है। यहां अनेक प्रकार की मदिरा का उत्पादन किया जाता है। इसके अतिरिक्त हरी सब्जियां तो मिस्र के व्यापारी यहीं से ले जाते हैं। यहां एक विशिष्ट प्रकार की मीठी गाजर होती है जिसके कई व्यंजन बनते हैं।

एंटोनी ने मुझसे कहा, "आरमीनिया में प्राप्त धन पर अपोलोडोरस का उतना ही अधिकार है जितना मेरा। मैं चाहता हूं कि इस धन में से कुछ धन हम सैनिकों में बांट दें जिससे वे यहां जश्न मना सकें, थोड़ी मस्ती कर सकें।"

मैंने कहा, "एंटोनी, बुरा मत मानना, मैं इससे सहमत नहीं हूं। सैनिकों में युद्ध-विजय से प्राप्त धन बांटने से वे भाड़े के टट्टू हो जाते हैं। तुम पहले भी ऐसा करते रहे हो। परिणाम क्या हुआ तुम्हारे सैनिकों ने आत्म-समर्पण कर दिया, अर्थात् अपने प्राण बचा लिए, कटकर मर नहीं गए। तुम यह सोचते हो कि तुम्हारी सेना तुम्हारे ऊपर जान देती है, यह भाव तभी तक है जब तक तुम विजय प्राप्त करते रहो। मुसीबत में ये तुम्हारा साथ छोड़कर भाग जाने वाले हैं। जिन सैनिकों ने समर्पण कर दिया था, उन्हें जश्न मनाने का क्या अधिकार है?"

एंटोनी गंभीर हो गया। मैं किसी भी परिणाम के लिए तैयार थी। उसने गंभीर मुद्रा में कहा, "आप ठीक कहती हैं महारानी। सेना में नैतिक बल

होना चाहिए। हम 'बारबेरियन' नहीं हैं, जो युद्ध-विजय में प्राप्त धन लूट का माल समझकर बांटकर खाते रहें। लेकिन अब क्या करें?"

मैंने संतोष की दीर्घ श्वांस ली।

"उन्हें समुद्र-तट पर ही जश्न मनाने दीजिए। मदिरा और खाद्य सामग्री आप अपनी ओर से दें।"

हमारे जहाज़ों को देखकर सैकड़ों शराब के व्यापारी वहीं तट पर आ गए। सैनिकों का जश्न भी हो गया और भारी मात्रा में शराब खरीद भी ली गई।

मिस्र में हमारा भव्य स्वागत हुआ। विजय की सूचना कबूतरों द्वारा पहले ही भेज दी गई थी। रोम के मुंह पर तमाचा मारने के लिए एंटोनी ने अपना विजय-जुलूस रोम के स्थान पर मिस्र में निकाला। मेरे अनुरोध पर युद्ध-बंदियों का प्रदर्शन नहीं किया गया, अपितु उन्हें सुविधाजनक कारागृहों में रखा गया। एक भव्य समारोह में चांदी के चबूतरे पर स्वर्ण सिंहासन डालकर उसने प्रजा के सम्मुख रोम के नाम पर अधिकृत पूर्वी देशों को मेरे नाम कर दिया। इस संबंध उत्तराधिकारी-पत्र जारी किया।

हमारे विवाह को आठ वर्ष हो चुके थे। इसी बीच मैंने सोने के सिक्के ढलवाए जिसमें स्त्री और पुरुष के दो सिर अंकित थे। ये मेरे और एंटोनी के प्रतीक थे। इन बातों से सीजर कितना उत्साहित होता था। रोम में उसके द्वारा प्रारंभ की गई सभी योजनाएं पूरी हो चुकी थीं। सड़क का निर्माण हो चुका था, उसके द्वारा स्थापित पुस्तकालय प्रारंभ हो चुका था।

रोम का रुख एंटोनी के प्रति अच्छा नहीं था। मैं चाहती थी कि वह रोम से अपना संबंध विच्छेद न करे। परंतु उसने तो उत्तराधिकार-पत्र और तलाक के शपथ-पत्र की एक-एक प्रति रोम भेज दी।

एंटोनी स्वयं को शराब में डुबोए रहता। अब वह पहले जैसा युवा,

निर्भीक सैनिक नहीं रह गया था, जो सिर्फ़ सफलता के लिए पैदा होते हैं। आनंद और सुरा के देवता बैकस से अब उसकी तुलना सटीक बैठती थी। पूर्व का अधिपति और मेरा पति होने के कारण वह भविष्य के प्रति निश्चिंत था, अतः विलासता के गहरे सागर में अपने को डूबने से नहीं बचा पाया।

रोज प्रीति-भोज होते पर उनमें से आनंद गायब होता। औपचारिकता वश मैं उनमें सम्मिलित होती। मुझे लगता मेरा स्वतंत्र अस्तित्व खत्म होता जा रहा है। इस सबसे मेरे मन में उपजे क्रोध, वितृष्णा और घृणा के भावों ने प्यार के पौधे में विष की खाद डाल दी। घृणा ने कब प्यार का स्थान ले लिया, पता ही नहीं चला। परंतु मैं एंटोनी से पूर्णतया विलग नहीं हुई।

अंततः वही हुआ जिसका मुझे भय था। अपनी बहन के अपमान और रोम की उपेक्षा ने आक्टेवियन का क्रोध भड़का दिया। एंटोनी की अनुपस्थिति में वह रोम का सर्वेसर्वा बन बैठा। उसने सीनेट पर दबाव डालकर एंटोनी को संयुक्त शासक और कौंसुल के पद से हटवा दिया। इसके बाद ही वह एंटोनी पर युद्ध थोप सकता था। वह चाहता था कि एंटोनी को परास्त कर पूर्वी राज्य रोम में मिला ले और मुझे परास्त कर मिस्र को हड़प ले। रोम से सूचनाएं आ रही थीं कि वह मेरे मिस्र को अपनी व्यक्तिगत जागीर बनाना चाहता है।

एक दिन मेरे नाम युद्ध का पैगाम आ गया। परंतु प्रकारांतर से यह एंटोनी के लिए चुनौती थी। वह भी इस बात को समझता था। ग्रीस की अमब्रोसिया-खाड़ी में एक्टियम नामक स्थान पर युद्ध निश्चित कर दिया गया। यह आर-पार की लड़ाई थी और वीर कभी इससे मुंह नहीं मोड़ते हैं, न हततेज होते हैं, परंतु मेरे वीर का तेज तो मदिरा चाट गई थी। उसके साहस में, देर रात तक चलने वाले भोज समारोहों की, दीमक लग गई।

खैर, हम दोनों अभियान की रूपरेखा बनाने के लिए बैठे। सभी मुद्दों

पर हमारे मतभेद उभरे। मैं उसके सेनापतित्व पर अविश्वास करने लगी। यही लगने लगा कि यह व्यक्ति मेरी आशाओं का केंद्र नहीं रह गया है। शराब से जड़ के समान निश्चेष्ट हुई उसकी बुद्धि को मैं प्रेममय अमृत वचनों से भी चेतन नहीं कर पाई। मैं जानती हूं कि मेरे प्रति उसका विश्वास भी दृढ नहीं रह गया है।

तथापि हमारी सम्मिलित सेनाएं एक्टियम की ओर अग्रसर हुईं। प्रधान सेनापति एंटोनी ही था। मेरे दुर्धर्ष साठ युद्ध-पोत इस अभियान में सम्मिलित थे, जो मेरी आज्ञा के अधीन थे।

मेरे पितृ-देश ग्रीस के बंदरगाह एक्टियम पर हमारी संयुक्त सेनाओं और तीस वर्ष के युवा आक्टेवियन की रोमन सेनाओं में महान युद्ध छिड़ गया। पहले दिन अनवरत छह घंटे का युद्ध अनिर्णीत रहा।

युद्ध के दौरान निराश और निरुत्साही एंटोनी बार-बार मेरे पोत पर आ जाता। उसकी पलायनवादी प्रवृत्ति स्पष्ट हो रही थी। अभी कुछ बिगड़ा नहीं था अतः मैं उसके मस्तिष्क के चेतना-द्वार पर दस्तक देकर उसे विजय का भरोसा दिलाती और सेनापति की कमान संभालने के लिए उसे उसके पोत पर भेज देती।

उसकी कभी दृष्टिगत हुई विराटता का खोखलापन देखकर मेरा मन चिंतातुर हो तर्क-वितर्क करने लगा। यह युद्ध क्या हम सेनापति एंटोनी की अकर्मण्यता से हार जाएंगे? क्या हमारा विनाश अवश्यंभावी है? विनष्ट होने से मैं नहीं डरती पर यदि बंदी बना ली गई, तो आरसिनोई की तरह रोम की गलियों में घसीटे जाने से मुझे कौन बचा पाएगा।

मेरे भीतर आशंकाओं का कोहरा गाढ़ा होने लगा। तथापि मेरा मस्तिष्क अनाक्रांत था। मैं धीर और अनुग्र विचार करने लगी युद्ध तो नहीं टाला जा सकता, पर क्यों न यह युद्ध मैं मिस्र में लडूं। वहां यदि पराजित भी हो गई तो किसी उपाय से बंदी बनने से बच सकती हूं।

युद्ध का आमंत्रण मुझे दिया गया था। अतः युद्ध से मेरा विमुख होना अपनी नपुंसकता का प्रदर्शन करने के समान होगा। तथापि युद्ध नीति के तहत युद्ध को मिस्र में लड़ने के मेरे विचार से एंटोनी सहमत भी नहीं होगा। अतः मैंने उससे परामर्श करना व्यर्थ समझा और अपने पोत का मुंह मिस्र की ओर कर दिया। मैं जानती हूं कि वास्तव में इस समय मेरी जैसी वीरांगना पर स्त्री-सुलभ भीरुता ने आक्रमण कर दिया है। मेरे पीछे मेरे सभी युद्ध-पोत वापस चल दिए। संभव है इतिहास मेरे इस कृत्य का वास्तविक कारण न समझ पाए, क्योंकि पात्रों का मानसिक उद्वेलन का अभिज्ञान तो दूर उसे सूंघ पाने तक की शक्ति उसमें नहीं होती।

इस अनिर्णीत युद्ध में बिना विजय प्राप्त किए ही आक्टेवियन विजेता बन गया, क्योंकि मेरे पलटते ही एंटोनी और उसकी सेनाएं भी युद्ध से विमुख हो गईं। एंटोनी बिना मुझसे मिले सैन्य संग्रह करने मिस्र के पड़ोसी राज्य लीबिया चला गया। उसने मुझसे यह पूछना भी आवश्यक नहीं समझा कि मैं युद्ध से विमुख क्यों हो गई?

सिकंदरिया पहुंचकर मुझे अपने सत्रह वर्षीय सीजरियन का सामना करना था। वह इस अभियान पर चलने की हठ कर रहा था। कौन माता नव-प्रस्फुटित पुष्प को युद्ध की अग्नि में अर्पित कर सकती है? वह मेरे पहले प्यार का प्रथम पुष्प था। उसे समझाया कि युद्ध अनिर्णीत रहा, अब सिकंदरिया के समुद्र में होगा। वह प्रसन्न हो गया कि अब उसे भाइयों की रक्षा के नाम पर युद्ध में भाग लेने से नहीं रोका जा सकेगा।

बहरहाल मैंने आसन्न युद्ध की तैयारियां प्रारंभ कर दी। एंटोनी खाली लौट आया था। हम दोनों जानते थे कि हमारा सर्वनाश निकट है, क्योंकि हमारी सेनाओं में विद्रोह के स्वर फूट रहे थे। एंटोनी की आधी से अधिक सेना पलायन कर चुकी थी। विपरीत परिस्थितियों में हमारे हृदयों से कटुता और घृणा समाप्त हो गई थी। मैंने उसे सेना को अनुशासित करने के लिए प्रेरित किया। वह मान गया।

मिस्र के फराओ की परंपरा के अनुसार मैंने देवी आइसिस के मंदिर के पास अपना भव्य समाधि-महल बनवा रखा था। यह समाधि-महल भी एक भूलभूलैया की तरह था। इसमें सिर्फ़ एक द्वार था जो लोहे की पट्टियों से बना था। एक गुप्तमार्ग था, जो आइसिस मंदिर के तलगृह में खुलता था। कई गुप्त कक्ष थे, जिनमें मैंने अपना ख़ज़ाना रखवा दिया था। इसे सिर्फ मेरी तीनों सखियां ही जानती थीं। खजाने की पेटियां रखने वाले गूंगे हिब्रू दास मिस्र से बाहर कर दिए गए थे।

युद्ध में पराजित होकर बंदी बनने की अपेक्षा मैंने मौत को गले लगाना बेहतर समझा। मेरी मृत्यु आसान कैसे बने यह निर्णय करना था। बंदीगृह में मृत्युदंड पाए कैदी समाधि महल में ले जाए गए। उन्हें अच्छा भोजन और शराब दी गई। उन्हें मालूम था कि उन्हें वहां मरना है तथापि उन्होंने विरोध नहीं किया। उन पर परीक्षण होने लगे। विषपान करने वाले कैदी तड़प-तड़प कर मरे। कई तरह के विष प्रयुक्त किए गए, पर शांति से तत्काल कोई नहीं मरा। सुकरात को भी विषपान के बाद कष्ट हुआ था। सर्पदंश भी कराया गया। उससे पहले बेहोशी छाई, फिर कठिनाई से प्राण निकले। कई प्रकार के और परीक्षण किए गए और उनके विस्तृत परिणाम मुझे बताए गए।

सबसे अधिक चिंता मुझे सीजरियन की थी। जब रोम के लोग अपने सम्राट की सार्वजनिक हत्या कर सकते हैं, तब उसके पुत्र को...। आगे मैं सोच न सकी। रोम ने कभी मुझे सीजर की पत्नी नहीं माना। सीजर ने इसके लिए भरसक प्रयत्न किए परंतु एक विदेशी महिला से विवाह की मान्यता सीनेट द्वारा ही दी जा सकती थी। और वह कभी नहीं मिली। इसी कारण अपनी मृत्यु से कुछ सप्ताह पूर्व लिखी गई अपनी वसीयत में उसने अपनी संपत्ति और पारिवारिक नाम का उत्तराधिकारी आक्टेवियन को बनाया। उसकी मृत्यु के बाद ही मुझे ज्ञात हुआ कि सीजर के संबंध कई सीनेटरों की पत्नियों और विदेशी रानियों से भी थे। मेरी जैसी स्त्री के लिए यह संतोष की बात नहीं हो सकती कि इतना कुछ होते हुए वह मेरे प्रति निष्ठावान रहा। मृत व्यक्ति के बारे में बुरा सोचने के परंपरा नहीं है। एक विचार मन

में कौंधा। मैंने राज पुरोहित शेपा को बुलवाया। वे सीधे मेरे शयन कक्ष में आ गए। मैंने कहा, "राजा पुरोहित, आप कदाचित् जानते हो कि हम एक पराजित युद्ध लड़ने जा रहे हैं। इस समय सीजरियन ही मेरी चिंता का प्रमुख विषय है। उसकी रक्षा अभीष्ट है। अच्छा यह बताइए, उसके आपके साथ कैसे संबंध हैं?"

शेपा हंसे और बोले, "महारानी जी, वह मुझे 'नाना' कहता है।"

"ओह! यह जानकर मुझे कितना संतोष मिला है। कम से कम आज तो मुझे 'महारानी' न कहिए।....मेरी योजना यह है कि युद्ध प्रारंभ होते ही आप सीजरियन को कहीं दूरस्थ मंदिर में लेकर चले जाएं। इस देश की परिस्थिति के अनुसार कार्य कीजिए। आवश्यक समझें तो किसी अन्य तटस्थ देश को निकल जाएं। धन संपत्ति जितना चाहें मुझसे लेकर किसी मंदिर में रखवा दे।"

शेपा ने धीमे से कहा, "पुत्री! धन से कभी रक्षा नहीं हो पाती, बल्कि उसकी ही रक्षा करनी पड़ती है। सीजरियन की रक्षा का भार मुझ पर रहा। और तुम.....।"

"आप मेरी चिंता न करें।" मैं उठकर खड़ी हो गई। यह विदा का संकेत था।

वे उठे। मेरे पास आकर मेरे सिर पर हाथ रखा। मैंने अपना सिर उनके कंधे से टिका दिया। अश्रु बाहर निकल कर यह अप्रत्याशित दृश्य देखने लगे।

जैसी कि हमें आशंका थी आक्टेवियन सेना लेकर सिकंदरिया के समुद्र-द्वार पर आ धमका। शत्रु द्वारा युद्ध का आमंत्रण और स्वयं आक्रमण कर देना दो भिन्न युद्धक स्थितियां होती हैं। अपने ऊपर आक्रमण से एंटोनी का सुप्त पौरुष जाग उठा। आक्टेवियन द्वारा नगर में भेजे गए अश्वारोही दल

को उसने खदेड़ दिया। उसे लगा, और मुझे भी प्रतीति हुई, कि भाग्य उस पर फिर मेहरबान हो रहा है।

एंटोनी ने इस अंतिम युद्ध में विजय या मृत्यु का वरण करने की ठान ली। वह अपनी योजनाएं बनाने लगा। तभी गुप्तचरों ने उसे सूचना दी कि अधिकांश सहयोगियों और सैनिकों ने उसका साथ छोड़ दिया है। उनका कहना है कि एक्टियम के एक भगोड़े और अर्मीनिया के निराश, हताश सेनापति के नेतृत्व में युद्ध करके वे एक बार फिर पराजित नहीं होना चाहते। यह एंटोनी को बहुत बड़ा झटका था। निराशा से कातर होकर उसने शराब की शरण ली, जिसका अर्थ था कि वह युद्ध से विमुख हो गया।

एंटोनी की सेना की बगावत का प्रभाव मेरी सेना पर भी पड़ा। एक्टियम से लौटकर मैंने अपनी सुरक्षा की दृष्टि से, या कहूं मिस्र से पलायन करने के विचार से बीस युद्ध-पोत और दस साधारण पोत भूमध्यसागर के सिकंदरिया तट से लाल सागर ले जाने का आदेश दिया था। सेनापति अपोलोडोरस मेरे इस अदूरदर्शी उपाय से खिन्न हो उठा। उसने समझाया कि ऐसा करने के लिए हजारों स्टेडिया लंबी बालुई जमीन पर जहाज़ खींचने पड़ेंगे। एक माह में इस कार्य को संपन्न करने के लिए हमारी पूरी सेना को खपना पड़ेगा। मैं नहीं मानी। मैंने अपोलोडोरस को कड़ी फटकार लगाकर विदा कर दिया। काम तो आधा अधूरा ही रहा, पर इससे पूरी सेना नाराज हो गई।

युद्ध समुद्र से हटकर मैदान में आ गया था। सैनिक कार्रवाई प्रारंभ हो गई। मेरी अधिकांश सेना युद्ध से विमुख हो चुकी थी। निष्ठावान सैनिक अपने प्राणों की बाजी लगा रहे थे। ब्रुंडीसियस और उसके सैनिक मेरी रक्षा में तैनात थे। जब राजमहल के चारों ओर भगदड़ मचने लगी, तो उसने मुझे किसी सुरक्षित स्थान पर चलने के लिए कहा। अतः राजमहल त्यागकर मैं ब्रुंडीसियस की निगरानी में समाधि-महल पहुंच गई। मेरे साथ तीनों सखियां और एंटोनी की तीनों संताने थीं।

ब्रुंडीसियस फिर आने का वादा करके हमें छोड़कर चला गया। हम लोग बाहरी दुनिया से कट गए। हमारा कोई संवाद-सूत्र नहीं था। मुझे नहीं मालूम था कि एंटोनी कहां और किस दशा में है। उसके लिए मेरी चिंताएं बढ़ने लगीं। पता नहीं क्यों उसकी याद मेरा पीछा नहीं छोड़ रही थी।

दोपहर को मैंने भोजन नहीं किया। सखियां आखिर कैसे खा लेतीं। तीनों बच्चों को खिलाकर सुला दिया गया।

मेरिरा ने मेरे पास आकर कहा, "रानी जी, आप थोड़ा सो लें तो मन-मस्तिष्क को आराम मिलेगा।"

मैंने सहमति से सिर हिलाया तो वह शैया के सिरहाने आकर खड़ी हो गई। शैया के नाम पर पत्थर की एक पटिया थी, जिस पर मैं लेटी थी। वह बैठ गई और उसने आहिस्ता से मेरा सिर उठाकर अपनी गोद में रख लिया। मैंने मन ही मन सोचा, 'कितना सुख है।' उसकी अभ्यस्त उंगलियां मेरे केशों से उलझती हुई सिर पर फिरने लगीं। आज मेरिरा के हाथों में सुगंधित तेल नहीं लगा था जिसकी भीनी खुशबू मुझे निद्रा की गोद में ले जाती थी। परंतु आज उसके हाथ से वात्सल्य की भाव-धारा बह रही थी, जिसमें निमग्न हो मैं तत्काल सो गई।

जब आंख खुली तो मेरा सिर पूर्ववत मेरिरा की गोद में था। उसने प्यार से कहा, "सो चुकीं।"

मैंने आंखें उठाकर उसके मुख की ओर देखा। उसके मुख पर उस मां की तरह करुणा, वात्सल्य और संतोष के भाव के जिसे वर्षों बाद अपनी संतान को गोद में सुलाने का अवसर मिला हो। कष्टों में नहीं, ऐसे अवसरों पर मेरे नेत्र सजल हो उठते हैं।

तभी द्वार पर कुछ शोर-सा उभरा। दोनों लड़कियां भागती गईं। मैं भी उठकर बैठ गई। मैंने मेरिरा को इशारे से कहा कि वह जाकर देखे।

कुछ समय बाद भारी द्वार खुलने की आवाज़ हुई। मेरा हृदय अनिष्ट की आशंका से कांप उठा।

चार लोग मृतप्राय एंटोनी को उठाकर अंदर लाए। सबसे पीछे ब्रुंडीसियस था। वही उन सबको वहां लेकर आया था।

मैंने एंटोनी के सैनिक अधिकारियों की ओर प्रश्नवाचक दृष्टि से देखा। एक ने बताया, "जब सेनापति के साथ हम लोग राजमहल पहुंचे तो किसी ने कह दिया कि महारानी जी ने आत्महत्या कर ली है। सेनापति ने उसी समय पराजित आवेश में चीखकर कहा, 'मेरे लिए अब कुछ नहीं बचा है।' यह कहकर वह प्राण देने के लिए अपनी तलवार पर कूद गए। परंतु घाव प्राणांतक नहीं था। हम लोगों से कहने लगे कि हम उन्हें खत्म कर दें। हम सब रोने लगे। तभी ब्रुंडीसियस आ गए। उनसे ही पता चला कि आप सकुशल हैं। वे ही हमें लेकर यहां आए हैं।"

एंटोनी मेरी बाहों में था। मैंने उसकी डूबती, जिंदगी से विदा लेती आंखों में देखा। अंतिम क्षणों में वहां मेरे लिए निर्मल, निश्छल प्रेम-भावना की शांत तरंगें थी। काल ने फिर सब बदल दिया था। मैंने स्वगत कहा, "प्रिये, अगर किसी तरह तुम्हारी जीवन-रक्षा संभव हो तो मैं अपने सौ जीवन दे सकती हूं। तथापि मृत्यु के द्वार पर मैं तुम्हें इतना अवसन्न, इतना हताश, ऐसा भग्न हृदय नहीं देख सकती। यही भाग्य है तो हम इसे अविचलित भाव से भोगेंगे।"

तभी आप्राण चेष्टा कर एंटोनी ने कहा, "प्रिय महारानी, तुम्हें मेरा अनंत प्यार। अब जाता हूं।" इसी के साथ उसने सदा के लिए आंखें बंद कर ली।

भावोद्रेक के कारण शब्द मेरे गले में फंसे रह गए। मैं कहना चाहती थी, "मेरी प्रतीक्षा करना, मैं भी आ रही हूं।"

सैन्य अधिकारियों ने आइसिस मंदिर के पीछे एंटोनी को दफना दिया। वे चले गए। अकेला ब्रुंडीसियस मेरे पास आया। उसका मुख उदास था। मैं समझ गई कि कोई अन्य दुःखद सूचना हृदय में दबाए है।

"कहो ब्रुंडीसियस, क्या कहना चाहते हो?"

"महारानी जी, राजज्योतिषी ने मुझे बताया है कि किसी मंदिर में छिपे राजपुरोहित शेपा तक रोमन सिपाही जा पहुंचे और उन्हें घायल कर राजकुमार सीजरियन को बंदी के रूप में आक्टेवियन के सामने पेश किया है। मैंने राजकुमार से मिलने का बहुत प्रयास किया पर सफल नहीं हो पाया। जब लौटकर मंदिर पहुंचा तो राजज्योतिषी शेपा का उपचार कर रहे थे। एक दो दिन में ठीक होकर आपसे भेंट करने का प्रयास करेंगे।

"आज रात तक रोमन सैनिकों का यहां पहरा लग जाएगा। अब कदाचित आपके दर्शन न हो सकें। चाहता तो यही था कि आपकी सेवा करते-करते प्राण दे दूं....।"

"नहीं ब्रुंडीसियस, तुम्हें जीवन धारण करना होगा। अब तुम्हें जीना होगा अपनी इरास के लिए, मेरे...। खैर अब तुम जाओ और संघर्ष का रास्ता त्यागकर इरास की प्रतीक्षा करना।"

ब्रुंडीसियस ने सिर झुकाया और उदास कदमों से चला गया।

मुझे सीजरियन की चिंता खाने लगी। प्रथम यौवन ने जिसका स्पर्श ही किया हो ऐसा गबरू जवान। सीजर की तरह उठान, उसकी प्रतिकृति। क्या सीजर का हत्यारा सीनेट उसे सहन कर पाएगा। रोम के कानून के अनुसार उसे युद्ध-बंदी भी बनाया जा सकता है, क्योंकि रोम में उसे सीजर की वैध संतान नहीं माना गया। फिर...आगे मैं सोच न सकी।

लेकिन कुछ तो करना होगा। अपनी अस्मिता को दांव पर लगाकर भी यदि मैं पुत्र को बचा सकूं तो यह सौदा महंगा नहीं होगा।... रोम में

आक्टेवियन ने मुझे देखा था। उस समय वह मुझसे तीन वर्ष छोटा था, उन्नीस वर्ष का स्वप्नदर्शी युवक था। मुझे देखकर उसकी आंखों में कामना के सागर लहराने लगे थे। संभव है वह उसका प्रथम दृष्टि-प्रणय रहा हो।

तो क्या उसे प्रणय-प्रस्ताव भेजूं। कहीं वह मेरे प्रस्ताव का उपहास न करे। बहुत विचार करने के बाद मैंने प्रणय की सुगंध में लपेटकर संधि-प्रस्ताव तैयार किया।

मेरे हिब्रू दास ऐशा को दूध तथा अन्य खाद्य-सामग्री मेरे पास लाने की आज्ञा थी। वह हिब्रू बोलता था और अन्य भाषाएं न समझने का ढोंग करता था। वह लेटिन भी समझता था। पहरेदारों से आकार हिब्रू भाषा में झगड़ता था। इससे उनका मनोरंजन होता था।

ऐशा ने मेरा संदेश आक्टेवियन तक पहुंचाया और उसका उत्तर भी ले आया। उसने मेरे प्रस्ताव का सकारात्मक उत्तर दिया था। उसने औपचारिक प्रस्ताव भेजकर मुझे मेरा राज्य वापस देने और मेरे बच्चों की सुरक्षा सुनिश्चित करने का वचन दिया था। मुझे उसके प्रस्ताव पर शंका हुई, क्योंकि उसने सब कुछ देने के बदले मुझसे मांगा कुछ नहीं।

दास को नहीं मालूम था कि आक्टेवियन का क्या उत्तर है, परंतु आक्टेवियन और उसके मित्रों की बातें सुनकर उसने यही निष्कर्ष निकाला कि उसकी नियत साफ़ नहीं है। आक्टेवियन स्वयं इस बात से भयभीत है कि कहीं मैं उसकी हत्या न करवा दूं... मैंने उसका प्रस्ताव फाड़कर फेंक दिया।

मेरिरा मेरे पास आई। बोली, "रानी जी, आज तीसरा दिन है। आपको सेनापति की कब्र पर फूल चढ़ाने जाना है।"

"मेरिरा, तुम और इरास साथ चलोगी, शरमियन यहां बच्चों की देखभाल करेगी।"

‘‘जो आज्ञा,’’ कहकर वह चली गई।

गुप्त मार्ग से मैं दोनों सखियों के साथ मंदिर के तलगृह में पहुंची। रात्रि का समय था। इस समय तक मंदिर बंद हो जाता है, अतः कोई आता-जाता नहीं। राजपुरोहित शेपा तलगृह में मेरी प्रतीक्षा करते मिले। ऐशा भी साथ था। मुझे देखते ही शेपा लपककर मेरे पास आए। दीन-स्वर में बोले, ‘‘महारानी जी, मैं लज्जित हूं कि मैं राजकुमार की रक्षा नहीं कर पाया। दूसरे ही दिन देश छोड़ने की पूरी तैयारी थी।’’

‘‘आप दुःख न कीजिए। जो होना था वही हुआ। पहले मैं एंटोनी की कब्र पर फूल चढ़ा लूं, फिर आपसे बात करूं।’’

तलगृह से निकलकर मैं मंदिर के पीछे स्थित एंटोनी की कब्र पर पहुंची। मैंने कब्र पर हाथ रखा, मिट्टी अभी तक गीली थी। मैंने मंदिर के पुजारी की ओर देखा। फूल और पात्र इरास के हाथ में पकड़ाकर वह मंदिर की ओर भागकर गया और मदिरा लेकर वापस आ गया। तीसरे दिन कब्र की मिट्टी गीली होने पर मदिरा अर्पित करने की परंपरा है।

मदिरा चढ़ाने व फूल अर्पित करने के बाद मैं अस्फुट स्वर में बुदबुदाने लगी। थोड़ी ही देर में मेरी आंखों से आंसू बहने लगे, जो इस बात का प्रतीक थे कि मेरी सारी आशाएं समाप्त हो चुकी हैं।

वापस जाने के लिए मैं मंदिर के तलगृह पहुंची तो शेपा और ऐशा दोनों वहां उपस्थित थे। मैं जानती थी कि पहले उनकी बात पूरी नहीं हो पाई थी। अतः मैं एक पत्थर के आसन पर बैठ गई।

शेपा ने दोनों लड़कियों और ऐशा की ओर देखा। उनका तात्पर्य समझकर तीनों बाहर चले गए।

राज पुरोहित ने कहा, ‘‘देश से बाहर निकलने के लिए सीरिया होते हुए पर्शिया तक पहुंचने या फिर वहां से ‘इंडिका’ (भारत) चले जाने की जो

योजना मैंने राजकुमार के लिए बनाई थी उसी के अनुसार आप भी बाहर निकल सकती हैं।"

वे कुछ और कहते इसके पूर्व ही मैंने व्यवधान देते हुए कहा, "राज पुरोहित जी, इन अभागे प्राणों को बचाते हुए मैं भागना नहीं चाहती, क्योंकि अब तो नदी में भी डूबना है और नाव में भी। क्लियोपेट्रा शान से जीवित रही, अब उसी शान से मरेगी भी।"

"आपके बच्चों का क्या होगा?"

"हमारा जन्म ही हमारा भाग्य है, उसका वरण हम नहीं कर सकते। राजवंश में जन्म लेने का मूल्य तो चुकाना ही पड़ता है आरसिनोई और उसके भाई ने चुकाया। सीजिरियन चुका रहा है, मेरी अन्य संतानें और मैं भी चुकाऊंगी। तीनों बच्चों का कोई-न-कोई प्रबंध हो जाएगा। इस मंदिर के पुजारी से आपको सूचना मिल जाएगी।"

"मैं शक्ति-भर उन बच्चों की रक्षा करूंगा।"

"अब आपसे सदैव के लिए विदा लेती हूं।"

राज पुरोहित की आंखें भर आईं। वे और न ठहर सके। बोझिल कदमों से ऊपर गर्भगृह में चले गए।

दोनों लड़कियां आ गईं।

इरास ने कहा, "ऐशा...।"

"... हां, उसे बुलाओ।"

ऐशा आया। रोने लगा। मैं उसका कंधा पकड़कर एक कोने में ले गई। मेरा स्पर्श पाकर अभिभूत हो गया। मैंने उसे कुछ आदेश दिए। उसके बाद

अपनी उंगली से निकालकर एक बहुमूल्य अंगूठी उसे दी। अंगूठी लेकर वह मेरे सामने भूमि पर लेट गया। कुछ देर बाद इरास ने उसे उठाया, आंसू पोंछे और उसे बाहर जाने को कहा।

दूसरा दिन सामान्य नहीं था। आज मुझे क्षितिज के उस पार जाना था। ज्ञात मृत्यु से पूर्व व्यक्ति का मस्तिष्क कितना निर्मल हो जाता है, सारे भेदभाव, ऊंच-नीच मिट जाते हैं। इसी भावना से प्रेरित होकर कल मैंने हिब्रूदास ऐशा के कंधे का स्पर्श किया था। आज दोपहर का भोजन तीनों सखियों के साथ किया। तीनों बच्चों को खूब प्यार किया। मां का प्यार पाकर वे यहां भी प्रसन्न थे।

मेरिरा ने मेरा श्रृंगार किया। राजसी वस्त्र पहनाए। मेरा वक्ष अनावृत्त था। तीनों बच्चे कौतुक से मेरी ओर देख रहे थे। राजवंश की परंपरा की आड़ में मैंने अपने शारीरिक सौष्ठवा की, सौंदर्य की रक्षा के लिए बच्चों को स्तनपान नहीं कराया था। मैंने क्षमा-भाव से बच्चों की ओर देखा।

रात्रि होने पर ऐशा गुप्त मार्ग से आ गया। उसके हाथ में एक टोकरी थी, जिसका मुंह कपड़े से बंधा था। मैंने टोकरी ले ली और उसे कुछ और उपहार दिए।

"अब जाओ ऐशा, तुमने मेरी बहुत सेवा की। मैं तुमसे बहुत प्रसन्न हूं। मेरी इन तीनों सखियों से मिलते रहना। मिस्र छोड़कर जाना चाहो तब भी इनसे मिलकर जाना। अब जाओ।" मेरा कंठ भर आया।

वह कुछ क्षण मेरे सामने खड़ा रहा, फिर चला गया।

"सुनो, मेरी प्यारी सखियों, अब तुमसे अलविदा कहने का समय आ गया है। मैंने सदा तुम्हें अपनी बहन माना है। अपने इन तीन बच्चों को तुम्हें सौंपती हूं। मां बनकर इनका पालन-पोषण करना। मेरा ख़ज़ाना यहां छिपा है, तुम्हें मालूम है। वह तुम्हारे लिए और तुम्हारे इन बच्चों के लिए ही है।

राज पुरोहित से संपर्क रखना। मैंने उन्हें तुम्हारा संरक्षक नियुक्त किया है।

"रोमन पहरेदारों को नहीं पता है कि कहां कितने लोग हैं। मेरी मृत्यु के तत्काल बाद शरमियन तुम तीनों बच्चों को लेकर गुप्त मार्ग से निकलकर इरास के घर पहुंचना। वहां ब्रुंडीसियस मिलेगा। उसकी शादी मैंने इरास के साथ निश्चित कर दी है। मैंने शेपा से कह दिया है कि तुम दोनों के लिए भी योग्य वर तलाश कर तुम्हारी धूमधाम से शादी कर दें।

"इरास और मेरिरा, तुम दोनों शरमियन के जाने के बाद गुप्त मार्ग का द्वार हमेशा के लिए बंद कर देना। तुम दोनों मुख्य द्वार से बाहर जाओगी लेकिन इरास के घर न जाकर कहीं और जाना जिससे तुम्हारा पीछा करता हुआ कोई बच्चों तक न पहुंच सके।

"जाने के पहले तुम्हें मेरे शव को समाधि के ताबूत में रखना होगा। ताबूत बंद करके जब बाएं पार्श्व का चिकना पत्थर खिसकाओगी तो वह पत्थर स्वतः ताबूत के ऊपर आ जाएगा और गुप्त खांचों में समा जाएगा। इस प्रकार एक पूर्ण समाधि बन जाएगी जो आसानी से खोली नहीं जा सकेगी।"

मैं सांस लेने के लिए थमी   सांस, जो कुछ सांसों के बाद थमने वाली थी। इस समय मैं उन्हें अपने जीवन के सबसे कठोर और निष्ठुर आदेश दे रही थी।

"इरास और मेरिरा, ध्यान से सुनो। मेरी मृत्यु के आधे घंटे बाद रोमन पहरेदारों को मेरी मृत्यु की सूचना देना। जब वे अंदर आ जाएं तो कहना कि मृत्यु से पूर्व महारानी अपने सभी सेवकों को उपहार दे गई हैं। उधर कोने में चार थैलियों में स्वर्ण मुद्राएं भरी हैं। एक-एक थैली उन्हें दे देना। वहां दो कंगन भी रखे हैं। तुम दोनों एक एक पहन लेना। वे राजसी वेश में मुझे मृत देखेंगे, तो समझ जाएंगे कि क्लियोपेट्रा नहीं रही। तुम मुझे कौफीन में

रखकर उनकी मदद से समाधि में उतार देना और जैसा कि अभी बताया है, पत्थर खिसका देना। यदि मेरी मृत्यु की पुष्टि के लिए वे तुम्हें किसी के पास ले जाना चाहें तो चली जाना। इससे वे लोग समाधि तोड़कर मेरी मृत्यु की पुष्टि नहीं करेंगे।

"मेरी प्यारी सखियों, मैं जानती हूं तुम्हारे हृदय मेरी मृत्यु की पूर्वगाथा सुन-सुनकर टूक-टूक हो रहे होंगे। मैंने तुम्हें 'न रोने' की कठोर आज्ञा में इसलिए बांधा है कि तुम तीनों को एक साथ रोता हुआ देखकर ये बच्चे भी रोने-कलपने लगेंगे जिससे रोमन पहरेदारों को इनकी उपस्थिति का ज्ञान हो जाएगा। शरमियन के जाने के बाद वे तुमसे कड़ाई से पूछताछ कर सकते हैं। इसी कारण मैं अंतिम बार तुम्हारे गले नहीं लग रही हूं। बच्चे तुम्हें ही अपनी माताएं समझते हैं। अतः मुझे मरते देखना उनके लिए मात्र कौतुक होगा। अच्छा अलविदा, बच्चों को प्यार। इन्हें कभी मेरी याद नहीं दिलाना।"

मैंने वह टोकरी उठाई। उसका मुंह खोला। उसमें अंजीर के पत्तों के नीचे एक छोटा कोबरा छिपा था। मैंने उस कोमल जंतु का होशियारी से सिर पकड़ लिया। कैदियों के ऊपर विष का परीक्षण करने से यही निष्कर्ष निकला था कि बाईं ओर हृदय के पास सर्पदंश सबसे प्रभावी होता है। मैंने विषधर को अपने बाएं स्तन से इस प्रकार सटा लिया जैसे साक्षात् मृत्यु को स्तनपान करा रही हूं। सर्प पर मेरी पकड़ ढीली हो गई। मैं गिरने को थी कि इरास और मेरिरा ने मुझे संभाल लिया और धीरे से लिटा दिया। अधमुंदी आंखों से देखा कि वह सर्प मेरे ख़ज़ाने की ओर जा रहा है। सखियां मेरे हाथ पकड़े थी जैसे हठात् मुझे रोक लेना चाहती हों।

सीजरियन का रूप धारण किए मुझे एक देवदूत-सा दूर जाते दिखाई दिया। डूबते स्वर से मैंने कहा, "रु...को.....मैं...भी...आ.....रही... ।"

●●●